許願魚
——教室小說工房

塵霧，晨霧。歷史因果複製的影子，花影尋思我的存在，如是因、如是緣、如是果。

翻開千百年，我們見面的理由：

乘願再來阿含經：坐在這花園杜鵑苦、集、滅、道，面見我的弟子。

有一天，風這樣子過。

■ 白佛言 著

序

1.

　　每個人都有一個名字，名字中都有一堆故事正在記憶。每個人都有一個生活，生活當中都有一次想要天真、想要可愛的故事之游。我們寫照、我們記憶，我們一起被孩子們創作成一個仰臉微笑的天空，藍色的，藍藍的天空。

　　這就是孩子們的幻變神話，我哭過、笑過、傻過，都在這溫馨的小學教室殿堂神聖，一個個無邪的笑容，像魚、像鱗，更像光，悠游自得。

　　大地的夢想者。

　　我的名字便是在這個可能是世界的另一個角隅生出的，世界原本有著轉動，世界對我有著無窮的聯繫與無窮的意義，我進行著無窮意蘊悠遠的想像與實踐，我想完成領受著「被教導」的年齡，這個祈禱般的想像終究由一群孩子帶領我走出人生的可能面相。

　　這一些師生故事是孩子們教導我的人生哲思，我讓這一群孩子從小學教室工房與曾經許過願望的讀者們會面，每一個小角落都是一個現場故事：教室裡的教學現場、教室外的教學生活現場。我試著回到現場，讓文字描摹故事中的主角，讓故事的文字和影音重現，讓故事說話，說我們的故事。

2.

一九九○年，我正以西牛車的筆名寫孩子們的生活童詩，
我教室裡的孩子們給了我許多思考的人生課題，我像一個正在面
對教學試卷紙的老師，寫著不一樣的試卷，每寫完一張生活試卷
紀錄，我好似看見自己也被孩子們以無窮的真摯擁抱著，我是個
有福氣的大孩子，我被故事深深愛過。在一九九四年四月四日兒
童節《台灣時報》副刊刊登我的童詩創作稿〈七彩童心〉，這孩
子就是教室小說工房〈輪迴〉的主角人物，那一天是學校期中評
量，我在他高年級的教室監考，他挫敗的空白試卷旁摺了隻紙青
蛙，或許他的考試是如何讓這隻紙青蛙躍得遠、躍得漂亮，我陪
他一起參與這六十分鐘，更看他在女兒牆旁邊對著操場吹出七彩
肥皂泡泡，我分享著陽光的潔淨線條創造出的美麗七彩虹光，我
偶爾還會想起這一場恬靜的笑容：

七彩童心

月考。
教室裡安靜得連小螞蟻的舞步
都聽得見。
靜悄悄地，
我是個退離這場遊戲規則的孩子，
再也無法從試卷上的分數，
挽回老師的眼神。

教室內
一種相同的語言
溝通著
兩種截然不同的心底世界。

摺隻紙青蛙吧！
跳啊！跳啊！
躍出筆尖的控制
就有一片綠的草原。
做隻紙天鵝吧！
飛啊！飛啊！
出離課堂的空間
就能展翼遨翔雲端。

我只能是個趴伏窗櫺
望向天空，望向廣漠大地，
輕輕地吐露心事，
就送出七彩肥皂泡泡吧！
編織一個個透明亮麗的小世界，
飄在天空裡，隨風追舞。

陽光晶亮地眼，在肥皂泡泡身上打著月考的分數，
紅、橙、黃、綠、藍、靛、紫，
一個個雀躍的心情，都化成我的七彩童年，
點綴窗外雀榕樹上，
綠繡眼鳥嘰嘰啁啁的春天。

3.

　　回想一九九四年一月二十日《台灣時報》副刊刊登著〈大地的教室〉，創作的當時，我一直思索著「完成自己的一個想法」是人生大事，因此這作品也有機會和大家見面，見面是一個很美的詞、很生活的詞，很「活」，像茶湯入喉的滋味，津液像一種自我對話的美學。

大地的教室

微風掠過一個午後，
稻苗尖尾彼此交互，
湧推綠浪。

燕子在稻苗綠茵上頭，
平行舞弄、工作；
偶爾春燕會仰挺胸脯，
採集風在胸前輕撫；
偶爾直竄高空，
在午陽照耀下的天際雲端
滑翔、生活。

雀鳥在村家簷前，
跳躍、嘰啾、築巢，

遍處忙碌地找尋，
她和孩子溫暖不被干擾的家園。

白粉蝶不為花粉，不為蜜汁，
放假在綠浪堆裡，翩翩起舞。
她是懂得生活、工作、安排休閒的
大地工作者。

燕子是穿梭大地的遊子，
清晨、午後、黃昏，
戲耍銀球運轉大地的時間。

雀鳥是大地僱用的勞工，
不停歇地工作，
早已忘了探尋大地祕密，
嘰啾叫喊一整天。

天地間，小小獨特的孩子，
在完成自己
一個
重要想法。

　　教室底有許許多多的生活語言與層出不窮的「NG」生活畫面，這一些是生命樂觀的源頭。見到六年級的兩位男生，用六年級生的身體躺在下課的教室地板上，玩著幼稚園孩子的心靈遊戲，他倆各以雙腳纏縛對方，扭動笑容滿面如蚯蚓受到刺激一般

的舞動姿態，滾啊、抖啊、閃啊、出手出腳啊，活出一片片笑
聲，如春天的花瓣在春風中浮浮動動。我暗自笑著離開，因為他
們身上帶著陽光的味道，像曬過陽光的被褥，在睡眠的夜裡格外
地香、格外地甜，我享受著這小學的人生教室。

4.

我又到許願池看魚，這一個二年級生教導我的生活方式，
可以恆常地在這裡許下願望，讓許願魚帶在身上，祂身上排列整
齊對偶的鱗片是因為孩子們的希望而返照的光明，一種透明的光
譜，游向任何一個有希望的地方。水本身是清澈見底的，水本身
是柔弱的上善若水，透亮是它的名字，所以我會見到陽光、見到
影子、見到自己的形形色色，都是一種幸福的滋味，像一隻烏頭
翁清晨來的規矩。

回到教室前，我慢條斯理地走向階梯，一步一步地走著，我
在學習一條魚的游的顏色，我止步向前，停格在兩位二年級生的
神情上漫談，陽台上放著外觀褐紅的三英吋直徑水盆，水深十二
公分，大盆子裡有一個小水盆，小水盆裡種著幾株浮出水面的小
葉蓮花正吸收著陽光的線條與變化，蓮葉下有孔雀魚的彩色斑斑
和春天寫下的訊息，綠絲狀的青苔裡躲著許多小孔雀魚，這會
喚起孩子的細胞，這兩位小天使拿著五、六公分見方的小撈魚網
在池中專注滑行，甦活在外面形色世界的小眼睛，像亮在天上冥
想的藝術。滑個一、兩回，見他們兩人低下眼睛，跟著小撈魚網
從水中冒出，眼珠子一直窮追不捨地盯住網裡躍跳的小魚迎向活
力，這一個美好的世紀，是無法替換的淘氣。幾回湊過身來的班

上小男孩，想伸長脖子瞇上一眼，只是這麼一眼，也要央求著大當家的許諾方行，這神氣彷彿是護著寶貝的堅持，見到小魚的孩子都滿足了，這兩位二年級小天使才起身跳下陽台，我不知道他們在想些什麼。肯定他們是若有所思地想著下一個方案，那幸福與滿足的小臉蛋，透出哲人般的神彩，對遠方抱著希望。

5.

我欣羨地保持著距離，參與這一場盛宴，美妙啊！人生的點點滴滴。

我總想著教室知識與生活行腳體驗的契合處，是孩子們可以帶著走的夢想，我二十年中跟著孩子們學習怎麼過生活，其中的滋味怎麼說都是有趣的領悟，當一位小學老師真的是很神氣。

我品味著日本俳句大師的生活茶語：「泉水多清冽，馬蹄遠遠夏野行，看我身在圖畫中，只有草笠下稍些得涼意。」、「聽此不吹笛，靜寂啊！蟬聲滲入岩石時，鳥聲橫江──」，我想，這一些故事本身就是悠游自得的體認，我在這裡和大家見面。

二〇〇八年白佛言作序於台東茶語工房

許願魚
教室小說工房

目次

畫出信心

「老──師──好──」

黃老師的前腳才剛踏進教室，就聽到五年仁班直著喉嚨的喊叫聲。他偷偷的笑了一下，故意停下腳步，誇張的舉起大拇指，抿抿嘴，煞有其事的說：「嗯！好！這樣的年輕人，我喜歡！」還重重地點了兩下頭。

大家一下爆笑開來，老師的奇怪招式最多了。

「老師，這節說話課，讓我們畫黑板好不好？」

就像事先串通好的一樣，其他人也爭著說：「對啦對啦！老師，給我們畫黑板啦！」、「老師我們好久沒畫了！」、「老師好啦！好啦！」……教室就像一鍋煮開的水。

「畫黑板？」黃老師歪歪頭：「什麼？喔──」他一副恍然大悟的表情，「畫圖接龍是不是？好啊！我們今天就來玩這個；不過──」

「耶！」大家高興得鬼叫、歡呼起來，黃老師只好舉起一雙手來，要他們安靜。

「──不過，老師有一個條件。」他換了比較莊重的語氣，大家果然安靜下來，全神貫注地聽著。

「每一個人都必須上來畫。老師幫你們計時，一個人十秒，這樣可不可以做到？」

「可以！」全班整整齊齊的說。

黃老師滿意地笑了：「好，那我們就開始啦！」

這一次的題目是「我們的老師」。黃老師把黑板分成六大格，長長的腳三兩步就走到了窗邊，一聲「預備─開始！」哇！各組的一號都像後面有惡狗在追似的，馬上衝上了講台，大筆大筆畫起來。接著二號、三號……還沒輪到的同學就在台下緊張的大叫：「好了啦！好了啦！不要畫那麼多啦！」不然就是推著同組的戰友：「快啦！快啦！換你了啦！」大家搥手頓腳，椅子好像變成了火爐，每一個人都跳啊跳的，坐不安穩。然後看著黑板上一幅幅「發脾氣的黃老師」、「約會的黃老師」、「睡覺流口水的黃老師」、「和女朋友一起洗澡的黃老師」……大家都笑得東倒西歪，捧著肚子「唉呀！唉呀！」的叫。

「老師！」劉正輝忽然正正經經地大叫了一聲：「老師，林國強從剛才到現在都沒有上去畫過！人家我們都畫三次了！」

啊？林國強？大家停止了叫鬧，看了一下林國強，再看一下黃老師。

黃老師也不笑了，他說：「停，現在全班坐好。」

糟糕！老師生氣了嗎？大家趕快坐回自己的椅子，看著黃老師帶好手錶，大步走向林國強。林國強坐得挺挺的，兩隻手在腿上不安的握緊，鬆開、鬆開，握緊。眼睛盯著桌面，一副等待接受處罰的緊張模樣。

「對不起啊！林國強；我們都只顧著玩，沒注意到你。」黃老師把手撐在林國強的桌子上，彎下腰看著他，和和氣氣地說：「你是不是怕上去畫了幾筆以後，會弄壞了你們這一組畫的圖，對不對？」

林國強一聽，眼眶馬上變紅了。「對，媽媽就是那樣說的，說我只會壞事。」但他只是想著，沒有說話。

「不過，老師現在要看你上去畫一畫。」黃老師溫和但堅決

的看著他，並且再加上一句：「我們全班都等你哦！」

林國強的眼淚掉下來了，一顆又一顆，愈掉愈快，全都跌在褲管上。

大家都安安靜靜，沒敢吭聲，你看看我，我看看你。

坐在林國強旁邊的黃金成也不曉得該怎麼安慰他，想一想，試著伸出手搖一搖林國強的膝蓋，他輕輕的說：「你畫不好，我們也不會怪你啊！上去畫一下，沒有關係啦！」

同組的其他小朋友聽黃金成這麼一說，馬上從沉默中醒過來。「對啦！對啦！你去畫啦！畫不好也沒關係呀！」大家七嘴八舌地搶著向他保證。

可是他還是沒有說話，只是低著頭啜泣著。

「林國強，你一定要上去畫，我們大家都會等你。」

林國強的眼淚「啪！啪！啪！」越掉越多，兩個瘦瘦的肩膀一抽一抽的。他邊哭邊想：「老師說的是真的嗎？真的要等我嗎？我每次都考最後一名……昨天的數學只有三十一分，爸爸也說我是笨蛋，沒藥可救了……。」

「來！我們給她拍手鼓勵鼓勵！」班長洪以德大聲地說。

大家都拍起手來。林國強周圍的同學都替他打氣：「好啦！好啦！去啦！上去啦！」

林國強擦掉眼淚，慢慢抬起頭，遲疑地看著黃老師，不知道該怎麼辦才好。

「快啊！快啊！怕什麼？我們都在等著你上來啊！」黃老師邊說邊退回講台，拿起一隻粉筆，並向他點點頭。

林國強咬著唇，終於站起來了，很慢很慢的向前走去。幾個小朋友捺不住興奮，輕輕的叫道：「好耶！好耶！」並且拍著手。

他走上講台以後，偏轉頭看看站在窗邊的黃老師；他看到

老師向他點頭微笑。他再往台下看，看到其他小朋友也都笑著看他；有的拍手，有的說：「畫啦！免驚啦！」，惹得大家「哈！哈！哈！」大笑起來。林國強忽然也想笑了，但是，他一回頭面向黑板的時候，又害怕起來。他深呼吸了一下，費了好大好大的力氣，終於舉起右手，輕輕的在黑板上畫了一筆，又一筆……

台下的小朋友高興得不得了，又開始比手畫腳起來：「那邊那邊！畫那邊！」「對！對！對！還有那裡！」

「我們給他三十秒好不好？」

「好！」、「贊成！」小朋友一邊忙著指點，一邊支持黃老師的提議。

林國強每畫幾筆就回頭看看台下，大家好像都沒有不高興呢！

他覺得自己的勇氣越來越多，把原來的害怕給踢出去了！

黃老師帶著笑，扁扁的身體靠在窗邊，輕輕的晃起來。他在林國強畫好另一隻蝴蝶結的時候說：「停——，時間到！」他知道快下課了。

林國強放下粉筆，轉過身子，眼睛亮亮的看向同組的小朋友；大家帶著笑容大聲鼓掌，「耶！耶！」的叫著。他害羞的咧開嘴笑了，走回座位，坐下，又有點擔心的看著黃老師。

黃老師輕鬆的坐上窗框，開玩笑地說：「林國強，爽喔！這麼多人在替你加油。」小朋友「嘻嘻」的偷笑起來，林國強不好意思的抓抓頭髮，也跟著傻笑。

「我們看見你用自己的手，在黑板上畫了手錶和鞋帶；還有……」黃老師站直身子，用手指頭比了比自己的左胸，「你在這裡給自己畫上了信心，知道嗎？」

林國強專心聽著，不由自主的點了兩下頭。

黃老師笑了開來，在鐘聲響起時，他又三兩步地走到講台

中央。

　　「年輕人，下課囉！」

　　本文曾以作者：黃連從、改寫：林靖雅等名字刊登於
《兒童日報》第六版，一九九〇年九月二十八日。

許願魚
教室小說工房

開學日

　　鄭召政穿著紅色滾著兩朵小花的塑膠拖鞋，走過黃老師的面前，黃老師還來不及對他露出微笑，他已低下頭，沉重的遠離講桌，回到第一排靠著門邊的位子坐下來，滿臉不願接受今天這個開學日的無奈表情。

　　他也不看鄭召政，就對全班小朋友說：「嗯！今天你們第一次看到我，心裡一定很害怕囉！你們會想黃老師到底是個什麼樣的人？會不會亂罵人？他那麼高，搞不好被他這麼一丟，哇！就到外面去了！」黃老師開朗的笑了，「你們現在很緊張，是不是？」

　　鄭召政也正為這個問題而納悶著：「這樣的老師會喜歡他嗎？」以前的日子又回到腦海，「不可能的，我知道我永遠不會被接受」，鄭召政斜著眼，偶爾看看這位新來的老師。

　　「ㄟ！」黃老師把雙手撐在前排小朋友的桌面上說：「你們上小學一年級的時候，心裡是不是也很害怕？糟糕！這裡的人我都不認識，媽媽又不在身邊。」黃老師雙手環抱在胸前，做出害怕的樣子，「那時候你一定很想哭，對不對？有過這種感覺的舉手？老師看看？」

　　五、六個小朋友頭低低的笑著舉起手來，大部分的小朋友還在觀望。有的心裡想著：「舉手會不會被老師取笑？會不會丟臉？」有幾張猶豫的臉似乎在衡量著，「第一次見面，該相信這位老師嗎？」疑惑的眼神在灰涼的空氣中交疊著。

　　黃老師走到牆角，整個背貼著牆面說：「你們知道嗎？讀一

年級的時候，我就這樣躲在牆邊，緊張得眼淚一直流、一直流。」

鄭召政看著黃老師的動作、眼神。他覺得那是陌生的，陌生得令他難以相信，竟然有這樣親切的新老師出現在他的教室裡？不！那是在演戲吧！他在自己心裡找到記憶中的證據，否定他所看到的一切。

「你們讀一年級的時候，曾經像老師一樣害怕的，舉手讓老師看看有多少個，好不好？」

將近有三十位孩子舉起右手，互相看著其他的小朋友。他們知道自己被接受，不再害怕這位瘦瘦高高的老師了。

黃老師說：「原來有這麼多害怕的小朋友，老師那時候就好想大叫：『媽！快來呀！』」

班上的孩子開心的笑了，灰涼凝重的空氣被一陣湧入的涼風帶走了大部分。

黃老師伸手摸摸王銘洋的臉頰說：「ㄟ！你知不知道你很可愛？」

「不知道！」王銘洋不好意思地搖著頭說。

「你是說從一年級到現在，都沒有人說你很可愛？」

王銘洋壓抑住自己興奮的心情，搖了搖頭。他的心臟不聽指揮的怦動著，只好把頭垂得更低，可是不一會兒功夫，他又抬起頭來，望著這位新來的老師。

鄭召政好奇地望向王銘洋的桌緣，看著以前常被罵流氓、野孩子的王銘洋，他很有興趣地期待著結果。

「沒有？」黃老師打抱不平似地說：「怎麼可能呢？都沒有人發現！你們說這是什麼世界嘛！」

班上的孩子笑得格外開心，鄭召政也因那一句「這是什麼世界嘛！」嘴角露出了笑容。

黃老師伸出右手，指著門邊的鄭召政說：「你！嗯！」黃老

師把掌心抬了幾下，示意他站起來。「老師看你穿紅色的拖鞋，明天穿鞋子來上學，好不好？」老師試探性地徵求他的同意。

鄭召政用雙手撐起自己的身子，雙眼低下來，將頭埋進那一連串被傷害的記憶漩渦裡，偶爾抬起雙眼搖頭，表示抗拒和不願被干涉的反擊。

黃老師也跟著他搖頭，然後說：「人家電影《上帝也瘋狂》裡，搖頭是表示贊成呢！」班上同學一陣大笑。「那你也表示贊成囉？」老師把脖子往前伸了伸，徵求他的同意。

鄭召政依然搖著頭，他認為全班大笑，似乎是在取笑他以前被老師叫起來回答問題，他答不出來。他們的笑就和現在沒有兩樣。他已經習慣沉默等待老師的判決。坐下是最容易解脫的方法，但坐在冷板凳上，心裡的不舒服又會一陣陣浮上來。黑板上的字和老師的話，就更加模糊不清了。

「ㄟ，哈囉！」老師看著鄭召政說：「你一定很傷心，來，來老師這邊！」黃老師靜心地等待著。

鄭召政讓拖鞋貼著地板，磨出低悶的聲音，像死刑犯上斷頭台時所磨出的絕望聲響。鄭召政來到老師跟前，黃老師順手摟住鄭召政的腰，把距離拉近一些。

「你這樣搖頭，老師猜不出你要告訴我什麼？我如果亂猜，又會誤會你。現在你試著講出來，好不好？不管你講什麼，老師絕不怪你，好不好？」黃老師縮回右手，問鄭召政。

「你明天穿鞋子到教室來，好不好？」

「不好！」鄭召政直接了當地回答。

「嗯，黃老師聽到你的聲音了。」黃老師高興地看著他說：「嗯，很好！」

「你是不是腳受傷了？」

「不是！」他的聲音放大了，他有點不耐煩一直被追問，不太想理會這位新老師。

「那——是不是你沒有鞋子穿？」

「不是！」鄭召政這時才覺得愉快些，因為這樣的問題令他發笑。

「嗯！那一定是不習慣穿不喜歡的鞋子，對不對？」黃老師似乎為自己找到了另一個線索而高興的笑著。

「對！」鄭召政這次淡淡地笑了，臉上的表情也釋放開來；他有一種被了解的開心；班上同學也跟著笑了，好像大家都因為找到真正的答案而高興。

「喔，原來！」黃老師笑著說：「那你試一次看看，試試看這次穿起來感覺怎樣，好不好？」

鄭召政低著頭，微笑地點了點頭。黃老師輕輕的推了他一下，說：「好，慢慢走回原位，拜拜！」

鄭召政輕快地坐了下來。

老師說：「剛才聽你的聲音，很好聽……」這時教室外傳來一陣電子鐘的催促聲。

黃老師伸平了雙手說：「小朋友，下課好不好？」

小朋友有的沉默不語，有的搖搖頭，兩眼發亮的看著黃老師。

「神經病，哪有不下課的？」黃老師用食指併著中指，指著太陽穴說：「我看你們阿達！阿達！」

離開後門時，黃老師順勢伸出右手，掌心輕觸鄭召政的髮際，微笑地看著他走出後門。

本文曾以作者：黃連從刊登於《兒童日報》第六版，
一九九一年九月。

輪迴

這是一篇感人且發人深省的教育故事。在這篇小說中，老師站了起來，向少年深深的鞠個躬，鄭重道歉，扭轉了一個狂意少年可能往下墮落的稚脆心靈，最後，少年的心靈世界逐漸回復青翠的一頁。

——《台灣時報》副刊編輯

教師節快到了，老師的影像在同學們的腦海裡、唇齒間，繪聲繪影地呈現，下了課的教室成了一齣野台戲。

可是，奇怪得很，在我的腦子裡找了半天，就只承認一位，我五年級的林老師。

我是個被冷落在教室邊緣的一位十二歲的少年。從這個角落，我可以聽到、看到同學們的一切；談論起每一位老師的點點滴滴，並且手舞足蹈地模仿他們之間的一些趣事。

嘿！這是我的眼睛所無法勾勒的那一回事兒，那些樣子，啐地！令我不太愉快。但是，我也會依樣畫葫蘆啊！在眾目睽睽之下，表演就不是一件難事。只是我的演出和其他同學相較之餘，有如天地之別罷了。這一線之差，可以讓我專挑一些老師對我不好的態度當成劇本，一方面取悅大伙兒；一方面也用這種方式向老師的神聖地位挑釁；一方面也說明，我就是和別人不同，我敢這樣做，而同學們不敢，同時也無法感同身受；那種如垃圾一般，用後即可隨時丟棄的無助感。除了這些，我還一直在緩和自

己的心情，因為坐在教室裡，必須忍受老師和同學們對我的不平等待遇和眼神。

回想起和老師們起衝突的那一天，也讓我更深地認識另一位老師，我喜歡他的地方，就是他處理起我的事情，總和常人不同；這種說不上來的調調，有如悶土窯味一般，特別地吸引我。

事情是這樣突然發生的。

早上全校的升旗典禮，大家都表現得很好。

國旗剛掛入半空中，與中秋後突來的烈陽爭豔，水泥操場上，刺眼的熾陽，這般燥熱地環繞住整齊刻板的班級隊伍，來回奔竄地鼓動大家。眼前的景色，偏偏又是二樓灰死白的教室色調，極不搭稱地硬擋攔著我這充滿活力的年紀，令我好不燥鬱。

黃老師掛著紅色的導護臂章，他是本週的總導護師，一升完旗，他就走上講台，拿著麥克風，煞有其事地攤開掌上的二張小紙條，他瘦長的身影扭曲，聲音違反常態地輕柔。我在遠處早已嗅出，這種輕柔帶點失望，類似一種灰心、無力感，怎麼嗅怎麼不對勁，光看黃老師低頭沉思的模樣；我就斷言，大事不妙，「一定又少不了我的那一份。」

黃老師根本不看我們，不如他往常站在台上的神彩，總會把愉快停放在我們身上，蹓躂蹓躂的打轉一圈後才開始對全校小朋友講話。現在的他，只對那狗腿子送上的黑名單感興趣。

「念到名字的同學」，他沉寂片刻，終於開口說話了，「請到升旗台上來。」一念完名單，我們九個人就筆直成串地穿成一排，呈列在二百多雙的眼珠子裡；像小漁村黃昏下的市場，任由小魚販們擠著審查、選購，東來一句嘮叨，西來一嘴嫌棄，在同學們心底討價還價。

「又是壞蛋。」

　　這是我對自己說的一句心裡話。反正在這個升旗台上上下下，又不止一次了；有上台，就有下台，村裡頭廟會上的野台戲，也都是如此上下地反覆著一個人生。何況我才剛上了台，光是台下打量我的眼珠子，和校長表情上的變化，我再也確信不過；無庸置疑地，我是個壞胚子下凡，再變還是這個樣子；這個答案在我居住的漁村中流傳，早已像市集前貼在佈告欄上的明顯標語一樣，顯眼耀目，公告周知。

　　此時還蠻有趣的，看黃老師傻乎乎地問過一個同學之後，又接著下一個。

　　「進校門後，為什麼又偷跑出校外？」他專注地問著：「有沒有向老師或班長報告？」同學們沉默不語，他又會接著問：「有沒有其他原因？」

　　「感冒！回家吃藥。」折騰了老半天，二位同學都給了很好的理由。

　　黃老師又問到下一位，我們班上的巴結王，只見他使力地乾咳二、三聲，那如同破爛鐵滾入泥地的吭吭咚咚，黃老師深表同情，同學賣力的演出，成了有力的說服證據，不需解說的一切，黃老師請他們下台，回到自己的班級。

　　「我……」黃老師問起我時，我不好意思的垂下頭，不知如何回答，只坦白地說著：「我偷跑出去玩的。」我心裡也明白，這不是一個能得到原諒的好理由，誠實未必會取得對方的諒解。況且被前面的同學打壞了買賣，這生意就更難圓場了。我相信眾目睽睽之下，準會有個小麻煩在我的身上發生。只是看著王明橋回到班級後，回看我的幸災樂禍的樣子，更讓我不舒服地咬牙瞪著他看。因為他和我是一伙的。我們溜出校門，躲入陳老伯的雜貨店裡打賓果電動玩具，他剛才說謊騙了黃老師，只是運氣好沒

被拆穿罷了，黃老師寧可去相信一個編好的謊言。

　　黃老師像沒事般地問到幾位中、低年級的小朋友，對我的坦白一點也不訝異，我正納悶著，他到底在打什麼主意？

　　他走下升旗台，面對全校的小朋友，沉靜一下子，正想張口時，又突然轉身看著我，他向前屈身，注意到我的腳，仔細地研究我為什麼不穿鞋子，光著腳在空氣中透涼，我也不慌張，只是淺淺地笑著。

　　前些日子，校長都不定期地向我說了好多回了：「吳敏雄，要穿鞋子。」我每次都低頭應諾說：「好。」結果我還不是一樣，不穿鞋子上學。常常光著腳在他眼前晃來晃去，讓他不舒服、嘔氣。反正習慣了就好，他總是像老女人一樣，嘮叨幾句就沒事了，對我這常犯校規的人，他早已死心了。

　　其他的老師也差不多是這個樣子。難道他們看不見自己嗎？我可是從一年級的純真、活潑、可愛，經過他們的手上教育，六年級了。我成熟多了，我學習觀察他們心裡的一舉一動，以免再度違反他們訂下的規矩，增添麻煩。就算真的出軌了，還不是固定的二種樣板，一則處罰，一則原諒我的初犯，給我一個自我檢討的新機會，我都會背誦這些話了；但這裡頭卻存在著一個不變的真理，大人們的態度沒變──我是個無可救藥的孩子。

　　想到這裡，正是無聊時刻。我在台上，黃老師在台下摸著我的腳指頭，我伸手在黃老師的頭上扮鬼臉。原本，我只想掩飾自己心裡的不自在，也讓台下的觀眾把注意力集中在我身上，我給他們樂子，大家娛樂片刻，消除緊張的氣氛，享受地球暫時為我停止轉動的偉大；沒想到遠處傳來一聲巨響，把這種過癮的滋味都喚散了。

　　「吳敏雄，你給我下來。」窮吼的是新來的訓導組長李老

師，他正繃緊臉上的神經，邁著錯亂的步伐，向我這兒逼近，「你幹什麼？」我也迅速、慌張地直接跳下司令台，站在李老師的眼前，我感覺到他好高大、好雄壯，有如廟門板上立著的戰神一般。我知道這下樓子捅大了，不知如何在眾人面前安頓好這張犯錯後無地自容的臉。我只能裝傻，傻傻無辜地賣笑。

「跪下！」李老師睜眼怒吼地說著。

「為什麼啦！」我不客氣的用閩南語回了他一句，伸手直截地撇開，他企圖靠近我的雙手，我就衝著他對我的公開侮辱發火。

「跪下。」他的聲音更大、更堅決，有如震響大海的氣勢，連停靠岸邊的竹筏，都不規矩地晃盪了好幾回。

「為什麼？」我更不客氣地加強語氣，明知道全校的人都看在眼底，我就更不能示弱和妥協，我豁出去了。剛才控制不良的話都說了；覆水難收，我只有狠下心，堅持到底。

黃老師見情況不對勁，向前跨了一大步，接近我的身旁。他伸手想抓住我的手臂時，我不經考慮地用力回手，同時惱怒地回了他一句：「我可以不要來學校讀書啦！」

「到辦公室來。」黃老師著急地想抱我回辦公室。

我哪裡願意呢？

這對我來說，是很不利的；我使力掙脫他的手，他卻早已抱起我的腰前進；我慌亂地突一揮拳，閃過他的臉旁，結果撲了個空。

「吳敏雄，你幹什麼？」突然喝喊的是那個像老女人般的校長先生，他企圖用嚴厲的口氣壓住我的攻擊，制止我的下一波行動。正當我想再度揮出第二拳時，黃老師完全掌握了我的一切，我的怒氣只能讓身體像毛毛蟲般地扭動，不見更好的回應。進到辦公室的前半分鐘，林老師的話從樂隊隊伍後面傳來。

「吳敏雄，你忘記了老師跟你講過的話嗎？」老實說，我有一點軟化，因為那是我最尊敬的五年級導師。她最尊重我，凡事總會和我好好地說道理；在她的眼前、當她的學生，我就會穿好鞋子面對她。其他的老師，我才懶得去理會他們；一看到我不穿鞋子、赤著腳，我就知道又要忍受一大堆訓詞了，那種千篇一律的壞字眼，好比說：有規矩、有禮貌、很端莊。這群字眼，真會令人嘔得吐血，不耐煩地想著。他們總拿一些好學生的榜樣讓我更沒面子；我就是這個模樣啊！他們怎麼不要求我長得和別人一個樣呢？嘴巴上老是只會說著一大堆人生的道理，實際上呢？我看他們和我沒有什麼種類上的差別，也是壞胚子下凡。說什麼五根手指伸出來不一樣長；每個人都有自己的優點。為什麼發生在我身上的事，就是五根手指一般長？去他的生活與倫理──仁愛為什麼鳥之本。

黃老師押送我這現行犯進了辦公室，我緊握住雙拳不放，對著他怒目盯視，做好萬全的防備姿勢，以便再度出擊。這時，六年級的邱老師也跟了進來，觀看事情的進展，哪怕我的個子只到他們倆的胸膛高度而已，但我也會不惜代價，準備打上一架。

「吳敏雄，請坐。」黃老師拉動木椅，示意我坐下來談，我保持沉默地按住不動，看他能怎麼樣再說。反正我不願意接受的事，就別勉強我。就像剛才他強拉我的態度，讓我不願接受他的好意。

和老師們抗衡、玩捉迷藏、耍狠的經驗，我是極豐富的有本錢，和他們玩上一大把。只要我堅持到底，他們就會放我回教室，因為他們放不下功課表指揮著他們的上課、下課，而且他們需要充足的休息來補充上課所耗損的電力。但情況也有糟得不好收拾的局面，當運氣背得吃緊，恰巧碰著死硬派的老師時，對我

的脫身技巧，可要花上更長的時間，耗上一陣子了；但只要在重點時刻，逮住那個關鍵點道歉，承認自己的不是，一切又會恢復往常的秩序，友誼長存。尤其是死硬派的老師，有意無意地暗示我道歉下台時，那千載難逢的機會，我絕不可能放過的；如果當時有其他的老師在場幫腔的話，我的勝數可就百無一失了。選擇每一次的生死關頭脫困而出，成了我生活上的獨門絕活，就像阿嬤學會一手補破網、刺蝽殼的絕活，就可以生活到老。

黃老師慢慢地靠近我，接著說：「吳敏雄！老師先請你坐下，我想和你談一下方才的事。」

我故意裝出不在意的表情，聽他繼續說下去。

「你現在有權利，可以拒絕或接受坐下，我一定不勉強你，我尊重你的決定。」說完後，他注視著我，等著我的回答。但我依然保持靜默，雖然開始有點兒被重視的舒坦，但情況未明之前，我習慣斜腳站立，以防突襲，更避免露出心底的馬腳，被他視破。

「嘿！你的拳頭握錯了。」黃老師直接扳著我的手指頭說：「這樣握拳，在打架時很容易扭傷拇指。」他調整了我的攻擊姿勢，然後說：「應該把拇指往外抱緊食指和中指。」黃老師做了示範；讓我明白他所說的。

邱老師也在一旁淺笑，我不清楚他在笑什麼。不過，我想他們倆可以感覺得出來，我的怒氣未消，反而有點加深。從黃老師撥動我手指的剎那間，我就集中全身的力氣，在手指間反彈、反抗他。他一定清楚，我可不是省油的燈，我也沒那麼笨，同學們的打架，誰都知道，隨便放鬆手指的力氣，就是代表和解或認輸的開端。

問題是，我正盤算著，從明天起開始蹺課：不到學校上學，

讓老師和爸爸再四處求門，忙著在左鄰右舍的巷口尋人；要找得到我落腳的地方，也不是一件容易的事；上回和爸爸打過架後，我幾天不回家，躲在陳博文他家的倉庫裡，還是一樣過日子。陳博文的零用錢多，又是班上的前三名，我們從幼稚園開始就是好朋友，再說老師也不可能想到，他總會幫助我。

「我會殺人喔！」我使出殺手鐧，回了黃老師一句。

「我聽到了，現在你更生氣了。」他只輕描淡寫地帶過這段話。

「我真的殺過人喔！」我不甘示弱地再強調一遍。

他有點兒停頓了，把頭低得貼近我的眼睛，我發現他有些兒軟化了。老樣子，只要我耍狠，一定會贏的。

「現在。我在辦公室等你。有鴨頭沒？尺三？尺八？三尺六乀？開山刀搬來沒關係！」

這下我有點兒昏了，有些行話是我沒有聽過的，我開始擔心自己了，等一下會是什麼場面？我聽得出來，黃老師真的發毛了，真後悔剛才出了狠招，現了底牌。

黃老師接著說：「我抱你到辦公室是有用意的，因為本來全校同學對你的印象不錯，學校的花草沒有你為他們澆水，早就死光了；我是擔心升旗時，你挑戰全校的老師，同學們都看在眼裡，他們如果對你印象不好，那你不是越來越沒有朋友了嗎？自己一個人在家裡自己玩，有意思嗎？」

黃老師說到我的心底事了。我到學校上課，就純粹為著打發時間而來。就像接近黃昏時刻，一群沒事好做的漁村老人，就會群集在媽祖廟口下象棋，身後的軍師大老或是靜思，或是伸手直搗棋盤，吆喝一聲「將軍」抽「車」，為的是撥弄在他們身上剩下的太多時間。我和他們一樣，讓創造時間的人無窮無盡的折騰

我們。許多時間花在外面閒逛，真沒意思。和一些年輕人湊在一塊，我又玩不上那些超乎我年齡所能操作的點子；要我陪個二、三歲的小娃娃四處晃晃，我又不甘心。偶爾心情不佳時，踢踢路旁的野狗，見牠驚叫，就撿石塊向牠猛拋；雖然這可以暫時消消氣，但狗還是沒有同學來得有趣。我們同學之間會有一些新鮮事相對應著，當我想不出新點子的玩意時，這時同學便大大的派上用場，補個空檔，增加世界的光彩，讓我樂得忘記時間這討厭的跟屁蟲。現在我並沒有對黃老師軟化、鬆懈下來，我正鬥著他呢。

他接著說：「我知道在升旗台前，我用力拉你的手肘，你一定很氣憤，想揍我。這一點我完全可以接受。而且我又沒有事先聲明，通知你，說：『我要拉你的手肘了。』就算黃老師已經是個大人了，還是和你有一樣的反應。沒想到我想幫助你，卻讓你更忿恨不平，就這點，我該向你道歉。」

黃老師說到這兒，我開始懷疑自己耳朵所聽到的一切，從來就沒有人，會在相同的情形下，向我道歉。反過來，一定會用更火爆的口吻來壓迫我，要我不得不軟化，承認錯誤。我總是被處罰過後，閉唇咬牙，用極限的斜眼，怒視大人，取回自己一點點的尊嚴。我告訴自己，我只是輸在個子比那些大人小得多而已。

「對不起！請你原諒我剛才對你做的動作，拉你的手肘、抱你的腰進辦公室，真是對不起，讓你氣憤這麼久。」

黃老師站了起來，向我深深地鞠了個躬。我完全愣住了，沒想到，他是真的向我道歉。我明知自己不對，只是我不可能承認，我對大人就是沒那個信心。我對他們不懷好意，他們對我也不懷好意。

我的眼神中閃爍著不安，萬萬沒有想到，我讓一個老師那麼誠懇、慎重其事地向我致歉。我擠在拳頭和臉上的火力也完全褪

了下來，我放棄反擊，開始注意他對我說的每一句話。

　　黃老師拿了把椅子，自己坐了下來，看了看我之後說：「剛才在升旗台上，你對我扮鬼臉，我也可以接受。因為我相信你沒有惡意，只是想開個玩笑，好玩而已。你一直都很善良。而老師低下頭去仔細研究你的腳，是因為我看到你腳上的傷口化膿了，我只是想請你到保健室，讓護士阿姨幫你消毒、擦藥。你自己低頭瞧瞧！傷口都冒水珠了。」

　　我自己看著自己的腳，真的如黃老師所說的一樣。我越來越相信他了，但還不是全部。我還在衡量，自己和自己商量了好一下子，就暫時相信他一半好了。

　　黃老師接下說著：「ㄟ！你還記得五年級的第三次月考嗎？你的考卷都不會寫。老師也沒辦法幫你。我看你在桌上摺紙青蛙，用鉛筆的筆尖控制他跳躍的方向。我看著你發笑。我也控制不了自己的好玩，請你到講桌旁，私下問你還會摺些什麼東西？你告訴我說：『紙天鵝！』我很欣賞你，還請教你這些東西要怎麼玩？你忘了喔！後來你吹起肥皂泡泡，老師也沒去打擾你。因為你並沒有干擾到其他同學的考試。你私自跑到教室外頭，對著太陽光吹起泡泡，我專心地欣賞飛著的七彩泡泡，沒去打擾你的興致，你忘了啊！」

　　這點倒提醒了我那一節的月考。我真高興。黃老師非常尊重我，沒限制我坐在位子上，不准走動。想到這些，我真的相信，他是很有誠意的。他想快點把我拉離操場，是真的沒有欺侮我的惡意。我還記得五年級上學期時他當總導護，有一次，他叫我們三個為學校澆花的同學，上升旗台表揚，也請全校的小朋友為我們鼓掌。黃老師還說：「聲音太小了，再鼓勵一次。」那是我最光榮的一次喜悅，全校的小朋友都被我們三個迷住了。

我開始喜歡黃老師了。黃老師見我微笑，接著說：「剛才你揮拳打我，還好我閃得快，否則我今天一定掛彩，你打我的這個舉動，我不願意接受。」

我不好意思地低下了頭。他又說：「我該向你表明的，都說了。我知道你現在心情不太好，現在你該回教室去，自己一個人靜靜地把這些事想一想。搞不好，待會兒心情就好多了。」

我聽了黃老師的話，回到教室。離開辦公室前，我都保持著沉默，心裡想著：我們導師只在一旁觀看，很冷靜地聽。他待會兒會怎樣對付我？這又是我的另一個心結。

走在樓上的長廊上，校長正在對全校學生訓話、講道理。我也不管他說在些什麼，就進到教室裡去了。剛坐到自己的位子上，我就聽到黃老師在操場上，向全校小朋友說話的聲音：「各位小朋友，剛才有沒有看到吳敏雄做的動作？」

「有。」全校小朋友異口同聲地答著。

這引起我更強烈的注意力，我選定一個靠近窗戶的位子，摒除其他的一切想像，注意地聆聽黃老師的任何一點聲音。這對我是極為重要的，黃老師怎麼說，將會關係著我在學校的人緣，和全校小朋友對我的印象。

黃老師說：「你們不要誤會吳敏雄，在那個情況下，誰都會反擊的。就連黃老師也不例外啊！你們設想一下，在自己沒有得到通知的情況下，就突然來了個刺激，你會不會先保護自己？」

「會。」這聲音在操場邊傳開，黃老師繼續說：「問題就在這裡，我去拉吳敏雄的手肘時，根本沒有先得到他的允許，也沒有事先通知他，說：『吳敏雄，我要拉你的手進辦公室了，你準備好了嗎？』如果我有事先表明，才能幫助我們兩個做好準備，那也就不會有今天的衝突事件。黃老師自己也覺得不好意思。還

有一點需要各位小朋友一起來幫忙的。我們一塊兒來設想，吳敏雄今天一大早可能心情就不好，又被叫到前面來，他只想開個小玩笑，只是時機選擇不當。各位小朋友，待會兒回到教室，或在學校碰到吳敏雄，要多鼓勵他、安慰他；不要在他後面指指點點的，否則我們又讓他的心情走下坡了。現在的他，最需要各位幫忙安慰，尤其是六年乙班的同學，待會兒的責任更大。你們要表現友伴的關懷，就是現在。可能先逗逗他啦！問問他心情平穩了沒有啦！還在擔心什麼啦！」

我在樓上聽得心都癢癢的，像幾千萬隻白蟻啃著心頭，蛻化出透亮的羽翼，飛入黃老師的心坎去了。我明白，他真的在關心我的一切，是很誠心地在為我設想。一開始我就誤會他了，而他反而如此尊重我；我沒去尊重他，他會怎麼想呢？

黃老師說：「延後十分鐘上課。」全校的小朋友就原地解散，下了課。

才不到一分鐘，廣播器上就聽到訓導組長的聲音：「全校老師請到辦公室集合。」我一聽，就直覺麻煩的事又來了，我很快就清醒過來，沒時間去品嘗黃老師對待我的一切；我趕緊請了死黨陳博文到樓下辦公室外面的花圃蹲下，聽聽他們在說些什麼，讓我多少掌握學校的一次密商。這時候也只有陳博文讓我最放心，而且老師又特別疼愛他，如果出了漏子，也不致於被大罵一頓。

第一節下課，陳博文就帶我離開自然教室，在車棚旁的空地上詳談，一路上他只是不停強調著：「敏雄啊！你這下完蛋了！」我看見阿文緊張的神情。「沒人可以救你了。」

我整顆心都七上八下的，但越是催阿文快點說完，他越是拖慢語調，好像不如此故作神祕，就不能讓我明瞭，當一位偵探的

專門技術和出生入死的浪漫。停了一會兒，他終於肯開口了。我的大偵探說：「黃老師聲音蠻大的，像在發脾氣一樣。」我僵住了，推搖著阿文的手臂，質問道：「黃老師說我什麼？」

阿文逗著我說：「那你猜黃老師在背後會說你什麼？自己想也知道，還好意思問我，都沒有一點自知之明。」

「好嘛，好嘛。」這不是我弄彆扭的時候，因為我自己清楚得很，陳博文是我的恩人，不管什麼時候，我都不敢開罪於他，我可不願意失去一位這麼有水準的朋友。

「你慢慢聽嘛！如果我被逮著，你還能聽什麼啊！」阿文神氣地說著。

他就是這樣，故意和我有些不同。他可以坐在教室的冷板凳上一整天。只要一張計算紙和一筆紙，他就可以不到教室外面，和我們一樣對著一個籃框、一顆籃球，十幾個人搶著一個球，面紅耳赤、汗流浹背。我有滿腦子的慾望和想法，更有用不完的精力，就像是個六年級的學生。但他一點也不像。

你想，一個男孩子怎麼會對距離等於時間乘以速率有興趣，而且換過來、換過去，改變一下符號，把乘改成除也可以。把一個圓拆下來，排成一個長方形，就可以知道長方形的長是圓周的一半，更可以算出圓周率等於什麼來著？更妙的是最近老師上的分數乘法：什麼 $\frac{5}{7} + \frac{2}{1}$ 就是 $\frac{5}{7} \times 2$，所以 $\frac{5}{7} \times \frac{2}{1} = \frac{7}{5} \div 2 = 5 \times \frac{2}{7}$。這陳博文，下課時的美好光陰都在玩這個，玩得不像個人似的。老師說，一句「玩物喪志」拿來形容他最恰當不過了。上自然課時，同學都在研究變因，我卻說他們「變態」；但我可沒說阿文，人家他有本事，只有他拿第一名，當模範生的，我不會噱他幾句。許多同學的功課出了岔，只要經過他的嘴巴一解說，拿著

教具邊說邊做一遍，就這麼輕而易舉地萬事OK。他也想如法泡製地教會我，我總回他一句：「我阿嬤都沒樣做，六十幾年來還不是活得好好的。」見我這麼說，阿文也只好讓步，因為他知道，這些東西會把我的腦子搞碎、搞爛，他也不忍心。

　　阿文見我一副可憐的哀求模樣，接下去說：「剛開始時都沒有聽到黃老師的聲音，不過還沒有正式開會之前，就有兩、三位老師說，在升旗台前就想先揍你一頓了。正式開會時，訓導組長先說話了，他說：『今天碰到這種事，讓我很心痛，沒想到有學生會當眾攻擊老師、打老師；當場我真的很想先賞他一拳，不過我控制住了。要不是黃老師在場，我真的會出手。開學時，我在導護工作欄上印了「多一份關心，少一份操心」。這需要各位老師多花時間，對學生付出愛心，積些陰德。各位老師對這件事，還有沒有其他意見？』」

　　「這時候也沒有聽到黃老師說話的聲音，倒是校長先講話了：『今天各位老師都很辛苦，幸好黃老師先把他拉到辦公室處理，否則真的很麻煩。吳敏雄本來就很難管，五年級的時候就很令人頭痛；林老師也感到很棘手，跟他說了好多次也沒用。』這時，我們林老師插話了，她說：『校長，吳敏雄這個孩子用硬的沒有用，他不會接受。如果好好地跟他講，他就會接受：用軟的才有效果。』校長接著說：『這可能要麻煩邱老師在六年級的時候，多花點心思輔導他。』」不知怎麼地，一聽到林老師的話，我的心都破了，眼淚失控地流了下來。

　　「哪有用硬的沒有效的？」說話的是我們的「好好先生」──教導主任，他年紀都一大把了，和校長差不多。他接著說：「都爬到老師頭上撒尿了，先揍一頓再講，要不然就無法無天了。」連陳博文也插入自己的看法說：「教導說的有道理。」我

不作聲，以免打斷阿文的話。

　　「黃老師這時候開始發表他的意見了，他說：『校長、主任、各位老師，今天這個個案，我想，先不要以他是「觸犯我們教師權威」的角度來思考。我個人從另一個面向來分析；或許今天該反省的，是坐在這裡的我們。你想，一個孩子整天坐在教室裡八個小時，連個生字都不會寫，他的日子是怎麼過的。如果是我們，那情況可不同了，我們小學時的功課都名列前茅，有機會上台表演自己的能力，搖擺一下，得到許多同學的拍手鼓勵，得到該有的成就、肯定和自尊。問題是，吳敏雄沒有這個機會，而我們在教室裡隨著教材前進，沒有人停下來等過他，事實上，我們也無法等他，我們好像都在進行「反教育」，「製造更多的精神病患」。把一個孩子放在教室裡，不斷地剝削，直到他臉上失去光彩，最後出了問題，我們再集合起來檢討他，這對吳敏雄不公平吧！我們可否從另一個角度著手設想：這個個案會重新帶領我們，如何進入一個孩子的內心世界，我們自覺了解他多少？能給他什麼協助。各位老師也都看到我今天的處理過程，為什麼我還跑出去和全校的小朋友解釋清楚。在這歷程中，我一直想著如何和吳敏雄談一談，如何讓他相信我，如何把這件事變成一份教材，教他學會一些什麼。我想我們都很清楚，憑著我們的職位、知識，都可以把這權力擴張開來，一口吞沒吳敏雄。同樣地，我們更可以在使用這權力時，讓孩子感受到安全感，並且得到收穫。』」陳博文說：「後來校長講了一些，希望全校老師多多關心你的話，就散會了。」

　　阿文也指責我，希望我去向老師道歉，他會陪我去。

　　第二節自然課，我完全沒心情上課，反正我也聽不懂陳老師講的「族群、群落」和新單元「自然界的循環」。我只想著，

在心底打好草稿，待會兒課間活動時，去向黃老師和訓導組長道歉。不知道他們會不會接受我的道歉，我懷疑著。

好不容易下了課，我帶著自然課本和習作，拉著阿文往樓下衝，阿文在前頭，我在他後頭跟著。黃老師不在教室裡，我和阿文繞著教室周圍找人；原來黃老師在窗外和三年級的陳老師聊天，陳老師拿著國語課本和黃老師討論著一些事，她見到我就先笑了，她向黃老師使了個眼神，暗示黃老師我在旁邊，黃老師一轉頭就笑著看我，我低著頭對他說：「老師，對不起。」阿文也在背後用食指戳著我的背脊逗我。「沒有關係，我接受你的道歉。」他說著，順便拿走我手上的自然習作，「謝謝你喔。」黃老師翻閱我的習作，對我寫上答案的那幾頁說：「不簡單。不錯。我好高興，你在習作上，把會做的部分都做好了。」我笑得有點不好意思，又有點開心，黃老師看著我，繼續往下說：「你就是這麼天真、這麼快樂，我好欣賞。」在一旁的陳老師也接腔說：「是啊！吳敏雄本來就很可愛啊！」我和阿文都帶著興奮跑開了。我總是在被稱讚時，既高興又不好意思地跑開一段距離，等到很多人都不太注意我時，我才又手舞足蹈地歡呼，以示慶祝。

接下來，我該到李老師的教室了。進了他的教室，見他無力地躺在籐椅上，我和阿文悄悄地來到他的背後，我誠心地對他說：「李老師，對不起。」李老師沒有反應，我知道他還不能接受我的道歉。我也沒有走開，我再次試著問他：「老師，扯鈴可不可以借我玩一下？」李老師還是沒有回應，我又試著問他說：「老師，你們教室那麼多躲避球，一個借我們玩，好不好？」他真的一點反應都沒有。我就在他的教室裡，自己玩起躲避球來，在地上拍啊拍地，想讓他注意到我，就算罵我幾句，我也會舒服一些；但他已經失去回應能力，我和阿文等到上課鐘聲響起，才

無趣地回教室去了。

班長一喊「起立、敬禮、坐下」，邱老師就叫著：「吳敏雄，到前面來。」我離開座位，這一條漫長的路上，邊走邊想著：我們老師只在辦公室，安靜地看著黃老師和我的對抗情形，不發一言。難道，他現在要發威了？

沒想到我站在老師眼前，他只笑著說：「吳敏雄，你現在是不是在想，老師要打我了。」我點點頭，表示同意他的說法。

老師說：「我怎麼會打你？你事先都沒想清楚，別人是要幫助你，或是要修理你。你總是先想像，別人都是要傷害你，就發脾氣了。以後先弄清楚，好嗎？回去吧。」

我低頭走回自己的位子，步伐有些輕快，但總覺得有些許不對勁。我想著：「我真的是這個樣子嗎？」

「都六年級了，還這個樣子。」這是阿嬤常對我說的話。

其實我對自己也不清楚，我怎麼老是和別人不一樣。

六年級，這無處宣洩的活力逐漸遞增，擴散到每個角落。追著在村莊小道上踱步閒走、沒事幹的紅面番鴨，追上狂奔、呱喊救命的牠，在牠的屁股塞上點燃的水鴛鴦炮竹，然後放走牠，就等那一刻──「碰！」的一大巨響，嚇得牠屁滾尿流，直掉眼淚。我樂不可支，和一群比我年紀小的孩童們炫耀我的本事。

我每天背起輕輕的書包上學，接著放學，知識從書包裡出來晃幾下子，又回到書包裡關著，我的時間就在這鹽鄉婉蜒的小道上，瑟縮地短暫下來。我問過許多人：我是個怎樣的人，但他們都靜靜地看著我，默默地做著那些微不足道的事，不把我當一回事。小沙蟹如此，斜陽和廣漠無垠的海也是如此，那起落的沙丘更是隨風靜默而行。

我真的不知道，我是怎麼了。

　　也因為這樣，許多事都會在我周遭誕生、迴轉、結束。結束後又是一個新的誕生，反覆地進行著。我坐在教室冥想；秋季雀鳥的歌聲，含糊不清。遠處，水鹽田盡頭，帶有一層薄霧般的水氣，迷迷濛濛的。我端坐在教室裡，眼看外界的一切循環，隨時間起起落落，無窮地行旅。

　　接近下課了，這教室又會像極了阿嬤回憶裡的戲班子，他們上台、下台，表演別人，也表演自己。我腦子裡反覆背著阿嬤說得溜口的那句口頭禪：「啊！戲台上有那種戲，戲台下就有這種人。有上台就有下台，才叫做演戲。」

本文曾以西牛車之筆名發表於《台灣時報》副刊，
一九九五年十月八～十日，並收錄於張子樟主編，
《沖天炮VS.彈子王》──兒童文學小說選集1988～1998，
幼獅出版社，二○○○年。

風的孩子

以前的他，黝黑的肌膚上帶著爬滿汗水的活力，在操場上，隨即可以打發天上的雲朵，追趕跟過草尖上頭的微風，風的孩子。

現在的他，黝黑的肌膚依舊，卻是沁著冷汗水，蟄伏在教室的桌面上，彷彿一絲絲的微風就可以將他擊垮，那樣簡單地，像個風燭殘年的老頭，光是風的影子就可以奪走他的一切。

黃老師看著現在的邱清華，神遊般地想著：前一陣子，班上有個孩子，總是故意裝作愉快地，在營養午餐時段，先扒完碗裡的飯，然後等著。等同學結束午餐後，他便拿出自己每天準備的塑膠袋，在教室後面裝著剩飯、剩菜。他不好意思地做著這一件事，不好意思地四處端望其他同學的眼神，深怕有人阻止他現在的舉動，或發表其他意見。他眼神來回不定地，躲著坐在教室前頭的黃老師。

又有一次，四年級的教室黑板上正寫著除法單元。白色粉筆慢吞吞地，像草原上的小羊們一般，啃著這一片綠的草原世界，前進！前進！

數十雙眼珠子，隨著老師漸漸地越過綠洲。卻有一雙眼睛對著窗外，無神地呆望著。他是坐在窗口邊的十一歲男孩。黃老師一站上講台就已經注意到他了。經過一小片草原，那個小男孩的眼神依然如舊，空空洞洞的。深黑的眼眸處，好像有個幽冥的空間囚住他，他已無法回到這裡一般地失了神。

黃老師停住聲音、放下粉筆，教室裡忽然變得空寂冷峻，教

室裡的孩子們愣住了，隨著老師的目光搜尋，等到目光都錯落在他身上時，他依然不能回過神來。這會兒，大家的一顆心都已暫時遠離座位，在他的四周乾望眼地為他窮著急。有些小朋友卻因為他的動作好笑，而提醒身旁的同學，注意這一幕爆笑劇。

「邱清華！」黃老師叫了他的名字。「你上課到現在，一直看著窗外，你到底在思考什麼人生的道理？」老師半逗笑似地接著問：「或是窗外有著一片藍藍的天、白白的雲，把你吸住了？孩子啊！你回不來了。老師請豆豆龍去解救你好不好？」全班小朋友一聽到宮崎駿的豆豆龍，都興奮地笑了，就只有邱清華的表情和大家不一樣。

被黃老師這麼一問。邱清華的眼淚就咕溜溜地劃下兩條水柱，像溜滑梯的孩子一樣，一瞬間，就已從半空中回到地面。黃老師的雙手撐著桌面，身子微傾地探問著：「耶！清華，你到底在想什麼？」

邱清華垂下頭，哽咽地說著：「我在想我的妹妹啦！」他的哭聲更急促、更大了。同學們一下子被這哭聲嚇呆了，像一群打敗仗的士兵，呆坐在自己的位子上，看看其他同學，看看老師。

「為什麼你會想你的妹妹呢？」邱清華一時無法抑制哭聲，還沒來得及回答黃老師的疑惑，老師就接著說：「你妹妹和你現在上課有什麼關係呢？她讓你想到倍數和除法的運算關係嗎？」黃老師對他的上課狀況，顯然有一些不滿意，尤其現在上的科目是數學課。

「我妹妹在家裡啦！」邱清華好不容易說出這個實情後，便完全放鬆自己，順暢地哭上一回，把心底的委屈盡量向外宣洩，讓眼淚清洗一次自己的苦楚。

「爸爸、媽媽呢？」黃老師嗅出氣氛有點兒不對勁，他放低

了聲音，溫柔地說著，怕一不小心就會嚇著這個有委屈的孩子。

「爸爸和媽媽昨天又喝酒打架了。」邱清華低深了頭，害羞地說：「他們又跑走了！」他回到自己本能的柔弱，說：「爸爸和媽媽丟下我們、不管我們了！」他越說就越洩氣，越顯示了自己的低微。

「那妹妹跟阿嬤在一起嗎？」黃老師關心地問著。

「我妹妹自己一個人在家，我阿嬤在我很小的時候就死了！」邱清華眼神若有所思地說著。

「那妹妹今年幾歲？」黃老師一知道這個訊息，他凝住眼神，皺緊著眉頭問他。

「三歲。」

就這樣，除法單元在空氣中突然凍僵了。黃老師的眼神出現前所未有的空茫，恍恍惚惚的。這是第一次。班上女同學的眼眸裡早已噙滿淚水。她們也在擔心著邱清華的妹妹。

這個教室就這樣過了一段平靜的日子。黃老師慢慢地把腦子裡對四年級的印象，像拼拼圖一般地湊在一塊，悶不作響。

一個新的學期開始，九月。剛開學不久，灰色陽光慵懶地伸過懶腰，打了一個大哈欠，就在水泥地上撒野了一番。午間休息在生硬的電子鐘炸響下，宣告結束。

一群孩子們情急地衝向教室外頭，嘶聲力竭地吆喝著，隔壁班的小朋友也在長廊間往返穿梭、吶喊。怎麼說，這兒一下子就成了新思潮播種的園地，酷似街頭抗議的群眾，要不是他們年紀小，簡直讓人分不出，那有什麼差別呢？頃刻間，陽光掙出了一片天，照在不遠的山林、葉間，大伙兒正在興頭上呢！

隨後噹噹的鐘聲，掃興地晃響天際，就像緊跟在後的一團烏雲，倏忽地掩蓋了好不容易爭來的一片銀白暖陽，那短暫、離奇

的十分鐘，是少年家的新氣象。孩子們拖拖拉拉地，邊聊邊笑，走回關住自己活力的教室裡坐著。有人安靜地等著老師，也有人輕聲地左右開扯一陣，更有人不安其分地，把這兒當成舞台，手舞足蹈地，爭取引人注意的最後一次表演。時間對孩子們來說，永遠都是不夠的。

黃老師和這群孩子們一樣。他瘦高、年輕，剛教了三年書，臉上有著新鮮人探索新田園世界的年輕。他的前腳也剛剛踩過操場的陽光，才一入門，詹和雄就緊張地、急促地衝口而出：「老師！老——師！」他快步地奔向黃老師，像極了正在稻田裡享受陽光、享受食物的雀鳥，被突如奇來的車聲驚慌得四處亂飛一般；這時的課堂有如下課的模樣，此起彼落地插著嘴、說著話，黃老師一時分不出，聲音是從那個方向來的。詹和雄是最先凸顯在黃老師眼前的一個孩子，他結結巴巴地拉著黃老師的手肘說：「老師，邱清華的全身都很燙啦！」

班上的孩子也跟著推擠過來，大家爭相說著：「老師！他的頭很燙，很燙啦！」、「老師，他哭很久了啦！」

「老師！我們這一次安慰不住他了啦！」有一些同學對這樣的敘述感同身受，像洩了氣的皮球，失去在綠茸茸操場上的活力。

黃老師尾隨孩子們的描繪，一股腦地，把眼珠子滾溜入邱清華的肌膚上、血脈裡遊走，探尋蛛絲馬跡。這個癱瘓在桌面上的孩子，如同入夜前黃昏下的朱槿花一般模樣，凋零萎縮的花瓣，已無力再向陽光爭寵，那完全失去光彩、奄奄一息的花蕊，已不再是招搖夏季的清風，那樣悠哉地撫弄周遭穿梭飛舞的黃粉蝶。邱清華昏昏沉沉的外表，更像是一隻被困多時的小動物，早已放棄擺脫生命糾纏的無奈感，他無助地蟄伏在那塊桌面上，聽天由命。

　　這不是黃老師以前認識的孩子。黃老師在邱清華的桌前蹲了下來，一邊摸著他的額頭，一邊說：「哇！額頭這麼燙呀！」黃老師的一隻手輕撫他的後頸，「連卡其服的熱氣都散裂到衣服外頭了。」他壓低聲音，把臉頰更靠近邱清華的耳旁，「清華，這不舒服好像要把你整個人都撕開來呴？」

　　邱清華聽著，他只能懶懶地扭動身體，斜著眼睛乾望老師。不知怎地，掛在他眼眶裡的淚水，就像個不聽話的小男孩，四處亂竄，奔流而下，把剛才哭過又乾了的淚痕，向外撐開、擴散。他的臉上簡直就是一幅中國潑墨畫。邱清華慢慢移動了臉頰，安頓快要脹開的頭，埋入被淚水浸溼、交叉緊疊的手臂，他真想用殘留的一絲力氣，握深拳頭，向老天爺抗議。

　　班上平時最活潑的詹和雄和廖欽城也和往常不同，不再鬥鬧嬉笑，引人注意，他們兩人只默默地擠身在黃老師的背後，無所適從！偶爾探頭探腦地，看看邱清華、看看黃老師，插不上半句話地聽候差遣。

　　其他同學也在一旁盤算著，他們都想找個玩笑，打破這個僵冷的場面，卻也只能無力的在一旁擔心。終於有個人試探地說：「老師，我看壞喔！會死喔！」說著說著，看看正在猶豫的老師，也探探同學心頭上的這塊大石頭。

　　「美極了！鮮味乳。」黃老師應了腔，故意開玩笑地：「我們大家一起去死。」他這麼一說，周圍的女同學直接答腔說：「喔！老師，你快撞牆壁了，還再鬧著玩，真幼稚。」此時黃老師被說了一句幼稚，惹得大家笑出了聲音，同學們的操心也如同邱清華體內的熱氣一般，逐漸向外發洩。窗外也滲入微微的涼風，在教室裡打轉著。邱清華的唇角微微地笑著，淺淺地一下，隨後又緊閉翻白的雙唇，扭動額前粒粒亮亮的冷汗珠，攪和豎起

的汗毛，一層稀稀薄薄的泥水，黏糊在皮膚表面。

　　黃老師收斂了臉上的表情，回頭看看全班同學，慎重其事地開口說：「各位小朋友，邱清華現在再不看醫生，他的腦子可能會燒壞。」全班同學也因為老師的鄭重宣示而保持靜默、睜大眼睛，聽老師繼續往下說。「老師現在要送清華到醫院一趟，可能兩節課後才會回到教室，這是我現在需要提出來，請你們幫忙老師的地方。這兩節課請班長協助，處理教室秩序，其他各組的小老師，請各自安排國語科或數學科的小組討論，自己運作。別讓老師擔心，好不好？」黃老師在等待大家給他一個明確的決定，他才能全心地照顧邱清華。

　　「好啦！」全班小朋友異口同聲地回應老師。「老師！教室交給我們就可以了。你放心帶邱清華上醫院啦！」詹和雄看得出來，老師有點兒擔心，他一離開教室，這個班上會是個什麼樣子？所以，詹和雄就順著全班的應諾接著說。黃老師也微笑地點點頭，表示願意完全相信，這群孩子會獨立地安排自己的學習環境。他也順道撐起邱清華的腋窩離開座位，慢慢地走出教室的後門。

　　教室外的長廊，深遠地直到盡頭就被一排建築物擋住視線，一片空寂。邱清華總覺得內心裡有一股晦暗憋在胸口。同學們的關心讓他透不過氣來，就像一團烏雲遮掩藍色晴空一般。他的壓力來自於自己。當覺得對別人的恩惠無以回報的時候，他就會更加退縮，這樣想著無力肩負的一切，他的身體就更加冰冷了。他不願再往前跨出一步地釘住自己，低下頭來死看著冰冷灰白的水泥地，他低聲地向黃老師說：「老師！我不要去看醫生啦！」黃老師訝異地看著他。「我休息一下就會好的。」以往，他都是這樣處理自己的身體的。只要躲入被窩悶上一會兒，讓體內的不舒

服化成一滴滴的汗水，再洗個熱水澡，他就又會回到操場上。這是好不容易從真實的生活中學會的絕招，這次他也想如法炮製一番。

　　除此之外，他的生命底層一直埋藏著一個祕密的私人地帶，他不願意在眾人面前揭露它。只有幾個班上的死黨共同保護這個約定，不對外公開。因為詹和雄、廖欽城、葉齡義、房國誠和金舖子的小老闆許智隆都有著不一樣的故事，他們合得來，所以他們一起玩過溪水，一起探險竹林、墓地，看過A片，一起幹過從火車站的售票處偷出錢來花掉，一起把自己的心事當成玩笑般地在野地裡大談闊論。從那時候起，假日時他們就很合理的湊在一塊兒。他們也不理會別人會怎麼說他們，反正有些事就是很難從表面上去理解的。何況邱清華現在要面對的是：先熬過這一次。尤其在他喜歡的老師面前，他更要表現得堅強一點。

　　「是不是家裡沒有錢？」黃老師摸著邱清華的髮際說。

　　「是啦！」邱清華噘起嘴巴，囁囁地說：「我不要去陳醫師家啦！」他的淚水再度自雙眼滑下，他低深了頭，沁出汗水的小手，緊緊地捏住深藍色的短褲。

　　「我有啊！」黃老師安撫他，從口袋掏出千元大鈔，對他說：「你看，用我的錢就可以了啊！又不要你付錢，這件事交給老師處理好不好？」

　　邱清華聽老師這麼堅定地說，便默默地跟在老師身旁。這兩道身影漸漸地消失在長廊上，走向水棉板搭起的舊車棚。

　　邱清華坐上老師的摩托車，把頭貼在老師的背上，昏脹的頭暫時有了個依靠。他一路上想著：這一個學期的學雜費、午餐費，他是班上最後一個交給老師的，他很不好意思。又記得上學期，三年級的弟弟沒交午餐費，弟弟的老師就請他中午從家裡帶

便當來，或是回家吃飯，他的老師也找他去談一談，林老師認為這樣處理，對班上其他小朋友比較公平，所以身為哥哥的他，也沒有什麼意見。誰叫他家沒有錢呢！他不會怪罪弟弟的老師。他只擔心，弟弟中午回家後，爸爸、媽媽在家嗎？弟弟有飯吃嗎？那個時候，他很快地吃完午餐，然後拿一些班上的剩飯、剩菜，趁著午休時間，借許智隆藏在學校外面商店的腳踏車，趕著送飯回家給弟弟吃，再載著弟弟繞過小路，回到學校上課。想到這裡，他愉快地露出微笑，幸虧有這一群死黨、好友，總是在他最困難的時候伸出援手，友誼在他的心目中，遠比功課重要。但這一件事很快就傳到黃老師的耳中，黃老師把這一件事向全班同學報告後，經過全班同學的討論、表決，決定請他弟弟中午來班上用餐。邱清華更高興了，因為他不用再每天擔心弟弟餓肚子。老師也多派了個工作給他們兩人，要他們每天幫忙班上整理午餐餐具的級務，黃老師對他說：「這是你們兄弟自己工作賺來的，我們沒有幫忙什麼。」這樣處理，邱清華覺得自己是很有尊嚴地接受這一份待遇，因而放下心來。黃老師也明白，這個孩子自尊心很強，更是個很有責任心的長子。這回他不願上陳醫師的醫院，除了錢以外，應該是自卑感作祟。因為陳醫師的孩子也在這個班上，但邱清華很少和他玩在一起，陳家的大房子讓他想到自己簡陋的家，陳家的空地上種了許多植物，一排使君子花攀爬著圍牆，翠綠的一片，有如童話世界。光看陳有選帶到學校的玩具，就可以知道他出身富有之家。而邱清華自己的玩具，就是那一條從山上緩流下來的溪水，水裡嬉戲的小魚們都成了他的朋友。在這兒留下歡笑的，還有他的那幾個死黨。他們常在這兒，駕著破輪胎改造的幸運號，從上游順流而下，一路上高呼友誼萬歲。

　　想著想著，黃老師的摩托車已經停在陳醫師家的花牆旁，

進了醫院，他找了張椅子坐下，看著老師在半圓形窗口填資料、掛號，偶爾低頭抱住額頭。掛完號，來到陳醫師跟前，他的淚水就跟著流下來了，陳醫師安慰他：「沒有關係，讓伯伯看看。」陳醫師用聽診器為他診病，摸摸他的頭說：「別害怕，待會兒量個體溫和體重。」陳醫師示意身旁的護士小姊準備，「打了針就沒事了」。趁著量體溫的空檔，黃老師問陳醫師說：「情況怎麼樣？」

「最近流行感冒！」陳醫師說：「三十九度二，打了針就會退燒了，別擔心。」

黃老師靠近陳醫師說：「我這個孩子怕打針，待會兒請護士阿姨打針輕一點。」邱清華因為老師這麼說，跟著笑了。陳醫師也關心地對他開了個玩笑：「邱清華都五年級了，還是怕打針啊！哈哈！」醫院四周都隨著這個玩笑，開朗了許多。

邱清華出了打針室，見了老師，就好像見到好朋友一般，低聲地對老師說：「很痛耶！」黃老師伸手在他的打針處來回搓揉，然後到窗口領藥。

邱清華和老師邊走邊聊，走出醫院，他抿抿嘴說：「老師，我自己回家就可以啦！」他半請求地說：「你先回教室上課好不好？」

「喔！不行。」黃老師堅持，俯身看著他：「老師先送你回家再回教室，很快的。你別擔心，也不要不好意思！好不好？」

邱清華看老師這麼堅持，也不再插嘴，但他卻顯得更加不自在，彷彿害怕有什麼事將要發生似的，全身緊繃著，他的眼神落在污水堵塞的水溝裡，隨後不情願地坐上摩托車，往他家出發。

一路上，邱清華一直懸著心事：媽媽現在一定又是喝醉了、睡了。他的爸爸總是這樣，沒工作時，就會在家裡喝起威士忌加

上白米酒或是自己家裡釀的酒，不管大白天或是晚上，他們總是昏睡的時間多，而清醒的時間可憐得少見。他們賺的錢也大都花在這些酒錢上面，更不曉得往後的日子該如何打算，一副樂天派的樣子，讓他自己面對這空蕩蕩的房子。他此時更加憂心地想像，待會兒黃老師見到這種景象時，他該如何面對這關鍵性的一刻，老師會有多麼難過，他自己又會多麼沒有面子地站在老師的跟前？以前的生活記憶，那一些不愉快的經驗，讓他無時無刻憂心忡忡，那些影子好像逼人還債的討厭鬼一樣，頃刻間，成串般地浮上腦海，來來回回。為了弟弟的午餐費，他曾經躲在沒有人的角落哭泣過。每天從學校帶回家的剩飯、剩菜，就是準備在媽媽醉了、睡了時，把這些飯菜重新熱過給弟弟、妹妹吃，然後取木材燒熱水為弟妹洗澡，照顧他們的日常生活。

現在他都已經五年級了，看看自己粗黑有力的肌肉和比同學高大的身軀，他認為自己應該是個「小大人」了，可以嘗試做一些大人們的工作，他就利用假日，隨著一群大人外出打零工。檳榔園的工作對他來說，不算是粗重的活兒，更可以鍛鍊自己的身材，只要把鐮刀綁在竹竿上，向天空延伸、貼近果子的旁莖，暫時屏住呼吸，然後用力一拉，一串檳榔果子就飛快地落在他的掌心間了。童工一個下午就可以賺到兩百元，加上一個星期日，他的收入還算不錯，不過這只有在檳榔盛產期才有。雖然有些家長也會帶著自己的孩子上工，但像他這樣單打獨鬥的孩子，畢竟只有一個，他也從這裡認識了一些新朋友，大家相處得還不錯，一邊工作一邊聊著一些趣事；他和工頭特別好，那是位五十幾歲的人，很疼邱清華，一有零工時就通知他。

老師知道他打零工的事後會不高興嗎？會禁止嗎？如果老師知道，這一些錢他都存著，以備急用，會諒解他嗎？上次爸媽

吵得厲害時，媽媽一氣之下離家好幾天，他只能呆坐在教室裡發呆，想著離家的媽媽什麼時候會回來，早上他趕著上學，把三歲的妹妹放在家裡，再把門前的木製欄杆拴好，防止妹妹跑丟。有時他會想到家門前的那一條溪流，他就失神般地祈禱著，祈禱主耶穌基督會在彼處開窗，眷顧他的妹妹安全無恙，尤其是媽媽喝酒醉得不省人事時。邱清華戰鬥般地工作，所得的錢都存著，就在這個時候派上用場──準備弟妹的三餐。弟弟也了解哥哥的辛苦，提議和他一起打零工，但都被邱清華拒絕，他希望弟弟能在家照顧妹妹。

　　這些心裡的事，只有他的幾個死黨知道，其他同學都還不知情，他想一直瞞著，但如果老師知道後，這些事曝光了，同學們如果互相傳開，那他在班上不是更無地自容了嗎？他總想自己解決自己的困境，證明自己和別人沒有兩樣。但如果他的死黨請他吃零食，他一定完全接受，因為他們是一起玩過來的人，有他們的私人祕密維繫著感情，那種對待，是一種分享和尊重。回家的一路上，黃老師問了一些家裡的事，他只是輕輕地應答，更沒有那份心情去欣賞、品味大自然的禮物，那收割後的稻稈，排列整齊地抽出新的綠芽，陪伴著翠綠的山巒，躺在微風中搖擺夏日之歌，向即將到臨這裡的秋天禮敬一番。

　　黃老師指向遠處的山、指向稻田說：「耶！邱清華，你看！禾黃的稻田，一排排的。真美！」他盡情地欣賞四周，說：「耶！流水聲。邱清華，你有沒有聽到？」

　　「有。」邱清華有點兒怯弱，幾乎口吃般地回答；他心裡只想著家裡的媽媽，便隨口敷衍老師，流水聲還沒來得及在他的心頭上泛起漣漪，早已溜煙似地被送回田野了。

　　黃老師的摩托車經過七里香圍成的矮圍牆，在一棟簡陋的

原住民房子前停了車，這房子是用古老的建築方法蓋成的，細竹片穿插成網狀後，小心地糊上粗米糠攪拌的泥漿牆堵，表面再刷上一層白石灰。從遠處看上去，很清楚地可以看出那是經歷時間磨損所透出的黃褐色斑痕，為了擋住北風吹襲和防止剝落，四處可見釘在上面的長木條，雨水的浸漬，讓長了青苔的菌類風化後留下乾癟的痕跡。靠北邊的竹林搖搖晃晃的，發出窸窸窣窣的聲音。邱清華下車後也沒招呼黃老師，就飛快地衝入庭院，把悠閒散步著的雞鴨嚇得奔飛亂叫，他一腳跨入門檻，就四處張望地嚷著：「媽媽！媽媽！老師來了啦！」沉寂灰暗的屋內沒有半點回應，他推開房門，聞到一股刺鼻的酒味瀰漫在空氣中，一位婦人躺在床上。「老師來了！老師來了！」邱清華催促了幾回，他媽媽醉得無法醒轉過來。他旋即走出房門，請老師在客廳裡坐坐，自己走入廚房拎起水壺，但水壺裡是空的。

　　他轉頭看著隨他進入廚房的黃老師說：「老師，對不起！請你等一下，我來燒開水。」邱清華為家裡的空洞和貧窮，自然地低垂著眼眸。黃老師看他熟練地打開瓦斯燒著開水。

　　「沒關係！」黃老師摸摸他的頭。

　　「水？有啊！」黃老師順手開了水龍頭，拿爐旁的杯子盛了一杯水，然後看了看邱清華說：「在這裡。」黃老師率性地笑著，將水一口喝下。邱清華靜靜地看著老師，一時找不出適當的話說。

　　這時從房間傳來唏唏囌囌的聲音，邱清華高興地說著：「我媽媽起來了！」黃老師跟著他走到客廳，邱清華用右肩撐住媽媽，黃老師也跟著捉住他媽媽的肘關節，慢慢地讓她坐在椅子上。

　　「老師啊！謝謝你喔！把我們邱清華載回來。」他媽媽興奮地握住黃老師的手掌說起話來。

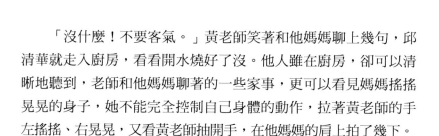

　　「沒什麼！不要客氣。」黃老師笑著和他媽媽聊上幾句，邱清華就走入廚房，看看開水燒好了沒。他人雖在廚房，卻可以清晰地聽到，老師和他媽媽聊著的一些家事，更可以看見媽媽搖搖晃晃的身子，她不能完全控制自己身體的動作，拉著黃老師的手左搖搖、右晃晃，又看黃老師抽開手，在他媽媽的肩上拍了幾下。

　　「這個孩子我很喜歡！」黃老師看著他媽媽的眼睛說：「邱清華在學校很乖，很關心別人又很善良，和同學相處得很好。」

　　邱清華看著媽媽，連連點頭，表示謝謝老師的照顧。但他的心裡卻想著：「老師說我在學校這麼好，媽媽現在卻醉成這個模樣，說起話來含糊不清，而且身體搖搖晃晃的，完全不像正常人能端正地坐好。」

　　回想邱清華在班上的一舉一動，當他站著和老師說話時，眼神總是不定地轉動著，非常靈巧的眼神。當他的眼睛停下來時，總是低垂地望著水泥地面，來回搓揉滲出細微汗珠的雙手。有時站在離老師遠一點的距離，他就用眼睛的餘光瞥向老師，注意老師和其他同學相處的情形。當老師發現他時，他也掩飾得很好，裝作一副若無其事的表情，和鄰座的同學逗笑。這種不穩定的退卻、質疑，應該和他的家庭環境與功課表現有關，更可能是針對常常喝醉酒的爸爸、媽媽，因為他們讓他在別人面前抬不起頭來。

　　老師看到家裡的情形之後，會怎麼想呢？雖然老師曾在全班面前誇讚過他，但是今天，他的底牌都亮開了，再也瞞不住這個不願被知道的祕密城堡，這時該怎麼面對呢？邱清華不斷地想著：「我好不容易讓一個老師這麼喜歡我，認定我在他心目中的地位。而現在呢？會有哪些變局？」邱清華不安地看著瓦斯爐上的水壺發呆。

　　「嗶！嗶！」的聲響，悶在茶壺裡的霧狀蒸氣使盡力氣，掙

出壺嘴的笛音，這才拉回邱清華的心思。他關了瓦斯，讓「噗！噗！」的氣泡互相推擠後平息下來，整束的蒸氣也豎直地向外排出，就如同他剛才的擔憂、操心一般。他倒了杯熱開水擺在桌上，回到客廳，攙扶著說話說累了的媽媽進入房裡休息，然後又回到廚房，黃老師在他的身旁，看他吃了四顆小藥餅。

「好吃嗎？」老師開玩笑地對他說。

「很苦耶！」他皺了皺眉頭，抿了抿厚黑的嘴唇。

黃老師摸摸他的臉頰說：「你先到房裡睡一覺，別吹到風，等汗悶開來就會舒服多了。」

邱清華點點頭，表示了解老師的用意，就走回自己的房間，黃老師跟在他的後頭，緩步前進。

他走進房間裡，坐在高出地板的木製床緣，脫下黑色布鞋，用拇指勾去襪子，彎曲雙膝，上了床。那襪子的發酵味道，是散入空氣中的一股酸味；房裡一片漆黑，沒有其他光線可以穿入的黑暗，牆的四周也沒有留下一扇窗戶，空氣的新舊交替，就在這個三坪大的屋子裡流浪；棉被隨意丟放在床鋪四周，像一群小孩子剛在這兒玩過「官兵捉強盜」一般地散亂，活像一處廢墟，沒了生機；山腳下滲入的溼氣裹著棉被，悶了很長一段時間，漸漸發出一種黴菌的怪味，刺鼻地整整包住這兒。黃老師和邱清華被這一切團團圍住，不見出路。

邱清華躺了下來，正好把頭放在沒被移開過的枕頭上。黃老師伸手拉開他身旁的被子，蓋在邱清華的身上。這一拉，悶在被子裡的霉味總算有了出路，一股腦地擴散四處。黃老師隨即把雙手撐在他的雙肩外緣，兩腳就留在床頭外，身體半趴在被子上，看著灰暗空氣之下的邱清華。

「不要想學校的事了，今天的功課，你不必寫。你好好地休

息一下，等身體康復了，再到學校上課。」黃老師像往常一樣地摸摸他的臉頰，安慰著。

邱清華的眼睛直揪著黃老師，眼神固定在黃老師的眼眸裡，突然間，一句話從他蠢動的唇間瀉了下來：「老師！」他的眼睛開始微微地溼潤，包裹著兩顆黑眼珠，欲吞欲吐地停住聲音，緊盯著黃老師看。黃老師也睜亮眼地看著他，猜猜他想說些什麼，耐心地等著。邱清華考慮很久的一句心底話，終於鎖不牢地冒上喉頭：「老師！你會不會⋯⋯會不會輕視我？」這一句話，夾著滿腹委屈和懷疑。他一洪熱淚豎快地直瀉，奔開眼尾、流入枕頭，就像方才壺裡怦動的蒸氣一般，向外直竄。邱清華湧出更多的淚水，睜著大大黑黑的眼珠，等待黃老師給他的答案，像犯了錯的孩子，等候、祈求被原諒的忐忑心情。

「我！不知道耶！」黃老師被這突然一問，眼神快速地挪移了一下，又快速地收回眼神，他正思考著這一門功課，思索一些足以說服邱清華的有力證據；稍稍有幾秒，他們倆的眼睛再度對上的頃刻間，黃老師做了這樣的回答：「邱清華，你想看看！老師會不會輕視你？這需要你自己來解答，沒有人幫得上忙！」

黃老師的態度很認真，像處理大事一般地看著他。

「剛才進門的時候，老師的鞋子上還留著你家的雞糞；我和你在廚房裡喝了一杯開水；我又和你媽媽聊得這麼愉快，你媽媽拉著我的手，我也拍拍她的肩膀；現在，我趴在你的棉被上和你聊天。」黃老師微微地笑著，一刻也沒離開過邱清華的眼神。

「你想，我會不會⋯⋯輕視你？」

邱清華的眼淚更多了，抽噎的聲音更快、更大，嘴裡囁囁嚅嚅地吐出一個字：「不」，然後話又被抽噎的雙頰頂住，吞了回去，他用力穩住下顎的不由自主，說著含混的話：「不會！」他

更多的淚水流入床的兩側。

「邱清華！」黃老師看著他說：「你是我三十八個孩子中的一個，每個孩子的表現都不一樣，你的表現，在老師的心目中是極為重要的。」

黃老師回想起一些以前的往事，說：「像老房，不寫功課，騙了我十幾次；偷了養父的錢好幾遍，他的養父都很灰心了，但老師還是會疼他，因為那是我的孩子，我必須慢慢地等他長大、懂事。這比教導其他的孩子需要更慢一些。你想，老師會輕視你嗎？」

邱清華慢慢地聽完老師說的話。老房的事他最清楚了，他轉學的第一天，老師和許多同學都對他很歡迎，老師也拿著記錄簿對他說：「黃老師不看這一些舊事，我們會重新認識你！」很多同學在放學後的時間陪他認識這裡的一切，這一些事都是邱清華親身經歷的，他相信老師所說的這些話。

「好好地睡一覺！」黃老師輕輕地說著，他伸手擦了擦邱清華留在臉龐上的淚水：「搞不好，明天你就健康了！我們又可以在教室見面了，對不對？」

邱清華點點頭，眼淚也跟著慢慢地收了回去。

黃老師見他穩定了情緒就說：「那我現在要回學校了喔！我們班上現在是不是把功課討論好了？我回去看看，好不好？」

邱清華堅定地點了點頭，看著黃老師說：「老師！再見！」

邱清華看著黃老師撐起腰，走出他的房間，他慢慢地讓雙眼闔上又張開，讓留在眼眶裡的淚水滲出眼角，順著魚尾紋滑下，這一段日子的折騰，對他而言，也不算是什麼天大的事了，除了他和一群死黨之間的友誼之外，他更相信老師對待他的一份尊重，對他自個兒來說，他永遠是個最重要的人，可以過他自己的

生活方式。他清晰地聽見老師發動摩托車的聲音。老師回到教室了。邱清華也鬆解了一口悶氣，倦得側身睡了。

　　睡夢中浮現了黃老師當著全班面前說過的一段話：「這是模範生邱清華。」他當場的感動和被了解的鼓舞影子，環繞在他的四周。一串串暖陽自天際處的山巔灑落，他踩在清晨的露珠上，隨手抖弄路旁散放鮮黃色彩的蒲公英小黃花，拉著一群同學進入校園。風再度行旅於綠茸茸的操場上，一個十一歲的大男孩，在下了課的操場上，踩在草尖上頭，穿遊風的隙縫。

本文曾以筆名墨明發表於《台灣時報》副刊，

一九九九年一月十五～十八日。

這是我的決定

1.

「噹！噹！噹！」上課的音樂時鐘，驅散不了我心頭上的躁悶。

我還在擔心著剛才同學們爭論不休的事。有的咄咄逼人：「是他偷了高義龍的軌道車輪子。」有的仗義直言：「不是他偷的。」我已經說得很明白了，有些同學就是不肯相信我說的話，那明明是我自己的軌道車輪胎。

「軌道車輪胎明明不是我偷來的。」我堅定地強調著。那是我媽媽在花蓮買給我的玩具，為什麼高義龍至今還不相信我？他還追問我：「那你的軌道車輪子是在花蓮哪裡買的？」他總是斜眼地看著我、問我。我當然由不得他懷疑，便接著說：「遠東百貨公司對面不是有一個停車場嗎？」果然他跟著我的眼睛點頭，看著我並聽我說：「停車場的左手邊有一家專門賣玩具的玩具店，我就是在那兒買的。」

「沒錯！那裡是有一家很大的玩具店。」插話的是陳揚名。他還說，他爸爸常在那裡買玩具回來送給他。高義龍只是邊聽邊點頭，似乎相信陳揚名說的話。

我這時候見情況良好，便很快地接腔：「上次我跟媽媽到

遠東百貨公司時，我們就把車子停在旁邊的停車場。回家時，我請求媽媽買給我的。」我看高義龍越來越相信我的話，便一股腦地、更加強語氣地說：「而且玩具店旁邊還有一座佛寺。」我順便看了陳揚名一眼，高義龍也看了他一眼，我才接著說：「那個圍牆邊還特別種了一排榕樹，榕樹的周圍是一條長龍似的假山。不信的話，你自己去看好了。」高義龍被我這麼一說，也只好問一旁的陳揚名：「陳揚名，真的有這麼一回事嗎？」陳揚名以他的信用說：「沒錯，我常經過那個地方，我可以證明邱鳴晉說的沒有騙人，是真的。」高義龍一聽，只好暫時閉嘴。他伸著食指摸摸他的下巴，不曉得他又在思考些什麼。他在懷疑或想辦法的時候，總是會出現這種動作。

2.

　　我一點也不緊張，因為我說的地點完全正確，那兒我也常去，所以我描述得一點也不假，是不可能有破綻讓大家懷疑的。況且，我現在的表情、動作和我的信心，已經接近一個事實，這使我更相信自己，相信我已經完全進入真實的世界。也因為這樣，很多同學會相信我。那些相信我的同學自然會站在我這邊，班上同學分成兩班人馬，雙方各執一詞，我只在一旁沉默地觀察著，等待坐收漁翁之利，只要時機一到，我再突發憤怒地表達一次我內心所受到的傷害，很多爭辯就會在我這當事人的強烈表達下，暫且安靜一陣子。然後我就可以一邊收集同學們的看法，一邊思索下一步的突圍動作。
　　班上正在爭論的這件事，也開始令有些同學不舒服，他們壓

根兒不想再被捲入，他們認為已經爭吵過的事，就沒有必要隨時搬上台面，浪費大家的時間，到外面走動走動或說些笑料來聽，都有趣得多。老師剛走上講台，他拿起國語課本翻開某一頁。林曉靈等不及老師站好位置，就直接嘀嘀咕咕地「插播」說：「老師，邱鳴晉拿了高義龍的軌道車輪子，卻不承認是他偷的。我們已經被逼得很煩了。」林曉靈越說越激憤，兩眼直瞪著我看：「好幾個小老師也處理不了這一件事。」老師只稍稍地撇過我一眼。我也在這個時候深深地皺起眉頭，表現出很無辜的樣子，可憐的我，竟然被林曉靈說成是小偷。

「可愛的林曉靈小朋友，老師想請教妳一個問題。」老師逗笑般地看著她，額頭還做出前後來回抖呀抖地怪動作，全班都因為這小丑般的滑稽模樣，捧腹大笑。

「好，老師你說看看！是什麼問題？」她傻笑地看著老師。以我對她的感覺，我會把她說成少了一根筋的傻大姊，她傻呼呼地說起又臭又長的事情，讓我們聽得很煩躁。但老師卻常常在課堂上，聽她說完一整個事件的來龍去脈。

如果老師覺得不是那麼重要的事，就會簡單地提醒她：「告訴我們重點在哪裡？」老師這麼一問，很能阻止她繼續往下說。她常在這個時候啞口，無言以對。

「請問妳，妳發言的時候，舉手了沒有？嘿嘿……」老師一點也不生氣，他習慣在上課前讓大家保持心情愉快，所以會出現一些意想不到的怪招，我們就會隨著他聞笑起舞。

「沒有。」林曉靈簡潔的回答。她用手指捎捎頭髮，又不好意思地傻笑看著老師，順道把她的椅子向後翹高一點，讓椅子的兩腳懸空，表現出一副自由自在的樣子。

「那還有第二個問題，老師又該請妳指教指教了。」老師揶

揄的動作，讓全班同學的眼睛盯著她笑。現在大家根本沒有注意到我，我很放心，但我沒有忘記注意每一位同學。老師只逗著林曉靈，很少看到我這邊，他繼續說：「我看你是親眼看到邱鳴晉偷了高義龍的軌道車輪胎喔？」

「也沒有。」她急忙說道，看在我眼裡，她似乎有些羞怯和緊張了。我一聽老師問著她的話，就蠻有把握地斷定，老師今天不想處理這件事，他要趕課，所以我可以很放心地讓懸在半空中的事，有如飛機一般，安全地降落在跑道上。

3.

以前老師碰到班上發生偷竊的事，就喜歡用測量脈搏的方法來捉住小偷，記得剛開學的第三天，小朋友的註冊費不見了，老師就重施故計，結果蔣儀文的脈搏每分鐘跳動一百多下，老師就直接指著她說：「是妳拿走的！」蔣儀文一直流著眼淚，不斷重複地反駁：「不是我拿走的，真的不是我拿走的。我可以發誓。」

她越哭，話就說得越快、越堅定，眼睛也瞪得越大。到後來證據顯示，不是她做的。老師也當著全班同學面前，向她深深地道歉，同時也要求我們全班同學，為剛剛的懷疑態度起立向她道歉。蔣儀文這才笑著原諒了我們。

這次，如果老師要測脈搏，我也準備好了。我很堅持我沒有拿，就像上一次蔣儀文一樣。但支持高義龍的同學，雖然看著老師和林曉靈左一句又一句地鬧著，他們還是會四處看看，更不會忘記轉過頭來，看看這個無辜笑著的我。我一定會用堅定的眼神

和臉上有意志力的肌肉，來告訴他們那一伙人一個重要訊息：東西並不是我拿的，別再那樣子看我。

老師看著我笑著，他好像在告訴我：「鳴晉！別緊張。」他看著林曉靈說：「那……如果妳沒有親眼看見，你可不可以重新選擇性地說：『老師，我們有一個問題處理不了，那就是我們懷疑邱鳴晉，他可能拿了高義龍的軌道車輪胎，但是我們還無法完全證實，能不能請老師幫忙處理？』」我在一旁聽著，真的有些緊張了，因為老師要管這一件事了。他處理事情時，一定會把一件事像切水果般，一塊塊切割開來，仔細地研究研究。我最怕的就是這一點。

老師請林曉靈把她的話重新調整之後，再說一遍。等她說完坐下，老師就坐在同學們的旁邊，開口說話了：「各位小朋友，請把國語課本和桌上的文具收進去，我們一起來處理這件事。」他這麼說，一定是決定自己來處理了。我只好靜觀其變。我常常抓不準老師的變化。他有時候會說：「這交給小老師處理就好了，不需要每次都是我這老頭子出面。」有時候又會說：「這種事不要計較，兩個人好好溝通溝通就算了，人生要盡量圓滿。」更有一種說法就是：「唉呀！小事一樁，不足以常常掛在牙齒縫裡生出臭味，這叫做『不足掛齒』。」我就是在這一種亂象中，摸不清老師現在會出什麼牌局。

老師請林曉靈說一說事情的狀況，她說：「老師，有一天下課的時間，我嘛！看見邱鳴晉手上拿著軌道車，我就對他說：『耶……你的軌道車很漂亮，很棒！可不可以借我看一下下？』邱鳴晉說：『不可以。』那我再問他：『你怎麼有這麼美麗的賽車？』邱鳴晉說：『是高義龍給我的。』我覺得奇怪，便說：『但是高義龍最近在找他的軌道車輪胎。』邱鳴晉也不客氣地對

我說：『那高義龍最近在找的話，他一定會跟我講。』他都這麼說了，我只好請高義龍自己去看個究竟。高義龍看了之後，很驚訝地對邱鳴晉說：『咦……那是我的賽車輪子，怎麼會在你這兒呢？』邱鳴晉馬上否認，說：『那是我自己的輪子，上次在花蓮買的。』」林曉靈一說到這兒，高義龍、陳揚名、黃展豐都爭著舉手，他們都有話要說。我很生氣地看著林曉靈，好像經她這一描述，大家就已經認定輪子是我拿走似的。我對正舉高手的同學怒目相視，因為我認定他們都會指出證據，硬說是我偷了輪子。

老師先請陳揚名說話。

「老師，前幾天我和邱鳴晉在比賽賽車嘛！我有看到他使用的輪胎，輪胎中間的橫桿很黑，高義龍說他的橫桿也很黑，這是他的東西。但邱鳴晉的賽車使用很久之後，也是黑成這個樣子，所以這不能當作證據，而且我一直看邱鳴晉在使用這個輪胎。」

我很感謝陳揚名再度拔刀相助，為我說話，同時我也放下心來，因為有證人可以說明，我不是偷竊的人。

4.

高義龍心情轉成急悶地舉手發言：「老師我有證人。」

「邱鳴晉也有證人！」陳揚名飛快地接腔：「因為現在的輪胎都流行這樣的搭配，把輪子的顏色互相調換，搭配出不同的組合，學校裡很多同學，還不是都是這個樣子！」陳揚名因為上次和我一起玩軌道車，因此他知道，目前我手上的軌道車，從上星期和他玩時，就是這一套，這是事實，所以他會一直為我

辯解。

「我現在有一點生氣了。」說話的是高義龍，我也盯著他看。「邱鳴晉，如果你自首的話，我也不會怪你，因為這賽車，大家都喜歡玩。」

「東西又不是我偷的，我為什麼要自首。」我氣憤地把手指向高義龍，全班同學也都看到我很憤慨的模樣。

「好，那我去找我的證人。」高義龍被我這麼一講，他只能氣急敗壞地說。

「各位小朋友，請暫停一下！老師想做個說明。」老師打斷我們的爭論：「高義龍剛才的表達有點問題，因為證據還不明顯時，他只能表達他所知道的事實，然後把這事實描述出來，最後再推理出……我認為那軌道車的輪子，很有可能是我的，而不能一下子就篤定地說：『如果邱鳴晉自首的話……』這樣的語氣和表情動作的激烈，似乎都在指明，邱鳴晉已經拿了輪子，我認為這不是一種中性的說法，對邱鳴晉也很不公平。」老師越說，我就越放心，他好像一直在支持我；高義龍聽了老師的說明，也站起來對我說：「邱鳴晉，很對不起。我剛才說的話太衝了，我向你道歉！」

我也對他說：「沒有關係。全班同學也認為這樣處理會比較好。」

這時，林曉靈又「插播」了：「我有一點懷疑……」林曉靈看著老師，老師也點頭示意，她才繼續說下去。「放春假以前，我在廁手的洗手台前碰到邱鳴晉。我告訴他：『邱鳴晉，如果那輪子是高義龍的，你最好向他說明清楚，並且和他說聲對不起！』邱鳴晉就對我說：『好！』所以我推論，如果邱鳴晉沒有拿的話，那他為什麼會直接地回答：『好！』這不是很矛盾的事

嗎？我想請邱鳴晉說明一下。」

「哪有這回事？」我表現出很無辜的樣子，一直否認有這回事。林曉靈在台下還一直嘀咕著：「明明就有這回事，他是騙人的。」我還是在全班同學的面前捎了捎頭，說：「有嗎？有嗎？」我一直捎著頭表示，這件事太久了，我根本想不起來。老師則在一旁欣賞地說：「曉靈，妳描述得很好，並且進一步推理出可能性，這點保持得很中性，而且語氣上也很緩和。」老師再看看全班，然後接著說：「各位小朋友，你們有沒有發現，曉靈一直保持著中性的講法？請全班小朋友給她鼓勵鼓勵。」全班的小朋友對她的這一番表現，也驚訝地用手、用眼神向她致敬，連我都覺得，她今天真的很不可思議。

5.

高義龍一直保持著舉手的狀態，他想搶著說明他自己的看法。「老師，上一次打了上課鐘聲，我們一起從單槓遊戲區走回教室，途中我故意設計了一個圈套，讓邱鳴晉掉進去，我可不可以在這裡提出來當作我的證據？」高義龍抬眼看著老師。我更疑惑了，那到底是什麼時候的事呀？我怎麼都不知道，連中了圈套都不自知呢？老師表示很有興趣，說：「那很好啊，我們也很想聽看看，到底是什麼圈套？」

「就是，我想起了一件事，當林曉靈請我去看邱鳴晉的賽車時，我馬上就認出那是我的輪胎。邱鳴晉卻硬說不是。我沒再說話，不過走回教室時，我一邊走一邊向他說：『耶……我有在我的輪胎上塗上紅色。』邱鳴晉脫口說出：『我也有。』其實那

是我設計的圈套，想引誘邱鳴晉上鉤而已。當他說『有』時，我就知道他中計了，就繼續進逼：『其實我並沒有在輪子上塗紅色，是我騙你的。』我說：『我現在想看看你的賽車輪胎。』我看過以後，就質問他說：『你不是有塗上紅色嗎？為什麼現在輪胎沒有紅色的痕跡呢？』邱鳴晉立刻改口：『我用魔術靈把它洗掉了。』我這時雖然生氣，但我仍然保持冷靜，故意設下了第二個圈套。我說：『大家都知道用魔術靈洗掉的話，那橫桿是會斷掉的。為什麼你的橫桿還好好的呢？』邱鳴晉又很快地更改口供說：『喔，我說錯了，我是用肥皂和沐浴乳把紅色洗掉的。』從他的說明中，我推論，他或許是因為作賊心虛，所以才露出馬腳的。有時這樣說，有時又那樣說，難道大家不覺得奇怪嗎？他現在使用的輪胎，很有可能就是我丟掉的那個。」

高義龍眼見大家都很認同他所說的，便又得寸進尺地舉手，向老師請求：「老師，我對邱鳴晉可不可以有一點請求？」老師說：「好，請說說看。」他便激動地用手指著我，用惡狠狠的眼神盯著我說：「可不可以請邱鳴晉把他的另一對紅色輪胎拿出來，和現在的這一對比對一下，事情就真相大白了。」他這麼一說，全班同學都很興奮地接腔：「對，高義龍的輪胎我們都見過，邱鳴晉可以拿來比對一下，就知道輪胎是誰的了。」大家都看著我，而我很生氣地捏著冒汗的手。

6.

「我為什麼要拿來比對？」我並未舉手就衝口說出這句話，並很激動地怒視剛才此起彼落地說著話的同學們。

「大家先不要衝動好嗎？處理這種事情可以冷靜一點吧！」老師直接對全班的騷動發表他的意見。

「老師，上一次在單槓的地方，我一直在旁邊提醒他們，不要衝動、不要衝動。他們都說，碰到這種情形，怎麼能不衝動呢？我也沒有辦法阻止了。」林曉靈也笑笑地回應老師，說著以前處理這一檔事的情況。

老師看著這一片混亂，只是保持微笑，他看看大家，然後笑著說：「我覺得這很有意思，尤其是三年級的小朋友。剛才大家都很衝動，好像暗示著，邱鳴晉已經是不折不扣的小偷。」老師看了看我，很為我叫屈地說：「我認為，在證據還沒有完全澄清之前，我們應該有所保留，不可以隨便亂下斷語，說是誰拿走的。這對被指控的當事人，是很不公平的。而第二點，我們是可以請邱鳴晉把另一對輪子帶來比對，但邱鳴晉也可以拒絕。因為，如果他認為他根本沒有偷東西，他認為不需要辯解，反正你們要誤會就隨便你們好了，他有權利可以決定要不要帶來，在還沒有把事情弄清楚以前，我們硬逼他做不願意做的決定，是一種不尊重對方的行為。我現在想請教邱鳴晉，徵求他的意見。」老師把頭轉向我，很和藹地問道：「鳴晉，請問你願意把另一對輪子帶到學校來比對嗎？」

「願意。我一定會帶來的。」我認為老師很幫忙，就很堅定地回答。

「什麼時候呢？」老師想給大家一個時間再做決定。

「等我回花蓮的公寓時再帶回來，因為上次我放在花蓮的家裡。」我也不知道，為什麼我會這麼肯定地向大家答應，其實我並沒有另一對輪胎，反正到花蓮時再請媽媽帶我去玩具店找就好了。如果找不到，也可以隨便編個事件，說我媽媽把一些玩具都

丟掉了，連輪胎也在裡面，不見了。反正同學也不會那麼無聊到真的去問我媽媽。這件事也就會乾淨地結束了。

「好。」老師說：「那等下一次再處理這一件事吧。」

7.

「老師，我有一點補充。」黃展豐還想說話，他說：「因為高義龍在還沒丟掉輪胎時，我們和邱鳴晉就已經在玩賽車了，輪胎就是他現在手上的這一組，沒有錯。而且，上一次我在亞石書房看到他買的一百五十元賽車也是紅色的，所以我認為，或許是高義龍誤會邱鳴晉了。」

「可是……」高義龍還是不死心地說：「那種紅色和我丟掉的粉紅色輪胎不一樣啊！邱鳴晉現在的粉紅色，就是我丟掉的那一對。」高義龍有些放高了聲音，老師提醒他中性地將「或許、可能是、很像、接近」這樣的字眼，加在自己的描述事實或推理上。高義龍道了歉，也同意老師的提醒。這時陳揚名又再強調了一次說：「現在紅色和粉紅色、藍色、黑色的輪胎都有很多種，像我每一種都有買，所以不能只憑顏色就推斷，邱鳴晉是拿走高義龍輪子的人，這很不公平。而且事情還沒有水落石出，高義龍的確會因為丟掉東西很傷心，但邱鳴晉若是被誤會的，也會很難過啊！」全班同學經陳揚名這麼一說，都顯得無所適從，閉緊嘴巴，眼睛瞄來瞄去。陳揚名又說：「我看這一件事情，高義龍太衝動了，他已經忘記控制自己的情緒，很快就指明是邱鳴晉拿走他的輪胎，我認為高義龍要向他道歉，再查明這件事。」老師和同學們都聽得津津有味，有人還豎起大拇指，向陳揚名表示佩服

他的見義勇為呢！我也一直很欣賞他處理事情的方式。

「又不是我偷的。」我就在陳揚名說完話的時候，低著頭，輕輕地說著這一句話。

老師看到這情形，只是笑著，看看全班，也看看我，然後說：「好，大家請安靜一下，現在交給老師來處理。現在你們只要保持安靜地觀看，老師是如何在處理問題的。中間不許有同學插嘴或發表意見，打斷我的處理，好不好？」老師這麼一說，班上就進入一種沉默的等待狀態。我也開始緊張了，老師會怎麼處理這件事呢？我對自己說：「管他的，我有信心。反正有證據支持我，我不必太害怕，我需要放慢腳步，調整自己的情緒。」

「好，OK！鳴晉請到老師這邊來！」我低著頭離開座位，老師也離開他的座位，從講台的位子移到教室後面的小桌子坐下，然後看看受創的我說：「鳴晉，你認為自己很倒楣喔！」老師的眼睛沒有離開我的眼神。「你不要害怕也不要緊張！老師會了解這些事的。」他的眼神仍然溫溫的。「因為現在的證據，有正、反兩面的事實，我都背下來了，但是我不能馬上做出決定，說是你拿走的或不是你拿走的。」我這一聽，就相信他所說的一切，包括他能背下同學所說的每一段話，並且能把這一些資料在腦子裡分類清楚，這也是全班都深信不疑的事。只是到現在我還無法弄清楚，到底他知不知道是誰拿走輪子的？他有時會把知道的事一直放在心上，然後給人一個機會。他現在究竟是怎麼想的？

「現在……」他繼續說：「我要先徵求全班同學的同意，再把這一件事的決定權全部交給你來處理。如果全班同學都同意了，我們就把決定權交給你。」

老師問了同學們，大家都同意老師的提議，他才又看著我說：「鳴晉，現在是你自己面對這件事的時候了，只有你自己知

道這是怎麼一回事！」老師很誠懇地說：「你知道嗎？」我點點頭，聽他往下說。「不過，老師只提醒你一點──對自己真實，是要承擔一些後果的。同樣地，對自己不真實，也是要承擔一些後果的。在這個時候，你可以為自己做一個決定，然後告訴我們實情。」

我越聽越緊張，我該怎麼辦呢？

8.

記得上學期，黃展豐沒有帶作業簿到學校來，老師問他原因時，他說：「我忘記帶來了。」老師又接著問：「你作業寫完了嗎？」黃展豐斬釘截鐵地說：「我寫完了，我放在家裡客廳的茶几上，忘了帶來。」老師盯著他看，說：「你確定你作業真的寫完了嗎？」他非常堅定地說：「我真的有寫完。我沒有騙你，是真的。我放在家裡的茶几上。」黃展豐的眼眶裡含著淚水，其實我們早已相信，他的眼淚是真的，他的話也是真的。但老師卻沉默得可怕。他一言不發地看了黃展豐很久，眼睛一動也不動地說：「黃展豐，告訴我實話，老師只想知道實情而已！」黃展豐的眼淚就直接流了下來。「我真的寫完了啦！」老師冷靜地說：「我聽到了！」全班也都跟著放鬆下來，但老師接著又補上一句：「但是，你說的並不是真的！」黃展豐加大了聲音辯解著：「我真的寫完了，不信的話，我可以打電話請我爸爸把作業簿帶來學校給你看。」這時候，老師只是輕輕地說著：「不要去麻煩爸爸了。」老師轉頭告訴全班同學，準備討論數學除法單元，隨後就從口袋拿出摩托車鑰匙，拉著黃展豐說：「走，老師帶你回

家去拿，我不怕麻煩。如果在家裡找不到作業的話，一切後果由你自己負責。」老師說完話後，再和氣地問了一次：「展豐，你有寫完功課嗎？」只見黃展豐哭得很大聲，說著幾乎聽不懂的話：「我沒有寫。我騙你的。」老師聽完他的話，只輕描淡寫地說了一句：「老師很討厭小朋友騙我！這次原諒你，請你下次能說實話，對自己誠實。」

那次的經驗，讓我這個坐在身旁的人愣住了。老師為什麼那麼有保握地知道，黃展豐真的沒有寫功課！老師的處理方式真是怪招，叫人無法摸透。

我很怕老師，但我又真的很喜歡他。

現在，老師突然要我自己做決定，唉呀！怎麼會有這麼大的轉變？簡直是一百八十度大翻轉，讓我來不及適應，感到頭昏腦脹。我最怕自己做主張了。在家裡每次做事，我總是在犯錯！不是做不對，就是做不好。反正事情一交到我的手上，一定又會毀在我的手裡。爸爸、媽媽也不認為我可以做好一件事，就叮嚀六年級的姊姊把我管好，因為在爸媽的眼裡，她比較懂事！在姊姊的眼裡，我更是做不好一件事。她在班上是很會吵嘴的女生，男生也都有點兒怕她！我最怕她不耐煩地教我功課時，會直接用罵我笨的方式，來爭取時間做她的私事。在家裡，我變得不敢私下做判斷，因為我被罵怕了。現在逼急的事，都會讓我很害怕，不敢去面對。

我曾經誠實而被全班原諒過。我也曾經說謊而被老師拆穿，事後老師給我一個機會，我請五位小老師為我做保證人，保證我以後不再說謊話。小老師們都願意再相信我。我仔仔細細地考慮每一種後果，但每一種後果都讓我左右為難，不知如何是好！

9.

老師似乎察覺我的困境，又對我說：「如果同學們對你所說的有所懷疑，那他們就必須自己花時間去收集更多的資料、證據，在班會中提出，這是我們可以預知的後果。這也是我們班上的規矩，我們最後會站在公理上處理問題。老師只是再提醒你一遍而已。」老師很平和地說完他的話，就等我作決定，全班同學也溫和地看著我。

我開始進入最難熬的時刻。如果我不承認的話，全班同學也都會相信，東西不是我偷的。他們不再追究這件事的情況下，我單單面對高義龍一個人就夠了，況且，老師也會像處理蔣儀文的事一樣，在全班面前向我說對不起。可是老師和全班同學都這麼相信我，我卻在這個重要的時刻說了謊。以後我要怎麼面對他們？

但事情已經捱到這個地步，如果我承認的話，我可能永遠無法在全班面前抬起頭來。想到這裡，我就覺得很對不起之前為我極力辯護的同學，我怎麼對得起他們？想到陳揚名，想到黃展豐為我所做的一切，我就更加難過！

如果我堅決不承認，老師曾經說過，這件事就此一筆勾消，那高義龍對我也莫可奈何。可是我擔心晚上會做惡夢，那實在是一件可怕的事，我常常在夜晚忍受害怕，忍受只有自己一個人的可怕。更恐怖的是，這種夢的魔鬼會纏著我不放。清晨醒來，走在上學的路上，腦子裡還殘留那些怎麼揮也揮不去的黑白影片。況且，老師似乎知道整個事情的原委，只是他要我自己做決定罷了。

誰能告訴我？我現在該怎麼辦？我很想回頭看看最要好的幾個同學。但是，我真的不敢，我真的不敢。有好多種可能性在我的腦子裡盤旋，逐漸漲裂開來，我現在好想跪地求饒！

10.

「啊！」我在心裡喊著。

「是我拿的。我向高義龍偷的。」我忍不住這一股壓力和留給我自己思考的痛苦，終於說出了實話，隨著流下的眼淚，我逐漸加大了哭聲。

「喔！我聽到了。」老師溫和地看了看我，簡單地說出這一句話。

「喔！很討厭耶！早說就好了嘛！」班上有些同學對我這樣的回答感到非常譟動不平。連曾經為我做保證的小老師也表現得很洩氣。他們現在的表情和我一樣──很難看。

「請先安靜！」老師等這陣騷動過後才開口說：「老師想做一部分的說明，請小朋友注意聽。」他看了全班一會兒就接著說：「我想做兩件說明，第一件事就是，我們剛才是不是已經同意，把決定權交給邱鳴晉處理，他也為自己做了決定，那我們是不是也把如何處理善後的決定權交給他？」

全班隨著老師的話立刻安靜下來。我心裡一直覺得自己對不起高義龍，也對不起大家。

「那第二件事就是，為他做證人的小朋友，也不要因為你說過邱鳴晉沒有拿輪胎的證據而覺得不好意思，因為我們都是就自己所知道的事實來告訴同學，這是很好的表現，也希望同學們能

知道，正面和反面的證據都是這一個事件中的部分事實，我們都是在自己所知道的部分事實中做推理而已。好！剩下的事就靠邱鳴晉自己去圓滿了。」

老師回過頭來對我說：「鳴晉，老師並不怪你，但你自己要明白：第一，你未經別人同意就私自拿走東西，這是不對的。第二，你到了最後關頭選擇對自己的良心真實，這很令老師敬佩。不過後果的部分，你還是要自己去承擔這個責任。好吧！你去處理吧！」

我點點頭，並且向老師深深地一鞠躬後，慢慢地走到高義龍的身旁；我克制不住直接淌下的淚水，一邊哭一邊抽噎地向高義龍說著不太清楚的話。

「高義龍，真對不起！是我拿了你的軌道車輪胎。請你原諒我好嗎？我現在把輪胎還給你，希望你能接受！」我說話的時候，一直不敢看高義龍和其他同學。

「沒關係！」高義龍伸出他的手臂，摟住我的腰說：「我們都是好朋友！」坐在一旁的陳揚名也插嘴安慰我：「對嘛！我們都是好朋友，大家不會怪你的。」全班同學也起鬨著說：「對嘛！對嘛！你不要再哭了啦！」高義龍繼續安撫我：「你已經對自己誠實了，我不會怪你的，你也不要太難過了！」但我哭得更傷心了，做錯事還被大家接受，對我來說，同學們的安慰夾雜著溫馨和慚愧的滋味。我自己低著頭走向講台，向全班同學深深地鞠了一個躬，然後說：「各位同學，我很對不起大家，請你們原諒我，好嗎？」

沒等我說完，同學們都異口同聲地說：「沒有關係，你很勇敢。」、「你很誠實，我們一定會接受的。」、「我們一定會再跟你玩的，你放心好了。」

聽到同學們這麼說，我也感覺非常溫暖。

我回到自己的座位看著老師。

11.

「鳴晉，來一下。」老師揮著手，示意我到他的身旁，我笑著走到他的作業桌前。他說：「老師想私底下請教你一個問題，好嗎？」我紅著眼、點著頭、看著老師，老師才說：「你小時候有沒有偷過別人的東西？」

「有。」我不經考慮地回答。

「那是什麼時候的事？」

「幼稚園中班時。」

老師笑著，很開心似的，我看他這樣笑著，我也笑了，幾個拉長耳朵偷聽的小朋友也笑了。

「那是誰處理這一件事的？」

「媽媽！」我說著就想起小時候的這件事，彷彿又看到媽媽當時的表情和動作。

「那媽媽是怎麼處理的？老師很想了解！」老師用專注、真誠的眼睛看著我，那眼睛告訴我，他會接受這樣的事，我也放心地把這一件事說出來。

「幼稚園中班時，我不知道偷了同學什麼東西，我忘記了，幼稚園的老師打電話告訴媽媽說，我一直不承認拿了別人的東西。剛開始，媽媽都沒有生氣，她對我說：『你說實話就好，小朋友要誠實。』我便鼓起勇氣向媽媽坦承：『是我拿的。』誰知道，媽媽等我承認後，就大發脾氣，罵我、打我，嘴巴還一直念

著：『告訴你小朋友不要隨便拿人家的東西，你就是不聽。』」

　　老師只是笑著，那種笑意說不上是關心，也不像是幸災樂禍。

　　一會之後，老師對我說：「嗚晉，你認為媽媽有沒有錯？」

　　「沒有。」我知道媽媽的心情。

　　「哪裡沒有錯？」老師追問著。

　　「媽媽她在教我做人的道理。」

　　「那媽媽事前答應你，說實話沒有關係，結果你說了實話卻被媽媽打，這一點你認為怎麼樣？」老師沒有提起，我倒是忽略了，經他這麼一說，我也覺得媽媽不應該打我，因為我說了實話。

　　我沉默地看著老師。老師說：「嗚晉，媽媽沒有錯，只是她擔心你以後又拿別人的東西，所以就用打的方式來告訴你這個道理。其實，你誠實這一件事，媽媽心裡很高興，只是沒有再表達一次，把心裡的話重複跟你做說明而已。等你長大了，你會知道對自己誠實是一回事，而被打又是一回事。兩者分開來思考，就是把事情的本末弄清楚。被打雖然不舒服，但這是我們應該承擔的後果，因為有了承擔，我們的心底才會變得輕鬆，就像今天的事情一樣。老師也是這樣慢慢學習人生的道理的。」

　　老師一邊說一邊看著我，隨時注意我有沒有在聽他說話。我覺得老師說得很有道理，我今天很愉快，因為我知道自己哪裡作對了、哪裡做錯了，我也終於了解媽媽的處理方式，我當然不希望媽媽在我的心裡是錯的。老師真的知道我的心事，而我也回到我的位子上坐好。

　　老師走向講台，笑了幾分鐘之後，同學們都爭相問他：「老師！你怎麼了！」他也不說話，只是笑嘻嘻地看著我們。大家撒

嬌地逗他，他才開口說了剛才我幼稚園的趣事，接著說：「我的大女兒讀幼稚園的時候，我們一起到芎林書局買書，結果她偷了老闆的東西。」我們聽了都覺得非常不可思議，老師的女兒怎麼也會拿別人的東西，真令人驚訝啊！

12.

　　老師說：「那一次，我們買好了書要離開書局，妹妹趁著我和師母不注意的時候，拿了一個玩具娃娃握在自己的手裡，我和師母都沒有注意到這件事。等付完帳，走出書局、回到車上，妹妹把玩具拿出來時，我們才發現。這時候，老師就問她說：『妹妹，你很喜歡這一個娃娃嗎？』她說：『喜歡。』，還把娃娃拿給師母看。老師又問她：『那你有沒有把這玩具給看店的阿姨算錢？』妹妹低著頭就流下眼淚了。老師安慰她說：『沒關係！現在我請媽媽陪你去書局，你跟阿姨說：「阿姨，很對不起，我好喜歡這個玩具，但是我沒有付錢就把玩具拿走了。我現在拿錢來了，媽媽也陪我來了。」』結果，書店的阿姨很高興地對她說：『你很誠實，阿姨不怪你。但是你還是要付錢，好不好？』等妹妹回到車上，老師就叫她過來坐在我的腿上，我用一隻手抱著她，說：『妹妹，妳剛才很害怕嗎？』妹妹點點頭，害羞地看著師母。我告訴她：『妳處理得很好，你看阿姨和媽媽都欣賞妳很誠實！好了，沒事了。過去讓媽媽抱抱。』」

　　老師一說完，全班同學都羨慕地說：「好好喔！當老師的孩子真好。」老師笑著說：「你們也好好喔！回家就有水果吃。」我也跟著全班的笑聲笑了。

　　「好，邱鳴晉的事落幕了，現在是你們全班的事了。」老師說完，就請各小組討論一個問題：「請你們思考一下，老師處理邱鳴晉的事用了哪一些方法？」這麼一個問題，讓全班同學亂成一團，老師卻在周圍走來走去，一副輕鬆的模樣。我雖然看大家爭相說著，但腦子裡卻想著自己的事。不一會兒，各小組都有了答案。老師請他們站起來發表。

　　「老師用了澄清、延伸、證實、安慰的技巧來幫助同學解決困難。」這是第一組的意見。

　　「老師用了延伸、證實的方法，對人講話的口氣溫和，禮貌地安慰他，讓證人先說明他知道的事，實然後再做推理。」、「老師保持得很公平；在事情還沒有弄清楚之前，不冤枉別人；教人的態度很和氣，尊重邱鳴晉的決定。還有延伸並且比較正、反面的例子。」這些分別是其他各組的答案。

　　我則對自己說：那個埋藏在心底的幼稚園中班的種子，似乎已經慢慢換成了一顆新的種子，我相信在下一次，春天來臨的日子，它會冒出芽來，抬頭看看外面的世界。

　　老師在各小組發表意見以後也說：「老師今天特別高興，因為我看到你們隨時都在為自己做決定，你們更沒有忘記，給別人一個機會重新學習，就是給自己一個機會重新學習。老師因為邱鳴晉而發現了一件事——其實我也隨時隨地都在做一種決定！我可以選擇對自己真實或對自己不真實，這是我自己可以決定的。老師真的好感恩，班上有這麼一件事，讓我重頭學習，謝謝大家。」

　　我很專心地聽完老師說的每一句話。我也為我自己做了一個很好的決定而高興萬分。這個決定是我自己作主的，我可以決定往後的日子裡，不再做惡夢了。

　　本文〈這是我的決定〉和〈選擇〉是同一個教室故事，我邀請四年級的小朋友（葉秀龍）寫下他自己的小說。我以第一人稱（邱鳴晉）為主角的角度，著手創作，試著進入主角的內心世界，揣摩一些孩子成長的心理軌跡；而葉秀龍也以第一人稱為主角的角度著手創作，敘說自己的生命故事，我們以創作者彼此尊重、彼此欣賞，我也再次看見自己在教室情境中的教學行為，被紀錄、被保留，我對葉秀龍說：「老師真的很感動，你創作了三個月，終於完成自己的故事，感謝你讓我在故事中出現，我將帶著這一份美美的禮物！謝謝你！」

放手輕輕，在你的日子

　　學校剛剛在九月初開學，這天，黃老師也接到了教務組的通知單，上面寫著：「邱永春」。潘老師說，這個孩子因為家長的工作關係而轉學進來；這學年可能要麻煩黃老師多照顧了。

　　黃老師看著名單，習慣性地說：「好！沒問題。」

　　一位家長就站在潘老師的身旁，跟著說了聲「謝謝」。

　　邱媽媽看著黃老師，目不轉睛地說：「我這個孩子很傷腦筋！我先生的職業是牧師，因為工作的關係，我們換了一些地方，邱永春也跟著轉學。我常和他低年級的老師保持聯繫，那老師對他的要求很嚴格，我也很配合老師，一回家就盯著他的課業複習，直到他三年級的時候，他一直拒絕學習，很多事也表現得漠不關心，常常出錯，很讓我們擔心。我想是我的嚴格害了他，我一直很內疚，也不知道該怎麼幫助他。我以前這樣要求他，我感到很後悔！」

　　黃老師靜靜地聽著，然後問道：「孩子呢？」他想看看這個孩子，再和邱媽媽說話。

　　邱媽媽指著辦公室的窗口說：「他在那裡！」

　　黃老師馬上說：「我了解了，你放心的回家，把他交給我們班上好了。」

　　邱媽媽並不因為黃老師這麼說就回家，反而跟著他，好像還有許多話還沒說完，她急著想把邱永春的情況告訴老師，一方面幫助老師了解他，另一方面也藉此減低自己的罪惡感。

黃老師見她還不放心，就說：「這孩子的眼神裡夾雜著不信任和對人的質疑，他害怕別人看著他的表現，並保持對人們的窺探，在他的經驗中，一定有被權威嚇過的強烈經歷，所以他表現得畏縮與怯弱。他的眼睛裡隨時流露出怨憎的怒氣，這可能是妳或是妳先生常常禁止他探索一些事物所造成的！或者是他做了一些小事，妳們的表情、動作或言語就馬上表現出『連這一點小事你也做不好！』的感覺，因為這樣，讓這孩子的探索經驗無法持續完成，這是一種被干擾、不被尊重的感受，所以他表現出一種探索不滿足的自我壓抑，和對新事物嘗試的裹足不前。」

　　邱媽媽經黃老師這麼一說，馬上很有興致地說：「是我的錯！我從小就是這樣管教他的。他爸爸不會像我這樣。」

　　黃老師笑著說：「其實妳也沒有錯。妳已經盡了很大的力量了！不要怪罪自己。妳先把他交給這個班上，等一段時間之後，我們再來研究，要怎麼幫助他，漸漸溝通、協調出適合他的生活方式，我想應該會有所改善的！妳也不要忘了隨時給我電話，讓我知道要用什麼辦法協助他。」

　　邱媽媽這時稍微放下心來，說：「老師，真是謝謝你！不過，我還想告訴你，邱永春一碰到緊張的事，就會全身發抖得很厲害，如果有這種情況，請老師通知我，我會來學校帶他就醫。請老師幫幫忙。」

　　黃老師一聽到全身發抖，直盯著邱媽媽問，「是癲癇嗎？」

　　「不是。」邱媽媽笑著說。

　　「我和我先生是因為某種家庭情況而信了主耶穌的。」

　　黃老師一聽就敏感起來，不再追問詳細的情形。她還說已經告訴孩子，中午的時候會來接他回家。

　　黃老師笑著回應說：「今天要上一整天的課，下午四點十五

分以前會放學。不過，既然已經跟孩子說好了，請妳中午的時間來看看他，順便了解他的適應情況，好不好？」

邱媽媽點點頭，答應了黃老師，黃老師便帶著邱永春走向四年級教室。邱媽媽還擔心地看著他們倆，直到黃老師揮手向她表示可以先回家了，她才離開。

邱永春跟著老師走進教室，黃老師要他先找一個自己的座位，只和全班的小朋友們說：「這學期我們班上多了兩位同學，至於他們的情況，老師完全不知道，他們以前在舊學校的表現如何，老師也不想去了解。我把他們兩個交給你們了！」

黃老師看看班上的同學們，笑著說：「你們知道該怎麼處理了嗎？」

同學們異口同聲地說：「老師！你安心啦！」、「沒問題的啦！一定會讓你滿意的啦！」

邱永春和另一位轉學生卻莫名其妙地看著這個老師、看著這些同學、看著這個陌生的環境。還沒來得及弄清楚是怎麼一回事，每個小朋友手上就接到一張數學作業單，上面寫了好多題目，黃老師要大家翻到背面，不要去看資料，把自己的心暫時交給老師。

這下子，邱永春他們倆更是一頭霧水，根本摸不清這個老師在玩什麼把戲。

黃老師說：「可以開始了嗎？先生、小姊們！」

同學們回答：「可以了！」

這時黃老師卻說：「可以讓我這位最可愛的僕人為主人們服務、效勞了嗎？」黃老師臉上的表情，像極了有線電視台主持人豬哥亮一樣逗趣，邱永春看著直傻笑，那種面對新環境的防衛心一下子就不見了，看上去是換了一張新面孔的孩子，天真、沒有

心機。只要對他好，他會馬上對你好的，一拍即合。

邱永春看著老師，黃老師的眼睛也朝著他，輕輕地一掃而過。班上的孩子們早已看出，相處一年的老師又再吊人胃口了，衝著他直言：「老師，不要鬧了啦！」、「又來了！」、「唉，沒救了！」、「剛開學就吃錯藥，真是可憐！」

邱永春正覺得奇怪，同學們怎麼可以這樣對老師說話呢？和他以前在嘉義市國小的情況大大不同，同學們好像不怕老師，這個老師是可以開玩笑的！

黃老師喜歡小朋友在最好的時刻頂頂嘴，他開心地笑著說：「我現在是吃錯藥了，等一下是誰頭痛？那無知的黃老師就不知道啦！」

黃老師說完話，轉頭面向黑板，寫著【　】×【　】＝【　】，然後他冷笑著，露出詭異的眼神說：「數學第一單元乘法上完了。請各位父老兄弟姊妹，大家告訴大家，明天一定要再來到四年甲班大廟口，聽我阿桐伯賣廣東目藥粉。快來佔位子，慢來的沒位子。」

這下子，教室又像極了夜市大拍賣一般有趣，老師有時像老闆，有時又像電視廣告演員，逗得同學們笑得死去活來，就連邱永春也笑彎了腰。另一位轉學生莊鎮祥也直笑得張口，流下了眼淚。

黃老師看著他，捧腹大笑地說：「這位同學！請控制一下自己興奮過度的情緒好嗎？第一天剛開學，怎麼就傷心地哭了呢？」

他想辯解，卻笑得說不出口，同學們的人仰馬翻，也把他逗得不知如何說完他想說的話。

等大伙兒冷靜下來之後，有人說：「哪是上完了？你騙

人！」

「沒錯！是上完了！」

「喔！開飛機喔！不怕撞山喔！」

黃老師不甘示弱地說：「乘法真的上完了！而你們也完了！今天的回家功課就是數學作業單上的預習，明天老師只負責發問，你們負責舉出數學例子回答問題！還記得三年級的乘法共有三個單元，老師還可以背出當時我是怎麼教的！我是怎麼一步一步地拿花片操作，然後畫圓圈代表實物，最後用數學符號列式表示這個過程的，我還在每一個過程問你們：『為什麼是這樣列式的原因？』老師也強調解題過程的「思考表白」，並且要小朋友閉上眼睛，在自己的腦子裡用意象把整個步驟回想、組織一遍，我還記得，那一次的回家功課是一道應用問題、一道計算題，這兩道題目的解題、計算過程和答案正確的給五十分，而「思考表白」正確的給五十分，你們第一次被這麼要求，還哇哇叫呢！」

一說到「哇哇叫」，小朋友們回憶起一年前的功課，還興致勃勃地說出當時在家裡罵老師的經過呢！

黃老師一說到這些過程，除了沾沾自喜之外，還在黑板上幫小朋友們回憶以前相關的課程，他這時的笑容少了很多，很正經、很認真地回憶著。

黃老師請高義龍幫忙回憶乘法單元，他指著黑板上寫出的列式，請高義龍盡量回想出重點並告訴全班同學。他很有自信地說：「被乘數×乘數＝積。被乘數代表一堆有多少個，乘數代表有幾堆，而積代表全部的數量。×法的符號代表著倍數的意義，是加法連加的計算方法。」

黃老師請他舉一個例子說明他所說的意思，他接著說：「例如：糖果一包有八個，小華有九包，問小華共有多少個糖果？我

的橫式列式是8 × 9 = 72，然後直式計算，最後寫答：共有七十二個糖果。」

黃老師又請他說一說自己解題的「思考表白」。他說：「我的第一步是先在題目上畫出，每一堆有幾個的重點，像一包有八個這裡。我的第二步就畫出有幾堆、幾倍的重點，像有九包，就是有九倍的意思。最後我從文字中的『共有』，看出重點是要我算出『全部』的觀念，所以我用乘法來計算出所有的數量。因此我列式為：8 × 9 = 72。也就是說（一包八個）×（九包的倍數）＝（全部的七十二個糖果）。」邱永春瞪大眼睛，看著鴉雀無聲的班上，他知道大家都緊盯著老師和高義龍。他也看到黃老師的眼珠子裡都是數學乘法的影子，那種專注的神彩令他大開眼界，不知不覺地被吸引著，身體裡流著想要尊敬黃老師的血液，說不上來這是怎麼一回事，這是以前的教室所沒有的，他對這個班級更加好奇了。高義龍的表現更讓他啞口無言，他從另一個小組看向高義龍。

一下課，邱永春和莊鎮祥的身旁擠了一些同學，他們邀請這兩位同學一起玩，一邊玩一邊說著這個班上的規矩。

「老師和同學們一定會主動關心、安慰小朋友，遇到困難時，小事就自己解決或是找小老師、班長幫忙，大事才找老師，大事就像是受傷先送保健室再通知老師。」

「上課就像剛才這麼有趣，老師會隨時開很多玩笑，也會正經八百地上課。」

「回家的功課，自己要負責做完。」

「遇到和同學爭吵時，要不衝動地說明理由，要是發現是自己的錯，要勇敢的承認錯誤，並且誠心地向對方道歉，如果對方不接受道歉，再交給老師處理。」

他們玩得來，到了這個新環境，也不必擔心誰才是他的朋友，三節課下來，大家有說有笑，老師也上了國語第一課「爺爺的貓」。

　　黃老師請小朋友從文章中找出，爺爺和貓的感情是如何建立的？他們之間的感情是主動的還是被動的？還請小朋友說一說平常是如何和爸爸、媽媽、家人建立感情的？

　　邱永春因為還不熟悉班上的小組討論運作，他只聽大家怎麼說而已，小組的同學還暗示他，從文章的哪一些訊息中可以找出重點。當他的動作慢了，還有小朋友安慰他、告訴他：「這有一點難，過一陣子就慢慢習慣了，別緊張！我們會等你的，慢慢來！老師說，只要盡自己的能力，就會得到別人的尊敬。每個人的優點都不一樣，所以要互相喜歡、互相合作，像我們班上的王喜成，他的課業成績大都是四十分到六十分之間，但老師說了好多次尊敬他、佩服他，因為他很盡力在學習，所以他也有很多好朋友！」

　　這天可以說是邱永春最快樂的開學日，因為以前的他很痛恨學校，尤其在嘉義市的學校，同學們都不喜歡他，都說他很笨，什麼都不會。老師還曾經當著全班同學的面說他：「這麼笨，連這個題目也不會做，送到啟智班算了。」

　　剛開始，他並不明白啟智班的意思，回家問了媽媽後才明白是怎麼一回事兒，看著媽媽的眼淚滑了下來，他反而安慰媽媽說：「媽媽，妳別哭，我不會讓你傷心了！」媽媽還告訴他：「很少人知道我們永春有很多優點，但是媽媽和爸爸知道，我們都喜歡你，像主耶穌一樣的喜歡你，主也愛你。」

　　他這一天表現得非常開心，他也很緊張，怕自己會因為表現不好而失去很多朋友。中午的午餐時間，媽媽特地來看他，他很

高興地跑出教室，邱媽媽微微地笑著，她看了看這個班上的其他同學後，問老師說：「他的表現可以嗎？」

黃老師逗笑地說：「妳看他的氣色和早上有什麼不一樣？臉都開朗了！」

邱媽媽驚訝的發現，自己的孩子沒有退縮的表情，她也謝過老師的幫忙。

黃老師說：「這不是我，而是他身旁兩位小老師——上學期的班長、副班長的功勞，他們兩位很講理又很溫和，剛好適合這個孩子。」

邱媽媽看了石佩華、江岳一眼，滿臉疑惑，她還暗自想著：「這兩個小朋友真有這麼神奇嗎？」不過，她真的看見自己的孩子滿臉笑容地看著她，她慢慢地告訴自己，今天可以放心了。

她問黃老師說：「現在可以接永春回家了嗎？」

黃老師說：「今天上了一整天的課，如果妳和孩子說好了，我可以答應先讓妳接他回家。還是妳問問他，願意不願意留下來繼續上下午的課？由他自己做決定，我們試著配合他的意願，好不好？」。

邱媽媽心想：永春一定會跟她回家，以前向老師請假時，他都會很高興，這次應該和以前一樣吧！。

等邱媽媽問了邱永春，永春卻出乎意料地，要留在學校上完一天的課。

放學前，黃老師指派了回家功課——「第一課爺爺的貓金字塔一張作業單」。邱永春真不知道那是什麼功課，只聽旁邊的江岳對他說：「就是把這一課的段落大意安排在故事體的文章結構底下，然後用一句話綜合出全課的大意。做完後，還要檢查大意是不是寫得完整？每一段文字是不是包括是『什麼』、『怎

麼樣』、『結果』的結構？句子通不通順？這些要花很長的時間，我們班上已經訓練一年了，你別急，慢慢來，老師不會怪你的！」

黃老師看到邱永春和莊鎮祥忙著問旁邊的小朋友，就對他們兩人說：「兩位轉學生不用做今天的功課，明天早上，小老師先教他們造句就可以了。」

他們兩人暫時放下心來，不過從莊鎮祥的眼中，很明顯地可以看出他的不服氣，他想很快地在這個班上擁有地位，讓大家對他另眼相看。放學時，他們兩人看著老師說再見，同時眼神也愉快地說著：這是一個新鮮的班級。其他同學也看過黃老師，有的做個鬼臉，有的傻笑地直看著老師，一同離開老師的視線，走出校門。

早上七點鐘，電話鈴響，黃老師脫離了夢的世界，回到人生的現象世界。

他習慣性地接起電話聆聽著，那是邱媽媽打來的，她說：「邱永春昨天回家後就問她：『媽媽，我現在看東西都覺得轉來轉去的，讓我搞不清楚到底是怎麼一回事。』我就告訴他：『這是暈眩。頭會暈暈的，讓人想蹲下來休息一下。』其實他前天就感冒了，每到感冒的季節，他的病情就顯得特別麻煩，常會有頭暈的現象，今天我想替他請個假，不知道可不可以？」

黃老師當然一口就答應了。

「沒問題，我同意！請妳別擔心，我們一起來想辦法，看看哪一種方式對永春會比較好？他現在在旁邊嗎？我來對他說好了，免得他擔心今天沒到學校上課！」

邱媽媽說：「他吃了藥，現在還在睡覺，以前在嘉義市的學校也常這樣，常請假、常麻煩老師，真是很不好意思！」

　　黃老師在電話的一頭微笑著說：「好！那沒關係。咦！他昨天上籃球課時還表現得很活躍，昨天的太陽很大，他還玩得滿身是汗，還搶著去阻止對方投籃，我也一時忽略了要提醒他，注意自己的體力，真對不起。」

　　「咦？他有沒有告訴妳，昨天數學課被我打手心的事？」

　　邱媽媽直接回答說：「沒有。」

　　黃老師和邱媽媽都覺得奇怪的笑著。

　　邱媽媽問：「是怎麼了？」黃老師先對她說：「沒什麼！」然後才說出那一節課的事：

　　「昨天數學科平時測驗很多，小朋友被我修理，因為我們回憶當時上這個單元時是如何說的、如何舉出例子說明的，有一些同學在這個地方出錯，我就請他們出來打手心，並且告訴他們，我的目的是要提醒大家注意，所以這次選擇了棍子來重重地提醒，這一些上課不注意老師特別強調重點的、可愛的同學們。有人被打了以後，直喊著：『很痛啊！』一邊摸著手來回擦拭，一邊看著我。我只是俏皮地說著：『你說的完全正確，不痛的話，那我幹嘛要打你呢？希望下次再度光臨本店，謝謝合作！謝謝！』我還對他們深深地鞠了個躬呢！」

　　邱媽媽的笑開了，然後說：「難怪他沒說被打的事，以前他在學校被打以後，回家一定會說。」

　　「老師，你處理的方式，和我們做家長的處理起來就是不一樣。你會很清楚地告訴小朋友，為什麼我要打他的充分理由，而我們一生起氣來，就忘記了是要教他，還是情緒激動地胡亂打罵一頓。」

　　難怪他會說：『轉了幾個學校，他最喜歡這個班級，最喜歡這個老師。』他現在很喜歡到學校上課，以前和現在比較起來，

他真的變得很不一樣了，我也很少生氣了。老師，我真的很謝謝你，永春碰到你這位老師，真是他的福氣。轉學前，我還一直很擔心地每天向主禱告，希望有一個愛他的老師能夠教導他。現在我真的很感謝主。」

「不過，他有時候真的是笨笨的！」永春的媽媽向老師說了聲謝謝後，繼續說：「老師，考試快到了，他的數學常常會因為粗心大意而做錯，我在家裡會好好地為他複習！」

黃老師對邱媽媽說：「對！他的功課不是表現得很好，但這一點我不會很在意，我們班上的小朋友和我都會等他，慢慢來！妳也不要太緊張，而在要求的過程中太過嚴肅，這樣他會更緊張，反而會因為擔心自己做不好，不曉得該做什麼反應。」

邱媽媽緊接著回話：「對，他就是這個樣子！有時候常常傻傻的，不知道要做什麼反應，而讓我們生氣。我先生是教會的牧師，因為工作的關係，讓我們換了幾個地方，永春也跟著換了幾個學校。這可能也是我的不對。低年級時，我常去找他們老師溝通，我們對他的期望很高，所以一直很嚴格地要求他，我想一想，是我害了這個孩子了。」說到這兒，邱媽媽的語調顯得悔恨而哀傷。

黃老師還是邊笑著邊說：「信靠主是正確的！把一切擔心的事都向主祈求，主會為你另開一扇窗。在我的了解裡，主耶穌基督並不會把一個孩子分類成好的或是壞的、聰明的或是愚笨的，每一個孩子在祂的眼裡，都完美如創世紀之初！祂平等地眷顧每一個人，量著孩子們的能力前行，耐心地等候每一隻迷途的羔羊。」

邱媽媽高興地說：「老師，你是基督教徒嗎？」

「喔！對不起，我不是。」

「那你怎麼能把主的話說得這麼適當呢？」

「喔！那是因為我很尊敬這一位聖者，祂是一位實踐生命、超越精神領域的行者，雖然我是一位道家和佛教的弟子，這並不會影響耶穌基督所帶給我的生活體會。我們畢竟是凡人，在面對眾多生活事件的現象時，我們只能盡量模仿、意測，依照祂的樣式來看待入世的生命現象，然後我們才會慢慢地活出耶穌基督的樣式。」

邱媽媽在另一頭說：「黃老師你說得沒錯，我今天真的收穫很大。」

「喔！別這麼說，這應該是主的安排，祂安排今天清晨讓我們去談這一些話題，我們應該感謝的是主！」

「是！是！是！」邱媽媽也認同黃老師的說法，繼續聽他說。「那，我們把這一些再往前延伸來看永春的問題時，妳想，主耶穌會怎麼看待他？主會選擇什麼樣式來面對永春的問題？主在做每一次抉擇時，祂當時的心理容量是如何寬廣的？我想妳的答案和方式，都會比我這個做老師的還要好。」

黃老師接著說：「邱媽媽，我們是不是可以再從另一個面向，伸展出另一個觸角？妳想！主會怎麼看待妳對永春處理上的愧疚呢？我想，祂一直想告訴妳，妳沒有錯！你已經盡了最大的努力了，現在是妳重新看待自己的時候了！主就在這時作工，祂為了揀選妳，所以必然給妳這門新的功課。這是妳領受的一份美食。」

「我在處理昨天打孩子的事件時，我也一直給自己較大的空間，來看待自己的每一次變化。我會隨時開開玩笑，是為了讓孩子們減輕壓力，我更會問同學們：『覺得不公平的，請舉手！需要老師安慰的，也請舉手！老師會像慈祥的母親一樣，抱著你

們，搖啊！搖啊！搖到外婆橋，外婆會說你是個好寶寶。』看他們笑得很開心時，我會再強調一遍：『打是一種很不得已的手段，我還是很愛你們的，被打，並不代表自己所有的事都不被喜歡了。只是有一個小點需要自己調整調整而已。』」

「有時候真的打得太重了，還要在全班面前向他們說：『對不起！我太殘忍了。』小朋友們一定會起鬨地答腔，說我是一號殺手。我都接受孩子們開玩笑，同時也認同他們的說法，只是會再對孩子們說：『該打你的時候，老師一定會不客氣地、心平氣和地揍你們！然後呢？歡迎各位大哥哥、大姊姊們批評指教，期待你們下次盡早光臨本店，讓最可笑的老師為你們服務。然後呢？當然不用問啦！我們就過著快樂幸福的日子！』妳想他們會怎麼說？他們一定會說：『噁心死了！我們吐給你看。』」

邱媽媽愉快地、靜靜地聽黃老師往下說。

「我會對孩子們說笑，幫助他們區分出事情的始末，讓他們知道，我這個老師堅持的理由是什麼？我會去執行我所說的一切，其實更最重要的是，我常常誠懇地向他們說聲『抱歉』、『對不起』。我問過小朋友們，他們最喜歡我的地方是什麼？他們都說：『老師很公平，做錯了會向我們道歉！』我在想，正因為這樣，孩子們更尊敬我，而不是我把書教得很棒，所以贏得他們的尊敬。我隨時告訴自己，我是一個凡人，所以我可以不需要考慮面子問題。這樣，我會生活得比較可愛些，我是一個完整而會出錯的大孩子，而不是一個完美而不容許犯規的大人。」

「就算永春這次數學考試得了零分，我也不會認為，他在我的班上是一個麻煩的學生。因為慢慢地讓孩子有機會去學習自己站起來，願意自己去面對生活、做每一次的決定，願意去承擔、負責，願意相信自己可以有一點信心，這遠比班上的平均成績來

得重要。你說是不是？」

「當孩子願意透過身體的感覺去摸索世界時，我們只需要學著像主一般，靜心地看著他，我想，這已經是送給他最完整的禮物了。」

「老師！真的很謝謝你這麼關心永春，謝謝。」邱媽媽說。

「好，那我們今天就先聊到這邊，下次有問題我們再研究好了。待會兒永春醒來以後，請妳再問問他，願意不願意到學校來？由他自己決定好了，並且請妳告訴他，我們已經通過電話了，老師完全了解這種情況，也同意他請假在家裡休息，讓他放心。好不好？」

邱媽媽說了聲：「好。」她和黃老師彼此就掛了電話。

放下電話，黃老師精神奕奕，不是他對邱媽媽說得很好，而是彷彿有一種靈視透過這個現象，帶領他回到懺悔、反省的領地，如同一塊快荒蕪的大地，經過休耕、翻土、曝曬、播種，冒出一丁點新芽，漫步在晨間的涼風裡。

回到現象世界，人生的每一段過程，都是一種因、緣、果、報聚集的現象戲曲！誰可以在內心深處，對這一大群翻轉的人生安排，學會輕輕放手？黃老師認真地看著自己！

眼神在進行握手

　　低年級的時候，我常常看著同學上福利社買東西吃，而我沒有。因為我身上沒有帶錢。

　　媽媽很少放硬幣在我的口袋裡。爸爸因為車禍脊椎受傷，不能和以前一樣工作賺錢。就算他能賺到一些錢，也很少拿回家給媽媽，除非媽媽纏著他打電話，我們才會有更多的錢花。媽媽常對我說，家裡都沒有錢買菜了，哪有錢給你亂買零食吃；我也很爭氣，幾次以後，我就不再向媽媽要零用錢花了。有時候，我會和媽媽到檳榔集中站，幫老闆撿檳榔，這是很簡單的工作，摘下十個檳榔就賺得一毛錢，一百顆檳榔從手指間滑過之後，我就有十塊錢了。媽媽和我一起賺了兩、三百塊錢後，就會給我二十元，當作我自己的零用錢；我在學校就可以和其他同學一樣，上合作社買零食吃。

　　媽媽不知道教室裡的事，她只顧著忙她自己的事。她更不知道，我們低年級的小朋友們，會把東西分給同學吃，這樣會有很多要好的玩伴。平常很少有同學會把零食主動拿給我吃，我也很少有機會把零食拿給其他同學吃，所以我的好朋友很少。

　　低年級的學習很快就過去了，我升上了三年級。媽媽也因為車禍受傷，住院了一陣子。她的腦部輕微受傷，脾氣也和以前大大不同了，她變得更加不講道理、更加囉唆，隨時想到要做什麼，就會毫不考慮地去做它，我也變得更加排斥她了。

　　三年級來了一位新老師，身子瘦瘦長長的，好像檳榔樹一

樣，常保持著笑容。第一天開學，他就上起課來了，我正覺得這是怪事呢！剛剛開學的第一天，不是統一要發註冊單嗎？怎麼他都沒做，只顧著和我們說笑，問我們暑假過得快樂嗎？這位老師還談著他小時候的事呢？

他說：「有一年暑假，我獨自一個人拿著火，遊蕩在青蛙的故鄉，就在接近稻子收割的季節，巡視黃澄澄的稻子周圍，準備捉青蛙。平原的夜特別寧靜，蚊子也特別的多，蚊子是發揮團隊精神攻擊我的。我心想：先取乾草點燃，上面再慢慢覆蓋一層溼的薄草，看著濃濃的白煙從底部竄升，直入天空，一群群蚊子便消失不見了。但我自己也跟著淚流滿面，就像那白煙一樣，一串串的。老師真聰明也真笨。」我們全班看著老師像小偷一樣地表演著，又活像老太婆一樣地吹氣起火，伸著手臂揉揉被煙燻出的淚水，就被他吸引住了，真是一個非常有趣的老師呢！

放學前，老師說，要我們別忘了把註冊單交給爸爸、媽媽，他提醒我們要一起合作、幫忙的事。說完話，我們每個人的手上都有一個信封，上面分別寫著每位同學的座號、姓名、繳錢的數目，裡面還裝了一張紅色的註冊通知單，請我們學著自己把錢帶到學校來，星期三統一帶來。老師要負責上課、講故事，而我們的作業，是負責和爸爸、媽媽溝通繳學費的事，如果讓家人帶錢來，那就是表示，這個孩子還沒有長大，要爸爸、媽媽拿著奶嘴跟在後面。我覺得這個老師說話時的表情和動作真是有趣。

星期二一大早就有媽媽帶錢到學校來了，我們看著老師堅持不收註冊費，請同學的媽媽把錢帶回家，明天再請小朋友自己繳學費。接著，老師就再提醒我們一次昨天約好合作的事。他也沒怪同學的媽媽，反而向林明凱說：「他的媽媽好辛苦喔！」老師也要我們翻開國語課本，第一課「我的家在鄉下」，我們都知道

這個鄉下被老師畫在黑板上，成了一幅圖畫。門前有一條小河，後面有一座山坡，山坡上面有彩色粉筆畫上的紅花、黃花，幾隻大白鵝在河裡游來游去，我們第二天就在課堂上背完了這一課。這是我第一次這麼快地背完課文，只要輕輕地閉上眼睛，腦子裡想著黑板上的這一幅圖畫，有順序地由右到左、由上到下，按照老師說的空間安排，一課描寫景物的文章，就這麼深印在記憶裡頭。

老師還問了我們一些問題。我記得每一位同學都被分配到一個問題，我的問題是：「蔣儀文，請妳說一說，這篇文章中，山坡上的景色是描寫哪兩個季節？」我一下子就說出了正確答案——春季和秋季，老師請全班的小朋友們給我一次愛的鼓勵，我高興得臉都紅了呢！這天是我最快樂的日子，很多同學都注意到我的表現，不像以前，我常常注意別人的表現。

星期三，這是開學的第三天，我們都知道今天答應老師的事。同學們早已把學雜費帶到學校來，每一組的小老師按照老師前天所說的步驟，從信封裡把錢倒出來檢查一遍，確定沒有錯誤之後，再把錢放回信封裡。

早上升完旗進入教室，老師要我們趴在桌子上休息，一邊聽他說故事，一邊調整剛才因為操場上的燥熱而造成的不愉快情緒，這段導師時間，讓我們可以保持愉快的心情，準備接受第二節的數學課；我也期待著，這位老師會用什麼新鮮的方式來上數學課。導師時間結束前，老師請我們拿出繳錢的信封，並且自己檢查一遍，看看放入信封裡的錢數對不對？然後每一組的小老師把信封收好，全部交給老師，其他的工作就交給老師自己處理了。

昨天晚上，我媽媽很快地吃完晚飯後就外出了，她到奶奶

家借了我的註冊費,趕著今天早上把錢交在我的手上,還特別地叮嚀我,要我小心保管,可別把錢弄丟了。我的錢保管得很好,已經交給我的小老師轉交到老師的手裡。但第三組的許乃婷卻哭了,她拿起放在桌上的信封一看,怎知升旗前隨意放在桌上的註冊費竟然不見了,只留下一個空信封。她哭得很傷心,不能說話。

這一組的同學替她說:「她把三千元的註冊費弄丟了。」

老師請她別緊張,並對她說:「許乃婷,老師知道妳現在很害怕,如果錢真的弄丟了,你不曉得怎麼對爸爸、媽媽交代這一件事,對不對?」她只是哭著點點頭。

老師請小組的同學幫忙許乃婷,一邊安慰她,一邊幫忙找她的書包和抽屜裡有沒有三千元,但大家忙了一陣子都找不到。老師只是在一旁看著這一幕,聽著下課的鐘聲響起,然後說:「錢是在我們班上不見的,老師有責任負責,如果真的找不到,老師會賠。」老師看著全班同學,笑著對許乃婷說:「許乃婷,你也不必緊張、擔心,這件事交給老師處理就好。」

老師低頭想了一會兒後,抬頭對全班同學說:「老師判斷,錢是我們班上的小朋友偷走的,下一節課,我們一起來調查,現在小朋友不要下課,上廁所的小朋友要有一個同學陪在旁邊,以免偷出去的錢被藏起來,老師先下課休息一下,上課時再處理這件事。」說完話,老師就走出教室了。

班上因為老師的離開而開始互相猜測:是誰偷走許乃婷的錢?我看著班上亂成一團,有幾個同學被認為是可疑人物,所以哭。不久之後,我也哭了,因為我也被認為是偷走註冊費的人。

第二節課,老師站在講台上保持沉默。班長喊了:「起立、敬禮,老師好!坐下。」

老師笑著對我們說:「大家好,可是老師不太好!」他看

著全班同學繼續說：「沒想到才第三天上課，我的班上就有小朋友丟錢。我很失望！」我也很注意老師的表情，他保持嚴肅，平靜地說著。「我知道錢是我們班上的同學拿走的。為什麼我這麼有把握呢？因為升旗的時候，老師面向著我們三年甲班，我可以很清楚地看到，教室有沒有陌生人走進去，隨意帶走東西，結果是沒有。況且許乃婷說明得很清楚，早上媽媽把錢交給她，升旗前，也有同組的小朋友看著她數完錢後，再把錢放入信封。所以，錢肯定是我們班上的同學拿走的。」

　　我回過頭，想看看那個小偷到底是誰。我們這一組的六個同學，從一開始就跟著緊張起來，許乃婷因為怕誤會其他人而緊張，剩下我們五位小朋友，則是因為和她同一組，嫌疑自然最大。當我轉過頭時，老師正對著我笑，我嚇了一跳，我怕他會把懷疑的眼神投向我。

　　老師接著說：「現在老師又要請小朋友幫忙了！」我們全都看著老師，點頭說「好」。

　　「等一下請全班小朋友把眼睛閉上，靜靜地聽我說，如果有小朋友偷偷睜開小小的眼縫偷瞄，那我會誤認他就是拿走註冊費的人。好！開始。」我閉上雙眼，不敢抬頭，靜聽心外世界的變化。

　　「我看到有人在緊張了，我也很緊張啊！這時候有誰不緊張呢？」我聽到老師用戲謔的聲音說：「如果這位小朋友自動舉手，老師一定不會處罰你，而且這件事我也不會公開，老師會為你保密。我給小朋友一分鐘的時間考慮，待會兒，老師會請你舉手。」

　　一分鐘的時間好長喔！我彷彿待在黑暗的深坑裡，不見天日。

　　「好！請小朋友先睜開眼睛看著老師！」這如同一道解除空

許願魚
教室小說工房

襲警報的訊息一般，大家都呼了一口長氣，發出一聲「唉唷」。

「很不習慣喔！」

我們點點頭，邊說邊笑，有人還喊出了：「真累啊！」

「老師知道這個拿錢的小朋友現在更累，剛才閉上眼睛的時候，他一定想著很多害怕的事。他要不要自動承認，那老師就不知道了。你們準備好了嗎？」

「好了！」全班同學蠻有信心地說。

「閉上眼睛。」老師的話帶著堅定執行法律的氣氛，這時，我又進入了一片漆黑，一片黑暗的摸索。

「這位小朋友請你自己舉手，現在沒有人睜開眼睛，只有老師在看。」老師也沒再說話，這裡更靜、更冷了。

「沒有人舉手。怎麼不承認呢？好！老師再給你一次機會，如果不承認的話，老師就要全班調查了，到時候老師可能不會原諒你，而且全班的小朋友都會知道，是你偷了同學的註冊費，我就不能為你保密了。」

「請你舉手。」

「全班請睜開眼睛。」

小偷捉到了嗎？大家你看我、我看你，丈二金剛摸不著頭緒，有人自動承認了嗎？

「沒有小朋友承認。老師只好自己調查了！」老師等了好久，他終於放棄要我們對自己誠實的調查方法而對大家說著。

老師搖搖頭，表示對我們班上剛才的表現很失望。

「老師現在想請被懷疑是小偷的幾個小朋友站起來。」

先站起來的三個人，是導師時間結束後，被大家懷疑偷錢的同學，我是最後一個站起來的，我馬上紅著臉、流著被冤枉的淚水，傻傻地看著老師。

「嗯！認為自己是被誤會的同學，請舉手。」

我們四個人幾乎同時一起舉手，很無奈地看著走下講台、坐在同學小桌子前的老師。

老師和同學們都揶揄地笑了。老師說：「被誤會是一件很不舒服的事，老師知道！我先向這幾個小朋友說聲對不起，請你們諒解。」我們四個人也跟著笑了。「不過，為了查明這件事，老師只好先從這裡著手了。請你們四位同學到老師前面來。」老師一說完，我們就已經站在同學面前了，大家都看著我們，也看著老師。

「各位同學，你們聽說過警察辦案的時候，有一種可以測定罪犯有沒有說謊的測謊器嗎？」

同學們在有線電視台看過太多電影了，都知道有這一回事。我倒是覺得奇怪，老師要我們走出座位到前面來，為何他連看都不看我們一眼，就對著全班同學說話？

「測謊器的設計，是按照人類的神經系統設計的。就好像流汗一樣，你不能控制它不要流汗，因為它受大腦的神經系統控制，是不能隨自己的意思自由控制的。老師現在就要用測謊器的方法，找出班上的這個小偷。」

我開始有些緊張了，但是我表現得很鎮靜。

「黃頤豐，你先過來。」老師把三根手指頭放在黃展豐右手外側的脈搏上，閉上眼睛，像中醫師為病人把脈一般地專注，才沒幾十秒的時間，老師就睜開眼睛。

「嗯！十三下。」老師很堅定地說。「老師保證，絕對不是黃頤豐拿的。」

老師在全班面前自動起立向黃頤豐同學道歉，並且要求我們全班同學和他一樣，起立向黃頤豐道歉。

　　我真的嚇了一跳，為什麼這麼短的時間裡，老師能那麼有信心的保證，不是黃頤豐偷的。我還是頭一遭碰到像這樣的大人呢！我繼續抱著看戲和緊張的心情，看老師怎麼處理這一件事。

　　「十一下！那更不可能是你了。請慢慢走回自己的座位。」邱鳴晉擁有的待遇和黃頤豐一樣，老師還笑著說：「開玩笑，我的私人男祕書怎麼會讓我嚇一跳呢？對不對！」老師挑挑眼皮子，驕傲的神彩逗著大家。

　　下一個就輪到我測脈搏了，我睜大眼睛看著老師，這是代表被誤會的神情。

　　「蔣儀文，錢是不是妳拿走的？」老師用懷疑的眼神看著我，我也覺得莫名其妙，都還沒有測脈搏就問我。我馬上流下了眼淚，和老師對看著。

　　「哭並不能代表妳有拿或者沒有拿，哭只是一種像走路一樣的反應而已，這是老師所知道的。」

　　「我又沒有拿。」我還是哭著說出我想要對老師說的話。

　　「老師聽到了，但老師並沒有說是你拿走錢的，只是有好幾個同學看到，你是班上最後一個離開教室去參加升旗典禮，所以老師要再請問你一次而已。不要太激動，老師也不可以隨便誣賴別人！」

　　我慢慢地呼吸，讓心情平靜下來，才把手伸出來，交給老師。

　　「嗯！我完全相信不是你拿的，請回去座位上坐好。」這句話不是對我說的看著老師還沒有測量第四位同學的脈搏，就直接請他回座，真是不可思議。全班同學驚訝地看著彼此，更驚訝地看著我，我很害怕大家的眼睛，大家都認為我做了一件不可原諒的事！

　　「蔣儀文，告訴老師實話，好不好？」老師把我的手輕輕

放下，也沒說出我的脈搏跳了幾下，不過，我的測量時間是最長的。我看著老師更加專心的樣子，他皺起眉頭，仔仔細細地覆查了兩、三次，他也思考了很久。

為什麼老師不直接請我回座位呢？我很為難地回答說：「好！」老師便對我說：「那錢是不是妳拿走的？」

「不是我拿的！」我直接告訴老師實話。

「我聽到了，但那不是真話。」老師堅定的眼神，讓我很難過。

「真的！我沒有騙你！是真的。」

我知道，我的眼睛裡可以擠出許多血絲，我看著老師，並且盯住他的眼神，目不轉睛。

「好！老師知道了。」老師用更深炯的眼睛看著我。「那妳知道錢是誰拿走的嗎？」

我的壓力越來越大，我的哭聲也越來越大，我急促地說。「不知道！我真的不知道。」

老師還是不相信我說的話，他拿了我的右手，再測了一次脈搏，然後自言自語地說：「不可能，不可能！」然後他又看了看我，說：「沒錯，蔣儀文，是妳拿走的！你告訴老師，到底是怎麼一回事好嗎？」

「好！」我簡單地說著，夾雜著模糊的哭聲，一個字糊成了一團。

「老師會再給你一次機會，老師也知道妳可能需要錢，我可以接受發生這樣的事。我們才相處幾天而已，我和妳都還在思考，是不是要相信對方？所以老師一直在等妳說出實話。妳坦白的告訴老師，好不好？」

「好！」我每次都堅定地回答著。

「那許乃婷的錢是不是你拿走的？妳告訴我好不好？」

「不是！真的不是。」我從一開始就說不是我拿走的，我一邊說一邊看著老師，老師還是搖了搖頭。我把哭聲放到最大，一方面是我不知道該怎麼辦，另一方面是我害怕老師一直保持很認真、很專心的態度，讓我非常緊張。

「老師，真的不是我拿的，我可以發誓。真的不是我拿的，但我不知道是誰拿的？」

「我相信，妳現在說的都是騙我的！我等妳這麼久，為什麼妳就是不說實話呢？」

老師突然要我先回座位，他請全班同學拿出書包來放在桌子上，老師說要檢查全班的書包，並且請小老師們幫忙。

我一點也不緊張，我馬上把書包中的課本、作業簿、文具等等全都倒出來，然後對老師說：「老師，你看。」

老師連看都沒看，就告訴大家說：「錢不在我們班上，書包不要檢查了。」他怎麼能判斷這些事呢？嚇唬我們的吧！

老師轉了轉眼睛，對我說：「如果我把這件事交給學校處理，那妳可能會被退學，妳知道這種事的嚴重性嗎？」

我點點頭說：「知道！」

老師繼續說下去：「如果老師把這件事交給警察處理，打一通電話，警察就來了，到時候就是妳和警察伯伯的事了，老師也不能通知警察局放妳出來，只能偶爾去看看妳而已。妳了解我現在所說的意思嗎？」

「了解！」我回答老師。

他又說：「那我現在去打電話，請警察到教室來把妳帶走，好不好？」

我堅定地回答：「好！」這表示我剛才到現在所說的話都是

真的，我沒有欺騙老師。

「蔣儀文，妳喜歡老師嗎？」

「喜歡！」我告訴老師心裡的實話。

「那妳不要再騙老師了，我知道妳的脈搏已經說了實話了，它每分鐘跳了一百三十幾下，沒說謊的小朋友，每分鐘會跳到六十到八十下左右，我沒有騙妳。好，老師現在實驗給妳看，證明我沒有騙你。」

老師請全班同學兩人一組，互相測量對方的脈搏，我也和許乃婷一組，結果大家的脈搏跳動都和老師說的一模一樣，就只有我的脈搏跳得特別奇怪，我想盡方法要讓自己放下心來，難道脈搏的「測謊器」就像老師所說的，是由大腦神經控制的！

現在全班學都不再相信我說的話。林明凱更說：「老師，二年級的時候，蔣儀文常常說謊騙老師，說她的作業有寫完，結果她的作業都沒有寫。」

我只是哭著看著老師，因為我以前不光榮的事，現在老師也都知道了。我希望老師能相信我。

「老師，我發誓，我真的沒有說謊，錢不是我拿走的！」

老師聽完我的話之後說：「儀文，老師請全班的小朋友原諒妳，我也是。妳對自己誠實，好不好？我們都會等妳說出實話。老師再給妳思考五分鐘，我們不打擾妳，老師現在也走開，免得妳會太緊張。」

說完話，老師就離開靠近黑板的位子，到他的休息桌燒開水，泡起烏龍茶來，班上的同學們也轉頭看著洩了氣的老師，大家不再注意到我。

五分鐘以後，老師回到位子上來。

「蔣儀文，妳考慮好了嗎？」我堅定地點點頭，而老師也相

信的笑著說：「你願意對自己誠實，以免良心不安、壓力很大，對不對？」我回答說：「對！」老師和全班同學正期待著我的答案。「決定說出實情了嗎？」我點頭答應老師。「是妳拿走許乃婷的三千元註冊費嗎？」

「不是我拿的。我說的是真的！我沒有騙你。」老師搖搖頭，不想再說什麼，但班上已經有同學開始罵我了，我只能無辜地哭著，沒有其他更好的方式可以表達我現在的難過了。

老師這下子終於心甘情願地請我回座，他自己走到教室後面的作業桌喝茶。老師也請全班同學趴著休息一下，教室又回到了冷峻的安靜。

幾分鐘以後，老師請大家睜開眼睛。

我稍稍轉頭看看老師的反應，老師正喝著他自己泡好的烏龍茶，並對全班同學說：「各位小朋友，現在請你們拿出國語課本複習第一課，請小朋友把三大景物描寫做研究，先區分出我家前面小河的景色、我家後面山坡的景色和村裡養鵝人家的景色之後，再找出作者每一段景物描寫的空間安排順序，例如我們上課中所說的上、下，左、右，前、後，遠、近等空間。等一下，老師會請小朋友到黑板前面，一邊畫圖一邊報告；老師處理一下蔣儀文的事，請蔣儀文到教室後面來，其他同學開始工作了。」

我又得離開座位了，我很不願意，究竟老師還要問我什麼問題呢？我慢吞吞地走到老師的旁邊並坐下。

老師很溫和地看著我說：「蔣儀文，妳記得第一天開學的事嗎？」我回答著：「記得。」

老師陪我一起回憶上課的情形：「第一天老師問妳，文章中告訴我們河水流得很慢，作者遠看河水是什麼顏色？近看河水又是什麼情形？妳一下子答不出來，老師對你說了什麼話，妳還記

得嗎？」

「老師說：『沒關係！我等妳！』幾分鐘後，我還是回答不出來，老師便說這個題目的答案不好找出來，叫我別害羞，請我坐下。」

老師一直專心地聽我說話，笑笑的，好可愛，然後他又問我：「那第二天上課我們班上玩造句的事，妳還記得嗎？」

我微笑地點點頭。

「老師請妳按照『主角』、『怎麼樣』、『結果』的順序反問自己，結果妳真的慢慢把句子拼湊起來了。老師那時候怎麼說的？」

我很高興地對老師說：「老師說，儀文自己造出一個句子了，老師非常高興！請全班同學給我一次愛的鼓勵。」一說到這裡我就心裡癢癢的，和那一天一樣，高興又害羞地紅著臉。因為很少會有大人認為我很好。

「你喜歡現在這個教室嗎？」我說我喜歡，老師又對我說：「老師也很喜歡你們每一個小朋友，老師猜得出來，你在家裡常常被爸爸、媽媽打或罵，對不對？」

我點點頭，不好意思地低頭看著椅子，怎麼我在家裡的情形被老師給猜著了？

他繼續說：「老師很喜歡妳！不管妳以前的表現怎麼樣，很多事是我們可以慢慢學習的。老師知道，每一個小朋友心裡都有害怕的事，都有一個自己的祕密，不想告訴別人。」

老師知道這麼多小朋友的事啊！我是第一次聽大人這麼說，就像在全班面前向小朋友公開道歉，請小朋友原諒的事也是第一次，我的老師還真有趣呢！我也溫和地看著老師，不像剛才隨時準備防範他的眼睛。

他接著說：「老師剛才在泡茶的時候想了一想，儀文在全班面前會更緊張，怕說出實情之後，同學們會不喜歡和她一起玩，會在下課或放學的時間說蔣儀文是個小偷，妳會被大家排斥。所以你一直不敢在大家面前說出來。」

　　我的眼睛溼溼的，反應不再像上一節課時那麼激烈，我收回眼神，不再向外逼視，老師也用了解我的眼睛看著我。

　　「這是妳的苦衷，老師猜對了嗎？」

　　我被軟化了，對老師說：「是。」

　　老師這下笑了，他再度看著我說：「這次妳完全說實話了。熬了整整兩節課，你比老師辛苦！老師只是很累，而妳還加上了害怕、恐懼。」我們都淺淺的笑著。「你可以相信老師嗎？」

　　我說：「可以。」這時老師才說：「那你說出實情後，老師想辦法來保護妳！不告訴同學是妳拿了錢，也不告訴妳家裡的人，妳願意相信，老師會安排得很好嗎？」

　　「相信！」我毫不考慮地說著。因為我相信老師。

　　「許乃婷的三千元是妳拿走的？」

　　「是！」我說出了實情。我看著老師接下來的反應，他真的沒有生氣，只告訴我，這是不好的舉動，要我自己想一想。老師不再怪我了，更說不會因為我影響了大家上課而生氣。

　　老師還問我：「那錢妳藏在哪裡呢？」

　　「升旗前，我把她的錢抽出來，就馬上假裝要丟垃圾，把錢丟出防颱板封著的鋁門窗外了。」

　　「你可以帶老師去拿回來嗎？」

　　我帶著老師走出教室，我們繞過校門口，多走了半圈路，從後門走到教室的窗外，老師一下子就看到我丟出來的錢，他示意我蹲下，免得被同學們看到，老師自己蹲著走路，身手拿回那

三千元。

　　我們慢慢的走著。老師對我說：「我們慢一點進教室。」

　　老師有話要對我說，我們坐在校門前的矮花圃前，聊著待會兒要怎麼對大家說明這一件事。

　　我們回到教室時剛好是下課時間，老師請大家下課休息，別討論偷錢的事。我們全班同學就衝出教室，跑到鞦韆遊戲區玩我們的「盪高比賽」。

　　上第四節課，老師要我們先坐好，他看了看汗流浹背的大家，說：「各位小朋友，許乃婷的三千元註冊費終於找回來了。真不容易！」林曉玲和邱潸雄馬上爭著說：「老師，到底是哪個人拿走的？」老師故作神祕狀地吊大家的胃口，幾個同學不耐煩地說：「老師，快告訴我們到底是誰啊？我們等不及了。」

　　「那請等不及的同學先上個廁所吧！」

　　我們又生氣又好笑，但又拿老師沒辦法，他總是愛說笑、愛鬧我們，總是逗我們玩之後才說話。

　　「這下子麻煩了，錢不是我們班上的同學拿走的。你們看，錢在這裡。」

　　我看了看大家的反應，尤其一直說我嫌疑最大的邱潸雄，更不好意思地低下頭來，他不敢看我。

　　「老師很難過，教書這麼久了，還誤會好幾個小朋友，尤其是蔣儀文同學，我們一直認為是她偷的，因為她是最後一個離開教室的同學。」

　　我專心地聽老師說話，眼淚不聽話地慢慢流下，溫溫的，老師說，事情是很複雜的。

　　「早上蔣儀文走在上學的路上，經過糖廠時，一位國中生對她說，如果沒有把其他同學的註冊費偷來給他，放學的時候，就

要在路邊等著修理蔣儀文，蔣儀文一大早就很害怕。那個國中生還威脅說，如果把這件事告訴同學或是老師，就更要不客氣地大大修理蔣儀文。」老師還沒喘口氣，陳陽明就插嘴說：「國中生真的會這樣，上一次還威脅我和邱鳴晉把籃球給他們玩，要不然就要揍我們兩個，我們只好把球借給他們先玩了。」

老師安靜地聽完後說：「我想那時候，陳陽明一定很生氣，是又不能反擊，就把這件不愉快的事憋在心裡藏起來，是不是？」我聽到陳陽明說：「是啊！」有一些同學好像都曾經有過這種被欺負的經驗，所以跟著笑了。

「你們看，蔣儀文就是碰到這種事。那個國中生今天沒有上學，他在窗外等著，要蔣儀文把錢丟到窗外給他。剛才老師就是和蔣儀文跑到那個國中生家裡，還好他在，我們才把錢拿回來。你看，不容易吧！」

老師看了看我，我也看了看他。難怪老師說他很會說故事，我們全班都聽得津津有味。

有人說：「老師，你報警了沒有？」

「老師，那個國中生是不是住在雜貨店旁的那一個？」

「老師，你有沒有打他？」

老師請同學們不要再插嘴。「老師不敢打他，我也沒有報警，老師只告訴他，對自己的行為要負責任，老師會原諒他的。老師也認為，原諒別人的一時錯誤是不錯的。」

這一段話，好像是對我說的一樣。

「那我們一起誤會蔣儀文的事，該怎麼辦呢？」

同學們都異口同聲地說要向我道歉，請我原諒大家的誤解。我偷偷地笑著。

老師先開口了：「老師是這件事的罪魁禍首，而你們都是共

犯，老師要先起立向蔣儀文說聲對不起，請她原諒老師的不是。其他同學，你們自己去解決吧？」說完，老師就照著做了，看著老師那麼認真地向我道歉，又問我願不願意原諒他，我非常慚愧地說出「願意！」我亮亮的眼睛微笑著，我很感謝老師今天為我所做的一切。

「蔣儀文，對不起啦！」

「蔣儀文，原諒我們好不好？」

我很高興，我和大家又是好朋友了。下課時，很多同學都主動邀我一起玩遊戲，我一下子好像多了好多朋友。

事情結束了，我們每個小朋友都在第五節課拿到註冊費收據放入信封裡，老師要我們自己檢查一遍，注意該找給我們的錢有沒有在信封裡，請我們把信封拿回家交給爸爸、媽媽。老師又請我們坐端正，他才說話。「老師一知道班上丟錢時，我沒有生氣，也沒有緊張，我相信錢不會在我的班上丟掉。但後來我們找不出偷錢的同學，因為沒有人自動承認，我就開始懷疑，哪幾個小朋友最有可能是拿走錢的，因此我開始測脈搏、想檢查全班的書包，我開始猜疑一些同學，只是我沒有證據，所以我不能把懷疑的事說出來，但我的心裡真的騙不了人。和老師一樣，有這種情形的請舉手！」

很多同學不好意思地舉起來手。

老師又說：「我想我們應該為這一點，向被懷疑的同學道歉，因為被誤會是一件很不愉快的事。」

同學們聽了老師說的話後，離開自己的座位，親自找到被懷疑的同學，請求同學的原諒。我一直沒有起立，因為我是最先知道錢是怎麼不見的。

「而今天被懷疑最多的是蔣儀文，只因為她是最後一個離

開教室的，只因為她低年級的時候有偷東西的例子，所以她應該被懷疑。老師認為，這樣對一個人很不公平，也很不尊重。這件事的結果讓我們知道，猜忌是一種無知的行為，也會讓我們不知不覺地掉入一個陷阱中，心裡認定小偷就是蔣儀文。老師反省之後，知道自己做錯了，所以我應該在全班面前向蔣儀文道歉，並且請求她的原諒。老師犯了錯向學生道歉，我認為我很勇敢。老師也看到我們班上的小朋友很勇敢，因為向別人認錯，真的是一件不容易的事。老師也很謝謝蔣儀文，她可以原諒別人、可以接受別人的道歉，老師很尊敬她。」

老師越說，我越不好意思，但我又很高興，這個高興，好像是因為我常常被誤解，所以我就更故意讓人誤解一樣。老師和全班同學又再一次起立，為了對我的懷疑說聲「對不起」，我對以前一些不愉快的記憶，彷若教室外面的雲朵，漸漸地散遠、漸漸地轉淡了。

「各位小朋友，今天是週三，下午沒有上課。請小朋友回家後準備數學第一單元乘法，也請小朋友想好下列四個題目，當做今天的回家功課：二乘以三等於六，請問二代表什麼意思？三代表什麼意思？六代表什麼意思？乘以這個打『×』的數學符號又代表什麼意思？」

老師說完今天的功課，我們就集體放學了。路隊走過老師眼前，我特地回頭看了老師一眼，向他說了聲：「老師再見！」媽媽早就在後門等我了，我坐上媽媽的摩托車，輕輕地抱著媽媽的腰，對她說：「我今天不去撿檳榔了，我要在家寫功課。」媽媽也答應了。

我希望明天能好好地回答老師的數學問題。

扮鬼臉，這表示友好的關係

　　最近的天氣很燥熱，每次升完旗，我們總是汗流浹背，進到教室後，老師會輕聲地喊著：「一、二、三」，我們全班就跟著他輕輕地說出：「坐端正！」全班同學就會保持安靜地坐好，這表示老師有話要說了，他用這樣的方式提醒我們和他配合，如果有同學故意大聲地喊出「坐端正」，老師就會開玩笑地說：「很好，很優秀、很迷人，是哪位仁兄？請這位伯父、伯母把手舉高，讓可愛的老師瞧一瞧，好嗎？」老師這麼說，除了惹得我們大笑之外，也讓這位同學知道，他沒有掌握好我們的約定。

　　「今天太陽太大了，老師都有一點受不了它的酷！」

　　當老師這樣說時，我們就知道現在要趴在桌子上，讓自己的心情緩和下來，這是我們班上不一樣的地方，就是我們有共同的方式，讓大家都同意這些和別班不同的生活方式。

　　導師時間常常是堂快樂的「娛樂課」。

　　今天，老師等我們睜開眼睛後就說：「昨天回家後有小朋友罵老師，我知道。」我一聽就愣住了，怎麼會有人這麼大膽？「老師還知道，也有人一邊想我指派的功課，一邊自言自語說：『什麼老師？派這個是什麼鬼功課？』他這麼說時，還會打自己的書桌出氣呢！更有的小朋友會去請教爸爸、媽媽，問問這種功課要怎麼完成？你們知道嗎？這位同學一定會在爸爸、媽媽的旁邊加油添醋地說：『老師講什麼都聽不懂。』他用這種方法來掩飾自己實在想不出的難過。我都知道，他要老師代替他頂罪。唉

呀！當你們的老師真可憐啊！不過，這也有好笑的地方，因為問爸爸、媽媽的小朋友，他的爸爸、媽媽也不會做這種題目，就會跟著我們的可愛小朋友一起聯合陣線，成為友好聯盟，然後呢？只有一種情形是這樣說的：『你們老師派這個不曉得是什麼功課？』這時，他的心裡就舒服啦！只要能欺負老師，就撈本啦！」

我們可以說從頭笑到尾，看著老師那自言自語的演出，讓我發現，我的老師有時很正經，有時又像神經有毛病一樣，不過我們偏偏又喜歡他這個樣子。等我們笑得人仰馬翻之後，老師就說話了：「昨天有這樣的小朋友請舉手！」

看到老師得意的眼神，我會說他很臭屁。起初沒人敢舉手，但陳陽明慢慢地、低低地舉起他的右手，老師笑得流下眼淚來，慢慢的，大家你看我，我看你，全班一半以上的小朋友都舉手了。其實昨天我也罵了一句：「王八蛋，黃老師。」只是我不舉手而已，其實，功課太多或是功課太難，不這麼罵，心裡就不舒服。

「耶！男祕書邱鳴晉，請你站起來。你偷偷告訴大家，大聲一點，昨天你是怎麼罵我的。」

邱鳴晉站起來，用食指捎捎頭說：「我罵你派這種鬼功課，王八蛋，一邊打桌子一邊罵。」

大家笑得更大聲了。

「你的良心被狗咬走了，下課的時候找看看還在不在！好！沒良心的人下課了！」

「你才沒良心呢！」我聽到同學們也不甘示弱地頂了回去，然後我們就開心地跑到教室外面去了。

才一下子就上課了，我倒是很喜歡這樣，不下課也沒關係。

老師請我們拿出數學課本放在桌子上，「一、二、三。」、「坐端正。」我們精神抖擻地看著老師，也看著黑板。

「你們這麼緊張，是在看誰啊？」

我們撒嬌地對老師說：「當然是看你啊！」結果，老師做出很無奈的表情說，「這種表情太嚴肅了，我嚇得上不下課了。上數學課要保持愉快、好玩的心情和表情，這樣才好玩嘛！」

我半信半疑地看著老師，以前我們上數學課，都是最緊張的一節課，老師怎麼說好玩呢？老師伸出右手的食指和中指，問我們說：「這是多少？」

我們開玩笑地說：「二啊！」

老師又比了一次問我們：「這是多少？」

「那當然是二啦！」

「咦！有智慧喔！」

這回兒我們可神氣了。

「別高興得太早，這是幼稚園小班的題目！」

這樣的上課氣氛，難怪老師說很好玩呢！

老師在黑板上寫了三個二，問我們說：「總共有多少？」

「六。」

「答對了。請問你們是用什麼方法算出來的呢？請你們思考五分鐘之後再回答老師！」

五分鐘後，老師請同學們自由舉手發言，高義龍說：「二加二再加二就等於六。」

老師說：「我完全同意他的說法，那能不能請高義龍同學到黑板前面來，請你嘗試用數學方式來表達你所說的。」

高義龍走到黑板前，拿起粉筆就寫：「$2 + 2 + 2 = 6$」。老師很高興地問他第二個問題：「你能不能用畫圖的方式表示出

來？」高義龍在黑板上接著畫下了兩個、兩個、兩個分別分開對齊的六個圓圈。

老師在他畫的圖上，把兩個小圈圈用一個大正方形把它們分別分開，當作補充，然後問高義龍說：「你同意老師的補充嗎？」他說：「同意！」然後，老師又問他：「為什麼你同意，請說出你的理由！」

「不知道。」

老師說：「沒關係。這樣已經不簡單了！請全班小朋友給他拍手鼓勵鼓勵。」老師也對著他抱拳說：「大哥，佩服！佩服！小英雄。」

老師常趁我們不注意的時候，好笑的表情和逗人的玩笑話，隨時會從他的口中溜出來。

因為老師的稱讚，高義龍非常高興地走下講台，我們也非常高興。

「接下來有哪位英雄豪傑要上來比試比試的，現在是打擂台的時間，並非比武招親，請各位鄉親父老別緊張，也別笑得像大河馬一樣。那一位女鄉親，我說的就是妳。」

老師指的是林曉靈同學。大家看她笑得闔不攏嘴，直對著她笑。

「林曉靈同學，妳笑得這麼開心，一定有和別人不一樣的想法，能不能請妳為我們說說妳的特別意見？」

她這下子笑不出來了，直說著：「我又沒有舉手，幹嘛要叫我！」

老師笑著對她說：「沒舉手就不能叫妳，耶！這是誰規定的啊？」

林曉靈知道自己說得太快了，被老師捉住語病，不好意思地

看著老師。

老師更對她說：「妳這樣說，是表示妳還沒準備好囉？」她笑笑地點頭，老師才接著說：「好！沒有關係，我只是想逗逗妳，讓妳愉快地上數學課而已。也讓其他同學輕輕鬆鬆，算起來，妳的功勞也算不小，老師還要謝謝妳呢！」老師非但沒怪她，還請她坐下呢！

「還有其它的算法嗎？」老師問我們。

曾廣學舉手了。他是我們班上的小博士，他看的課外書籍最多，學識也最豐富，以前低年級上課時，林老師常請他為我們補充我們所不知道的知識，尤其是自然科的常識和社會科的歷史故事。這次他舉手，全班同學更是用羨慕的眼神看著他，我好欣賞能夠和老師直接對話的同學，因為好多人在看著，非常有成就感。不過我對自己昨天準備的，還是沒有保握，如果老師問一、兩個為什麼，我就會害羞地坐下，這種帶著期待和對自己的失望心情，不知道老師能了解嗎？

老師請曾廣學說說他的想法。他一站起來就直接給了老師一個答案：「二乘以三等於六。」

老師睜大了眼睛，十分欣賞他的表現，並接著問他：「你的腦袋裡是用什麼方法解決這問題的？可以偷偷告訴我們嗎？」

他笑著回答說：「因為有三個二嘛！我就知道是二乘以三等於六。」

老師見他說得不錯，再問他：「那十三乘以七等於多少？」

「九十一。」

這可以說是同時發生的事，老師的話一說完，曾廣學的答案已經瀰漫在空氣中了。

老師驚訝地張嘴問他：「妳是怎麼算的，哪有這麼快的！」

「心算！」他得意地笑著說，全班同學也不甘示弱地說：「那簡單啦！」

老師一連出了幾道計算題考考大家，沒想到，老師被正確答案逼得向我們低頭認輸。我們也大發慈悲地放他一馬，老師請我們回到「二乘以三等於六」的問題上，他繼續考著曾廣學。

「那二代表什麼意義？」

「兩個、兩個、兩個分別放啊！」

「很好！那三呢？」

「有三個二，所以乘以三。」

「那六呢？」

「那裡有六個啊！六就是代表那六個。」

「好！請告訴老師！乘以這個打『×』的符號又是代表什麼意義？」

「不知道！這個我沒有想過。」

我們看著他們兩位一搭一唱，好像表演相聲一般，蠻有趣的。

老師對同學說：「這真的不容易了，能抵擋老師無情的進攻，也算是武林高手了。」

「那你一定沒想過一個問題吧？數學的加法和乘法之間有什麼關係？」

曾廣學點點頭。

陳陽明插嘴說：「沒有關係！」

老師依舊問著：「為什麼？」

曾廣學坐著回答老師：「加法是加法，而乘法是乘法，所以它們沒有關係！」邱敏雄也插話說：「這不是廢話嗎？」

同學們有些躁動，老師等大家逗完小嘴，緊接著說：「耶！耶！話可別這麼說，這是陳陽明的意見。老師很重視每一個同學

的想法，就像廣告詞裡說的一樣，有人愛……有人愛……我愛……每個人喜歡的東西不同，是因為習慣和想法不一樣，但我們可以接受不同的想法、做法吧！」

陳陽明不服氣的嘀咕著：「就是嘛！愛現。」他斜眼看著第二組的邱敏雄。

他不高興的樣子還真是可愛。我知道他只要發現不一樣的事、不一樣的道理，一定會說出來，哪怕是和同學爭論一番，他也在所不惜，也因為這個理由，他被同學們選上這學期的風紀股長。

「好！老師先調查一下，你的想法和高義龍一樣的，請舉手？十七個。和曾廣學一樣的，請舉手？六個。還有三個同學沒舉手，沒關係。」

老師請邱敏雄起立向陳陽明道歉，陳陽明遠遠地笑著接受對方的歉意之後，老師才說了以下這一段話。

「累不累？」老師問著。

「不太累！」

「數學好玩嗎？」

「好玩！」

「不好玩！」

兩種聲音出現在我們的教室裡。

「不用說，下課才是最好玩的！」

「那當然。老師有先見之明喔！不愧是兒童心理學家喔！」

同學們常找機會和老師逗嘴，把他開過的玩笑一次次地搬到教室的舞台上，成了我們班上課時間中的「非廣告時間」。我本來討厭數學課，但這次的氣氛讓我像看電視一般地輕鬆，我蠻喜歡的。

　　老師和我們一樣，他今天一直很快樂地和我們相處。他請我們注意一些訊息，第一：高義龍的算法是使用加法的方式解決的，老師也把他的意見加以補充，畫在黑板的左手邊。第二：曾廣學的算法，很明顯地是使用二年級的九九乘法表來完成的，尤其是他的心算能力，真讓老師自嘆不如。其實這兩種算法、想法都是可以的，並沒有錯誤，也就是說剛才的調查證明，我們小朋友都會這樣的題目，老師把曾廣學的想法畫在黑板的右邊，結果和高義龍的是一樣的。

　　現在老師要請各小組做十分鐘的「小組討論」：「比較黑板上的兩種想法之後，討論加法和乘法有什麼關係？好！各組獨自進行。」

　　老師一說完，我們就圍成一個小圈子，討論我們的功課，老師也找時間喝口茶，他會拿著茶杯，在每一個小組中穿梭，聽聽我們的說法。

　　十分鐘一到，老師輕聲地喊著，「一、二、三！」我們跟著喊出：「坐端正！」我們知道老師要請各小組派一位小老師站起來，發表剛才的討論結果。

　　老師看著第一組的曾芳齡。她說：「它們都是一樣的意思，因為相同的地方都是兩個放在一起，答案也一樣，所以我們這一組認為，加法和乘法是有關係的。」

　　老師順道請問她：「你剛才說的一樣，是不是指，『總共有六個』是一樣的？雖然用加法和乘法兩種不同的算法，並不會影響答案？因為它們都是兩個、兩個地放在一堆，它們各有三堆。是這樣的意思嗎？」

　　她回答：「是。」

　　接下來的第二、第三組，都第一組的說法一樣，老師就沒有

再追問其他問題。

第四組的代表高義龍說：「我們這組和大家差不多，但我們有一點補充——雖然加法和乘法是一樣的，因為他們的答案總數都是六，只是用加法計算比較慢，用乘法計算速度比較快。」

老師請大家互相拍手鼓勵鼓勵，然後問大家說：「有哪位小朋友可以告訴大家，二代表什麼意思？」

彭喜國馬上說：「兩個放在一堆。」

老師看著全班說：「你們同意彭喜國的說法嗎？」

我很支持他的講法，而大家也都同意這個說法。

「那，哪個小朋友可以告訴我們，三代表什麼意思？」

黃雅琪說：「三堆。」

我們沒等老師公佈答案，直接起鬨說：「答對了！」老師也同意我們的答案。

「那這個『×』的數學符號代表什麼意義呢？」

我們笑笑地搖著頭說不知道。

老師神氣地說：「剛才的神氣巴拉怎麼不見了呢？再臭屁一次吧！求求你們啦！」

講台底下有同學插嘴說：「老師，換你臭屁了。」這惹得大家一陣歡樂。

老師指著黑板右邊說：「一堆是一倍的話，那兩堆是？」這回我們不給老師秀一秀的機會了，大伙兒說：「兩堆是兩倍，那三堆是三倍。『×』就是代表倍數的意思！」

「完全答對了！」老師很高興地向我們深深一鞠躬，說：「幾千年前，數學家使用加法來解決和記錄生活上的問題，但後來數目越來越大了，使用加法計算，很花時間，所以就推理出乘法的計算方法來幫助人們計算，九九乘法表就是這樣來的。例

許願魚

教室小說工房

如：八乘以七等於五十六。這個問題也可以使用加法來解決，但必須八加八加八加八加八加八加八等於五十六，這樣連加七次才能得到結果。你們看，數學家努力了數千年，我們在這裡才得到方便，他們夠資格得到我們的尊敬吧？」

我一聽，傻住了，一個九九乘法表竟然有這麼偉大？老師請我們合掌閉目，在心裡感謝為我們努力過的數學家們。我們都照著這樣做，我們也很喜歡，因為知道有很多人都在為我們努力。我們和老師做完對數學家的感恩之後，他在黑板上一邊問著我們一邊寫下：「一堆是一倍，兩堆是兩倍，三堆是三倍。」到這裡，我總算把低年級的加法和乘法弄明白了，我不好意思地對自己說：「以前我都是用死背的方法，把不會做的數學記下來，考試的時候再套用一下，我的數學成績還是九十分以上呢！」

老師說：「我要考考你們，到底把乘法弄明白了沒有？」

我們很興奮地看著黑板上的題目畫著圓圈，直的是畫上四個，而橫的是畫上七個。老師問我們：「總共是多少？」

我們都回答：「二十八。」

老師用好像有什麼陷阱似的表情說：「怎麼算的？方法是什麼？」

這下子，教室可熱鬧了，同學們爭著舉手，搶著想得到可以站起來表演一番的機會，我也非常激烈地爭取，連腳跟都跟著身體往上提高，想讓老師一下子就注意到我。果然老師沒有讓我失望。

我站了起來，很有保握地說：「七乘以四等於二十八。」

老師問我：「你是怎麼思考的？」我更有信心地告訴老師：「我把七個畫成一堆，總共畫成四堆，是四倍。所以我把七乘以四，等於二十八。」老師聽我這麼說，突然拍掌說：「講得太好

了！」

我得到了大家的欣賞。老師還問同學們：「有沒有不一樣的算法？」

彭宇軒說：「我是四乘以七等於二十八。因為我是四個畫一堆，我畫了七堆，是七倍，所以答案是二十八。」他得到的鼓勵和我相同。

老師開玩笑地說：「有同學是一個一個的數，數了二十八次而得到二十八這個答案的嗎？這也是可以的，老師想請他轉到一年級。那有同學是用加法解決的嗎？這更是可以，他適合就讀一年級下學期！」老師眼看沒有同學舉手，才像孩子般地對我們說。

「耶！老師差點兒沒注意到一個問題。請你們比較一下『七乘以四等於二十八』和『四乘以七等於二十八』意義上相不相同？請小組討論一下！」

我們這一組一下子進入混亂的局面，有人說意義一樣，有人說意義完全不一樣，經過一會兒的爭論，大家各自說出支持自己的理由，不一會兒，我們也互相協調出一種大家都同意的看法：「他們兩者的意義完全不同。『七乘以四等於二十八』是七個做一堆，共有四堆。而『四乘以七等於二十八』是四個做一堆，共有七堆。雖然答案一樣，但解釋的意思卻不同。」

我們這一組得到老師和全班同學的認同，其他組的想法也和我們大致相同。

老師認為，三年級的我們能把這些觀念想清楚，我們低年級時的老師一定很努力，我們像尊敬數學家一樣地，和現在的黃老師一同尊敬我們低年級的林老師。老師一直說我們很幸福，能碰到喜歡我們的老師，然後又問我們：「前面我們都是用數學符號來表達『四乘以七等於二十八』，那如何把這個『四乘以七等於

二十八』，用國語表達出來呢？就好像數學應用問題一般，題目都是配合著國語的！請小朋友自己想一想、編一編，待會兒老師要聽聽我們小朋友的題目！你們也可以把寫好的題目和小老師研究研究。好！開始！」

這次老師沒有四處走動了，他在後面的導師休息桌泡他的高山烏龍茶，我看他拿起杯子放在鼻子周圍撥動空氣，輕輕地品嚐來自山裡的茶香。

我很快的寫出：「一個茶杯四元，七個茶杯共要多少錢？」

老師把很多同學的題目都念出來：「水果一堆四個，七堆共有多少個？」、「一排學生四個，七排總共有多少個學生？」、「直排男生四個，橫排學生七個，問共有多少個學生？」

老師確定我們可以把國語和數學作連結之後，要我們拿出花片排出「四乘七」，並且說明，這是拿實際物品操作出來的，數學教學上做為「具體操作」。下一個步驟更要我們以畫圓圈的方式，把剛才「具體操作」的花片畫成一個圖形，老師說明，這在數學教學上叫做「半具體操作」。最後一個步驟則是寫成數學符號的計算方式「$4 \times 7 = 28$」，這叫做「抽象符號化」。

我很小心地按照老師說的三個步驟操作，我發現自己更能明白，為什麼老師常常在上數學課時，會在黑板上畫線段、畫圖形、排花片，或拿教室裡的實際物品排給我們看，原來是要透過不同的數學操作方法，來幫助我們了解數學。

老師接著請小老師出題目檢查小朋友們做得對不對，並且要求小朋友們按照「具體」、「半具體」、「抽象」的三個步驟操作一遍，然後再說出為什麼這麼操作的理由。我們玩得很愉快，小老師也故意設下陷阱，教室裡充滿著學習的春天。

老師問我們想不想知道，他自己是如何解決數學乘法問題

的？我們當然很好奇，這位教法和別的老師不一樣的新老師，葫蘆裡到底賣的是什麼藥。

老師先舉了一個例子：「紙條每段九公分，五段共長多少公分？」我們急著想插嘴，老師卻很快地說：「一、二、三」，我們只好無精打采地說：「坐端正。」老師笑著說：「還好我反應快，要不然，又要讓你們搶先一步了。老師知道，人一學會一項新的技巧，就很想讓別人也很快的知道，這在數學上叫做愛現。」

有些同學一聽到「愛現」這個字眼，馬上嘰嘰喳喳地回了一句：「老師還不是一樣很愛現！」

老師說：「全班起立，拍拍手。你們說對了，就讓我愛現一次嘛！」我們也就把這機會讓給說自己年紀大了的老頭子。

我明顯地看到老師又回到正經八百的專心態度，他看著黑板上的這道題目說：「老師讀完題目之後，第一步：先把題目的重點分類，比如說每段九公分，我會先把它做個〔 〕的記號，並且在它的下方畫一個小袋子的圖形，代表這是每袋的事，也可以說成：這代表每段的長是九公分。接下來，把五段也畫上〔 〕的記號，在它的下方寫上『五倍』，如此，可以方便我把複雜的語文訊息轉變為簡單的訊息，老師就不需要常去注意應用問題的文字敘述了。第二步：我在題目上把列問『共長』圈起來，從這個文字解釋中，我知道題目要我解決的是『全部有多少』，這不是使用加法，就是使用乘法來處理，因為加法和乘法的計算中，大都要求我們算出『全部』是多少。因此，我直接在第一步的〔每段九公分〕和〔五段〕的中間，把乘法的符號畫上去。第三步：我把它們的關係用數學列式：$9 \times 5 = 45$ 寫出來，完成橫式列式，再直式計算，最後寫答案：共45公分。那當老師碰到不會做的數

學題目或是一時緊張，忘了如何處理時，我又會怎麼辦呢？我會馬上回到這個單元的『具體』、『半具體』、『抽象』的操作過程再想一遍，這可以很快地幫助我重新掌握重點，再回到題目上來解決問題。」

老師說完他的方法，也告訴我們這是「數學思考表白」，把腦子裡的解題步驟用口頭表達出來或用文字敘述出來，都是一種「表白」。老師也要求我們閉上眼睛把這次的數學學習，按照他所說的，在自己的腦子裡回憶一遍，尤其是操作的步驟，一定要在腦子裡重做一次，他也告訴我們，這叫「意象學習」。他之所以會告訴我們這些大學生才會學習的名詞，是因為以後我們班上常會使用這一些過程，為了教學生活上的方便，我們配合老師慢慢地建立起一些自己班上的語言、默契、習慣和處理事情的方式。

我很同意老師的說法，雖然有些話是我還不能完全明白的，但我還是很喜歡他上數學課的方式。

老師最後給我們一個題目：「小華和同學排隊，直看每行四人，橫看每列七人，共有多少人？」這個解題的過程包括直式列式、橫式計算、寫答案三個步驟，而且要我們寫出對題目的「數學思考表白」和對計算過程的「思考表白」，兩者各佔五十分。大家哀了一聲，只好在課堂上塗鴉了。

老師又躲到後面泡茶了，一看就生氣，寫他的作業真傷腦筋。一節課過了，我只寫出了前半部，我很有把握可以得到五十分，但「思考表白」恐怕會交出白卷。

老師直高興地鬧著玩：「不會了喔！活該，真活該！」真是令人又好氣又好笑。

「耶！高義龍做完了，老師想你們有救了。」

老師也沒念給我們聽，就直接到行政電腦室列印，因此回家

前，我們每個同學的手上都有一張高義龍的資料，他的「思考表白」寫著：

> 我先把題意分成兩件事，分成每列七人的事和每行四人的事。「共有」代表用乘法來計算，所以我列式為：
>
> 〔7〕×〔4〕＝〔28人〕
>
> 每列共有每行全部

$$
\begin{array}{cc}
\text{十位} & \text{個位} \\
 & 7 \\
\times & 4 \\
\hline
2 & 8
\end{array}
$$

答：共有28人

老師說：「高義龍的『思考表白』是給各位同學做示範和參考用的，今天的回家功課只有一題應用問題：寫出你們的『數學思考表白』，就這麼簡單。明天早上到學校後，小老師要負責拿花片請小學生操作數學乘法。這兩件工作都處理得很好的話，老師負責準備兩個故事：一個鬼故事，一個以前在南投山上親愛國小教書時所發生的故事——小猴子和小烏鴉。」

老師問我們說：「今天回去會寫完功課的小朋友，請舉手！」

我們都舉手了。雖然以前我常不寫功課，但今天可不一樣了。

放學時，我們都睜亮著眼睛向老師說再見，老師則說：「今

天回家做功課的時候，歡迎很用力、很努力地罵我。」

我還是笑著向老師扮鬼臉，這表示友好的關係。

走在路上，我故意問高年級的同學說：「二乘以三等於多少？二代表什麼意義？三代表什麼意義？乘又代表什麼意義？」沒想到他們走得很快，不理我。

我雖然很神氣，但我馬上就覺得這樣不太好玩，高年級的同學一點都不有趣。

人生下，空白的課程

　　這週我當導護老師。放學時，張老師走過來，不好意思地對我說：「黃笠篴上音樂課時，因為沒有帶直笛而被周老師打。現在在教室裡哭得很傷心。」她希望我處理完路隊時，能回到教室載她回家。

　　「好！」我說。「等一下我過去處理看看好了。」

　　等我騎著50C.C.的摩托車回到教室外面，從百葉窗分割的影象中叫她：「黃笠篴，爸爸在校門口等妳，妳自己走出來好嗎？」正要前行時，碰巧周老師的福特MONDEO汽車在我車道的對面停了下來，他走過街道，用沉沉的表情面向我說：「黃笠篴和許多同學今天都沒有帶直笛，黃笠篴有時候也會忘記帶音樂課本。所以，我今天就想著要不要處罰他們，黃笠篴在裡面，還真讓我猶豫，要不要處罰這些同學。考慮的結果，發現這樣下去，真的不行。所以我打了他們。」

　　這時，黃笠篴非常氣憤地走了過來，怒視的眼眶裡紅得衝血。我告訴她：「爸爸和周老師有一些話要說，請妳先離開，到川堂等我一下，待會兒我會去載妳。」她便轉身走向川堂。

　　周老師和我又回到方才的話題上。他說：「我沒想到，黃笠篴的反應會這麼激烈。她在後面罰站時還一直盯著我，很生氣地看著我，我都不知要對她說些什麼？」

　　我告訴周老師說：「她是應該付出一些代價的，你根據教室裡的公義來處理這一件事，我是接受的。這對黃笠篴來說也是一

個新的學習機會。而我這個當爸爸的，回家要處理的是她的情緒反應。我會慢慢地聽她說完，再看看這到底是怎樣一個情況。」

說完話，我把摩托車停在孩子的身邊，她紅著臉，慢慢地提腳跨上摩托車前座，雙腳並不是配合得很好。等她坐好，看著她低垂的頭，我慢慢地對她說：「聽說今天妳被打了，哭得很傷心。」她聽了直點頭，也沒回過臉來看我。

我對她說：「這一切，爸爸都可以接受，也會聽妳慢慢地說完，好不好？」

她聽完後點點頭，我們兩人各自安靜片刻。

摩托車就往回家的路上前進。我一邊騎著摩托車，一邊俯身，靠近她還背在背上的書包，我想她一定感覺得到，我輕鬆地問：「不過，爸爸想請教妳一個問題，好不好？」她點頭說：「好。」我才開口說：「妳今天在碰到這麼困難的事情時，有沒有馬上做『嗨！』，來安定一下自己？」她說：「忘記了。」我笑著對她說：「那好可惜喔！」

我停了一下，就只有感覺，不管浮現出來的是什麼，就讓一切自然地在進行著。

我再對著她說：「嗯！現在，爸爸一邊騎車，妳自己先一邊做『嗨！』的功夫，好不好？」

她回答說：「好」，然後就漸次地，進入自己最平靜的領域裡平衡自我。

進了家門，她便走到客廳KITTY貓的兒童小沙發上坐好，等著我，想告訴我她這一個「受難事件」。

我告訴她：「爸爸先到樓上抽一根煙，等我下來以後，泡個茶，我也準備一個平靜的心情，再慢慢地聽妳說這一件事。可以嗎？」

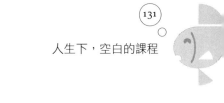

　　在她的同意下，我也請她先在客廳，一個人自己做「嗨！」的平靜過程，她就自己處理了。

　　等我下樓來，到廚房提了水，放好茶葉，我看著她愉快的臉，便告訴她：「妳把平靜處理得很好，」並且問她：「妳現在感覺怎麼樣？」她說：「已經沒那麼重要了。」我卻感到好奇，更想知道她的這個故事。

　　我只想著自己的平靜，並且如何聽她的感覺，我的眼睛沒有離開她的眼睛笑著，靜聽一個孩子的人生遭遇是如何的過程。

　　我保持著空白、透明、毫無雜念的思緒，不要她一定符合什麼價值取向。畢竟，我剛從一個自我夢境的覺察中，親眼見到自己人生迷失的現場域，以前的我，在靜聽個案的歷程中，不知不覺地用自己的教育背景、文化背景、價值取向，敏感的習慣性，主動地詮釋著孩子的心理動向。孩子的問題在哪裡？孩子的家庭教育背景，在孩子的潛意識中造成什麼心理動能？我要如何分析？在教育的立場下，我要如何安排步驟？促使孩子轉化生命的觀點與習慣？這是我在教育專業訓練中的「專業迷惘」。這時的我想重新出發，開始覺察現在的我的變化，在平靜之中讓一切自然浮現。我安靜地觀察現象的變化，別讓思緒太快，太決斷式地主觀介入，讓我單純得足以成為一個站在女兒身旁的人，看著她、聽她說。

　　她先笑了，她說：「今天嘛！我沒有帶直笛，被周老師打。他差一點打到我的脊椎，我的脊椎下面還是很痛！」我聽出她因此很不舒服，隨口回答：「那一定很痛！」她看了看我，繼續說：「連坐椅子都很痛喔！」

　　「我可以感覺那不好坐，那很痛呢！」

　　我一直用好奇的眼睛看著她，並請她靠到我這一邊來，請她

讓我看看那個被打的位置。她脫下褲子，指著那紅青的傷痕，很在意地說：「在脊椎的旁邊。」

我輕輕地告訴她：「妳判斷得沒有錯！的確接近脊椎，這傷要一個星期才會好轉，慢慢來。」

我接著問她：「那到底是怎麼一回事呢？」我喝了口茶，然後看著她。

她說：「原本嘛！我有直笛，放在學校。有一次，同學把我直笛的下半截弄壞了，他說要賠我一支。我等了很久，他都沒有賠我。後來，他終於賠給我了，我也試了一下，可以吹了。但今天嘛，我並不知道有音樂課，所以直笛就放在家裡。下午一看，原來今天有音樂課！我就被打了。」

我問她：「那當時妳對周老師的感覺怎麼樣？」

她露出門牙笑著說：「當時，周老師很恐怖，好像惡魔一樣，頭上還長出兩隻角呢！」

「那他不就像漫畫或卡通影片裡的惡魔一樣？」我插嘴說。

「他還叫我們到教室後面半蹲，腳不可以伸直，否則還會被打。我的腳一直沒有伸直，所以後來就沒事了。」

我笑著告訴她：「嗯！妳處理得很好，沒有再付出另一個代價。」

我繼續探尋地問道：「那妳可以呈現一下，妳當時的眼睛是怎麼樣的表現嗎？」

「我可不好意思表演喔！」她笑著，傾了一下身子。

「那我不能勉強妳。」她點點頭。在一旁的四年級姊姊開玩笑地說：「那可以用畫的來說啊！」說著，她姊姊就拿給她一枝筆和一張紙。

她在上面畫了一個由銳角拉長成箏形的小小眼眶，在那裡

頭，特別用力地畫了一條短直線豎著的一，並且稍微再用一點力，來回塗深了眼神的力度與恨意；其中看不出委屈，而是一種緊盯著不放的殺傷力。

姊姊看了之後說：「哇！好可怕的眼神，好兇喔！」她也笑得更開心了。

我笑著說：「這一定是一雙只盯著同一個地方看的眼睛，當時，妳的眼睛在看哪裡呢？」

她說：「地上啊！那時候我在半蹲啊！」

「就是這種畫裡的眼神嗎？」我笑著問她，她邊笑著邊點點頭。

我們在一旁只是坐著，心裡接受了這樣的內心的真正感覺。我們的這次相處中沒有了負擔，我自己的感覺，被這雙向的、好的感覺所淨化了，心頭輕輕地、涼涼地，有如微風吹過田的綠色。

我問她說：「今天妳對爸爸的感覺怎麼樣？」我也放寬心胸地聽她說。

「很好，很輕鬆、很舒服。」

我打從心底謝謝她輔導我的過程，我也走入了一種新的開始，感覺到人是為了一種希望而活著的新鮮感。

我變成一個向她請教生命根源問題的大人，虛心地問她：「那爸爸今天和以前，有什麼地方不一樣？」我保持著內心的空白，讓一些線索自然地顯現出來。

她笑得有點怪模怪樣，沒有惡意，是一種質樸純真的小孩子的笑，她說：「爸爸以前都會一直問一直問，讓我覺得很煩、很討厭。」

「喔！這樣子喔！」我笑著說。

「還有，有時候我都不知道要說什麼。或是還沒想好，或

是根本不知道你要問什麼，你就生氣了。」我聽著，她又繼續
說：「那會很恐怖呢！」說著，她露出了門牙，把客廳笑成一團
歡喜地。「像有一次嘛！老師生氣的時候，我舉手要問老師一個
問題，結果老師就很煩地說：『唉唷！又有什麼事啦？很討厭
呢！』」我感覺她生命經驗上的類化。她又說：「我就怕得不敢
再舉手了。有時候嘛！老師生氣的樣子，讓我根本不知道她要我
做什麼，結果我就忘記了。等老師再叫我過去，提醒我該做什麼
時，我就說：『喔！我想起來了。』就趕快去做老師要我做的
事。」

　　我輕輕地對她說：「這是爸爸的習慣性動作，很對不起
妳。」

　　「沒關係啦。」她寬大地對我說。

　　「那……妳可不可以再給爸爸一個機會，讓我自己學習面對
自己的問題。」我認真地對她呼告著，也對自己的心底呼告著，
不容易脫口而出的一段話。

　　「好的。」她就下了這麼一個簡單的結語，並且笑著，一個
單純質樸的笑容。

　　我也想知道，今天的過程會有怎樣的結果，又或者根本就沒
有什麼結果。所以我問她：「那妳覺得，像今天這樣的事，妳以
後會怎麼處理呢？」

　　她侃侃而談地說：「我嘛，睡覺以前會先檢查一下家庭聯
絡簿還有功課表，把明天要帶的東西準備好，就不會像今天一樣
囉！」

　　「那如果偶爾又忘記了呢？」

　　「那我就要有準備付出代價囉！」很輕鬆的一句話，從她愉
快的口中吐了出來。

「嗯！我對妳處理的感覺很好。」說完，我便抱著她說：「讓我們慢慢來，好嗎？」她點點頭。在一旁的姊姊，一邊畫著漫畫，一邊跟著點點頭，偷偷地笑著。

這就是我想要的日子，我想著孩子會像小鴿子一樣，慢慢地長出自己的翅膀，慢慢地學飛，慢慢地感受人生。就像日本鈴木大拙禪師的一句話：「借來的翅膀不會飛翔」，總讓我心頭有種溫暖的感覺。

我開始回過頭來，學著重讀自己，把自我內心的真實感覺，當成自己最好的老師。回歸那處，跟著祂一起行走、一起歌唱、一起微笑。

本文曾以筆名真熟悉發表於《台灣時報》副刊，
二○○一年六月二十一～二十二日。

悠遊人生

故事永遠都是
自己敘寫的真實。

回到模擬性的現場，
讓這一切重新發生
發生在自己身上的
重新來過，獨獨為自己敘寫的唯一。

　　剛開始的時候，大家都玩得很盡興。游泳池畔穿著花衣裳的
小朋友玩著水，像陽光一樣，在水底綻放他的清晨之花，這兒一
下子是孩童的歌聲編織的花園，一下子是水晶般漾著的光，在空
間中彈奏著音符，移動著的七月的夏天。

　　在這裡，各式各樣的愛，在孩子的眼神中開放永不休止的季
節，就像這陽光在水中的撫弄，柔柔的水舞，亮麗的、不規則的
舞蹈姿勢，徹底參透了人生的極樂，找到心中歡樂的那一片淨土。

　　小孩兒會潛入水中端看這水藍色的幻化，潛入水中追逐著
光芒、追逐著屬於自己的趣味，而忘了在彼岸的爸爸、媽媽的眼
中神彩，也是一樣幻變著此情此景的交融。孩子暢快的手腳濺得
水花朵朵，而爸媽眼中映閃的童年，也是這樣的笑聲，吱吱喳喳
地，像晨間微曦初露的雀鳥之歌，牠們聚集在幾棵大樹的枝椏
間，隱祕地放開歌聲，一種回憶在這兒展現著，如疊疊層層的葉

許願魚

教室小說工房

綠，陽光跌落了的歡迎詞，在空間中穿梭的音樂性，慢跑著的、規律的、輕輕的呼吸聲，像是一種內在的回應，整個人開始透明了起來。到底人生是什麼樣子？他們好似不知曉地歌唱著，如是這般。

還沒學會悠游的一個小女孩，興致讓她的眼珠子看著姊姊、看著和她一般年紀的幼稚園友伴，玩水玩瘋了的熱情，嘴唇、鼻子、眼睛、眉毛、頭髮，一股腦地全沒入水中的雜技，像小丑一般有趣。她嘗試了幾次，嗆了水的氣管，讓她喘不過氣來，只聽見自己喉嚨滾出的咳嗽聲，破了洞似地從深處鑽了出來，用雙手抹去留在唇邊的痰水，抹去流下來觸染這還是陌生世界的淚水。

等休息夠了，她還是依然如法炮製，儘管她還學不會掌握自己最好的方法；就如同睡眠一般，在水中安睡，感覺水是搖動她細胞的搖籃，清清涼涼的、輕輕的，像媽媽的抱懷。像她現在這樣，坐在岸邊和爸爸聊天，一不注意，陽光就已在她身上遊走，輕輕的柔，輕輕地說話，輕輕的眼底的光彩，彼此交會暖暖的色調，溫暖地微笑。

稍一不留神，她彷彿翻覆的小船，這會兒全滾入池裡，張牙舞爪地胡亂抓著空氣猛握，卻不見握緊什麼依靠，一沉一浮的氣泡不停地冒著，像跑亂了的程式，亂拼亂湊，胡亂叫喊，像撕裂的馬達聲，噗噗狂轉。

她爸爸幾次抓空她揮舞著的小手，情急之下，躍入水中，抱起溺水的寶貝。他慌恐地抱緊了小女兒在胸前貼著，來來回回地手拍打、撫摸著她的背，抱她回到岸上，哭泣的聲音，倒是讓我們一群人啞口無言，盯著那無所適從的眾人的眼睛。大伙兒都沉默地看著爸爸和小女兒。爸爸對她說：「別怕！別怕！我們不游了，好了！好了！我們回家了！」

　　我親眼目睹這件事發生，彷彿聽見許多記憶的聲音，便從平台上快步地走了下來，跳入水中。不一會兒的功夫，我已面對面地站在這個小女孩眼前，看著她委屈的這一幕。我伸手牽住她的小手，看著她的眼睛說：「老師知道妳現在很害怕，我看到妳嚇了一大跳，來！老師抱抱！」小女孩張開微緊的雙手，讓我抱著，就像抱著她爸爸一樣，整個人全趴在我的頸彎裡哭泣。

　　我也學著她爸爸，雙掌環著她的背拍撫，慢慢地走入水中，一邊走一邊慢慢地在她耳旁敘說：「我感覺到妳的身體裡還有一些害怕，但已經比剛才激烈的時候還不怕了，這對妳已經很不簡單了，妳做得很好，而且是非常好。現在妳的身體更不緊張了，老師感覺到了。」小女孩點點頭，看著其他還在玩水的小朋友們。我繼續說：「我感覺到妳的手慢慢地放鬆了，真是不容易，妳做到了！老師很佩服妳！」

　　「來！老師要把妳慢慢地放下來，慢慢地再讓身體碰到水，我的手還是會抓住妳，像這樣扣著妳的手，一定不會離開。」我看著她，不離開她的眼神說著。我扣著她的小手，讓她知道我一定會這麼做，然後溫和地看著她的眼睛，再強調一次：「我的手會抓住妳的手，就像現在這樣！」

　　小女孩一點點的緊張、一點點的用力，扣著老師的手，因為心裡還是有著剛才害怕的記憶，讓她的眼睛必須忽而望左、忽而望下，以減低她內心想避開的念頭。

　　我的大手輕輕地拉著她的小手，微微地在水中輕撥著水，像小時候邊洗澡邊玩水一樣，並笑著對她說：「這水有一點好玩，妳一定不相信的！」

　　「相信啊！相信啊！妳看，有這麼好玩！」身旁兩位和她年齡相仿的女孩正逗著水花玩。

「現在妳只剩下一點點害怕了，老師偷偷告訴妳一個祕密，我小的時候也跟妳一樣溺水，還兩次勒！」我故意把聲音放大，讓旁邊的幾位小孩兒聽到。

她們樂得一直笑我，也一直笑說自己的從前：「我以前也有嗆到水啊！不過現在不會了。」兩個小女孩玩著水藍色的水，逗著說：「你看，老師！你看，我要潛下去了喔！」

這溺水的小女孩都看在眼裡，又羨慕，又想急著學會這絕活兒，跟著大家一起玩耍，但又害怕這嗆人的不舒服感覺。我想著二十天前的每一天，每一幕畫面構成了現在。現在的我，正對我手中的小女孩說：「來，跟著老師這樣做，保證妳不會再不舒服了。」我的雙手合攏著，像水瓢一樣，捧起一瓢水，靠近唇邊，吐氣並同時發出聲音「姆、姆、姆、姆，啪！」、「姆、姆、姆、姆，啪！」我先要這小女孩跟著念出聲音並做出動作，然後對她說：「對了，妳做得很好！把『姆、姆、姆、姆，啪！』再念一遍，老師要聽到妳再念得慢一點。」

小女孩複習著這聲音，然後我再示範一次方才的動作，牽著她的手，請她慢慢地將臉低下來、靠近水，當我看到她做了一次正確的動作後，才對她說：「我就知道，妳一下子就做對了，而且做得非常的好！喔耶！現在我們兩個人一起再練習一次『姆、姆、姆、姆，啪』！我還是會扣著妳的小手，一步也不離開。」

「很好！就是這樣掌握自己，妳做得完全正確。一百分。現在我要看到妳做出更慢的動作。」

「太好了，怎麼這麼簡單呢！一下子就做到了，真是優秀！兩百分。那現在我要看到更慢……更慢的……動作表現出來。」

「耶！完全成功。三百分。」

我讓她的動作配合她的聲音韻律，慢慢地學著自己做出這一

些慢動作的連結，讓這些聲音引導她的行為，而我只負責在其中扮演正陪伴者的角色。

「妳看看妳自己，完全沒有喝到水吧！完全沒有嗆到水吧！」我很高興，稍稍用力地握住她的手，藉此肯定她的學習，小女孩表現出一些充滿成就感的快樂。

「現在老師只要用一隻手借妳牽著就好了，我相信妳一定可以像剛才一樣，自己完成這動作的。」

小女孩露出了些許的猶豫。

「妳會自己長大的，比前面長大一點點，也更勇敢一點點，讓我看看好嗎？」我等著，並在一旁輕輕地、輕輕地等著，微笑地對她點點頭。

小女孩自己嘗試了一個反覆動作。

「哈哈！妳做到了。我就說嘛！妳就是這麼棒。」

我跟著她興高采烈地問著：「有沒有嗆到水？」我這時微笑的眼睛，連我自己都感覺得到，不管她做什麼嘗試，我都會相信，她已經可以做得很好。

「沒有。」

「沒有？妳不會嗆到水了耶！」她點點頭，我繼續高興地說：「妳居然嗆不到水了！唉呀！太可惜了，感覺水現在開始和妳做朋友了呢！」

我看得出，她臉上的笑容是因著自信心而湧出的，我再請她把「水現在開始和我做朋友了」輕聲地念一遍給我聽，並且問她：「妳感覺到了嗎？」

她點了點頭。「水……現在……開始……和我……做朋友了。」她微笑地念著。

「耶！剛才妳有幫我看看，水裡的陽光是不是在散步嗎？」

「沒有。」

「那妳幫我看看，它們是怎麼散步的？有沒有開著陽光花？亮亮的陽光花在水底下跳舞呢！求求妳幫我瞧瞧，拜託啦！」我邊說邊演，活像個幼稚的小小孩，逗得身旁跟過來的孩子，都笑開一處水花園。我更側著身子，像有小祕密似的對她說：「妳還可以試試，慢慢放開我的手，自己做看看，妳一定可以自己做到的。我知道妳是一個真正長大的孩子，一級棒呢！」

「妳看到陽光花了！漂不漂亮？」等她的臉一抬出水面，「啪！」的一聲，我情急地把臉靠過去問她，像等待放榜時的心情一樣。

「漂亮！」她的笑容像花一般美麗，我真愛看見這樣燦爛的笑臉。

「花朵兒有在跳舞嗎？再幫我看看，我還不知道它們會不會移動？會不會扭動身體？」我暗示她可以再次自己探索。「如果能在水裡面暫停，數個一、二、三、四、五！這……麼……慢的話，那我就像輕……輕……地，睡在媽媽的搖搖床上了，好……好舒服喔！小朋友都會羨慕我呢！老師做一次給妳羨慕一下，妳看！」我一說完，就慢慢地趴浮在水面上。我的雙手在水面上睡著了，就像被水媽媽擁抱著一般，柔柔軟軟地享受著這樣的放鬆。當我的頭慢慢抬出水面時，「啪！」地一聲，在小女孩眼前，表演這舒服和享受的模樣。

「妳看！我睡得多麼享受、多麼舒服呀！」我把雙手打開，輕輕地攤在空氣中，側著臉、閉上眼睛，輕輕地左右搖動我的身體，像母親抱著孩子一般地滿足，把這一幸福的享受表演給她看。

小女孩趴在水中，當我數出「一、二、三」後，她便把頭抬出水面，做出「啪！」的聲音，雖然有些緊張加上不習慣，但我

看得出，她的每一次嘗試，都帶給了她信心和愉快。

「我看到的真是太優美了！」我的眼睛亮亮地欣賞著她。我要她看看自己剛才有偷偷地扣著老師的手嗎？

「沒有！」我再次抱起了她，在她耳邊說：「妳看，妳就是這麼棒，妳有沒有一直長大啊？」

「有！」

小女孩這時一定是愉快地笑著，雖然我看不見她現在的表情和動作，但可以感覺到的是，她的身體越來越放鬆了，我也告訴她我自己的感覺：「我感覺到妳的肢體放鬆了，我真高興。」我摸摸她纖細的小手和放鬆的身體，軟綿綿的感覺。

我看著另外兩位一直在旁觀察學習的小女孩，說：「鍾晴！鍾嫒！我們來玩水裡猜拳好不好？」

兩個孩子樂翻了天，我們三個人一潛，便在水裡逗著對方，盯著拳頭看、耍，浮出水面時的那一聲聲「啪！」，總是和著笑聲滾滾。這些樂趣，苓苓都看在眼裡、聽在耳裡，並且感覺得到，樂趣變成是一種摸得著的世界，就像她看見的現場情境一樣。她的心正蠢蠢欲動，想跟著自我的腳步旅行。

我再次牽著苓苓的雙手說：「換我們兩個了，我們來玩水中猜拳的遊戲。當老師說：『三——來』的時候，妳就像老師一樣張開嘴巴，直接潛入水裡，像一隻小鴨子一樣。看著老師，我做一次給妳看，我們再開始玩，好不好？」

「三——來！潛下去。」苓苓連做了幾次，都像前幾幕的影片一樣，得到了我的肯定。

「三——來！潛下去。」她們兩人已在水中玩起猜拳的遊戲了。

「妳看，妳自己都做到了，水再也拿妳沒辦法了，妳做得這

麼好，老師要謝謝妳，現在妳可以和鍾晴、鍾媛一起玩水中猜拳的遊戲了。」

鍾晴、鍾媛一聽老師這麼說，早已迫不及待地在苓苓身旁吆喝著「快玩」，她們在這裡又交到一個水中的朋友了。

我把苓苓交回到她自己手上，自己就拿著黃色浴巾擦了身體，然後在台階上休息。這三個孩子玩得很好，像三條小魚兒在水中悠游，水是她們最好的暑期友伴。苓苓的爸爸、媽媽也看著她玩，直誇她學得真好、表現得太棒了。她偶爾在水中也會看著爸媽，讓他們知道，她喜歡在水中浮潛時的感覺。等苓苓自己上岸後，我走到她的身旁，對她說：「妳喜歡水嗎？」

「喜歡！」她笑顏逐開地看著我。

「我看到妳不再嗆水了！爸爸、媽媽和我都知道，是妳自己不斷地努力練習學會的，我們都會一直欣賞妳的表現，我們都會一直陪著妳長大。謝謝妳讓我們看到快樂，我們今天都因為妳們帶來快樂的禮物，而享受了這麼豐富的一天。真謝謝妳！」

「老師！謝謝您！」苓苓滿臉笑容地跟我說完這句話，人影才漸漸地消失在游泳池畔。

本文曾以筆名金毛菊發表於《國語日報》教育版，
二○○三年九月一、八、十五日。

註

　　事後獨自一人散步時，我常停格在自我的默想之中。生命在此時此刻是什麼樣子？生命一直在流動中重新認識生命，這如果是一種回歸自我的儀式，我又看見了什麼？我把時間和空間不斷交織的故事線條，看成我心靈的家鄉。甜甜的，彷彿小時候親自走在禾黃稻熟的平原上。

　　美麗的愛，是沒有思想地浪漫，很自然地表現，就像縱情田野的綠色世界，總讓我們驚奇，綠可以如此各式各樣，由嫩綠、翠綠、深綠、黃綠交相作用的空間，幻變著常與無常、瞬間與永恆，如光與影的空間對話和時間移動。像夏天拿著果汁杯倒杯冰普洱茶，放入一堆冰塊，等待凝結，等待氣息聚落的水滴凝結，慢慢地，針頭狀的小水珠漸漸點畫故事，水滴和水滴彼此串門子；像故事拜訪故事時緩滑下來的水流，又像樹的枝幹與枝幹會在不定的時間，手牽著手，那群葉般的點畫，舖成稀稀疏疏的，陽光與摺摺疊疊的空間穿透的對語，在這移動著的七月的夏天。想著：曾經感情溺水的人們，該如何回到現場的情境，重新操作自己的情感人生？

向自己赤裸地說聲：「我很好！」

1.

　　這個班級離開黃老師的雙手，他們抱持雀躍的心情與信念，面對國中的三年學習生活。

　　從生活體驗到整理成經驗知識，再由經驗知識統括成可以類推的理性知識結構表，開始以一個實行者的身分，實際運用在生活實務當中的操作實踐歷程，讓知行合一的哲學是一個可以帶著走的學習能力，需要像自然科的實驗思考一樣，注意操作變因、控制變因，為實驗過程做出操作型定義的陳述語言。

　　只能把孩子交給他們自己了，什麼時候，孩子才能從一個依賴的學習者，成為一個獨立操作自我的學習者，這也是充滿魅力的生活探索。

　　不過暑假期間，孩子們過著很明亮的生活，他們會串聯似地打電話給老師，無邪地東聊西聊，也會以理解的眼神一起到宿舍看老師，黃老師曾在這七彩的日子裡享受夏天的陽光，享受孩子們對生活閃爍的對話。

2.

　　新學期開始，大伙兒又開始走最長的路了。夏天在沉默中還是有一些柔軟的敘說。黃老師接了五年二班。他還是一樣愛搞笑，總有一些讓學生受不了的潔亮詞語，進到教室的第一天就教孩子唱起歌來：「可愛的孩子，可愛的孩子，都沒有穿褲子。」

　　他聽著孩子潺潺流水般的笑聲。開朗的笑聲可以顛覆一些矜持的教室常規，晶瑩的眼神可以永無止盡地延續下來。他分享著他二十年前的小故事：

　　「讀師專的時候，我的音樂老師發現我很可愛，上課時會偷偷地瞄我一下，讓我不知如何是好的優雅神情，我只能裝扮成一個夢幻的乖孩子，聽老師彈琴，看著完全不認識我的豆芽菜音符，每次上音樂課，我的真誠，就如同掛在牆壁上的音樂家圖像一般地酷，我知道，我很快就會被音樂老師掛在那兒！」

　　他說說停停，遇到「我很可愛」、「偷偷地瞄我一下下」、「優雅神情」、「夢幻的乖孩子」、「看著完全不認識我的」、「真誠就掛在那兒」時，他一定加上融入的表情和動作，這裡像戲劇院一樣，學生是來看戲、看表演的，孩子們歡樂的眼珠子只能盯著他瞧，一不留神，就會失去一個瞬間的時髦語言。

　　他繼續往下說：「期末考終於來臨了！住左邊、住右邊，幸福小套房裡的西施也救不了我了，多啦A夢也不知死到哪裡去了，小丸子也完了。那一天，那一天，那一天，我可愛的號碼——三十七號，從老師荒謬的嘴唇邊莊重地說了出來，我愣愣地坐在黑色的鋼琴前，打開拜爾鋼琴譜，正襟危坐地研究了一

番。」

「我的鋼琴老師說：『第十六首。』」

「我一動也不動地看著黑色的音符、黑色的鋼琴、黑色的世界。」

「等老師拿下眼鏡看著我說：『好，開始！』」

「我側著臉龐，用半陌生、半熟悉的眼神看著鋼琴老師，求救似地低聲說出：『老師！可不可以告訴我……』」

他停了下來，偷偷地笑著，學生們幸福地、卑微地求他說出結果。他這才拿起椅子，彷彿他就坐在鋼琴前，表演著剛才的最後一幕——

「『老師！可不可以告訴我……Do在那裡？』」

可想而知，全班的豪邁笑聲，怎麼說都是無法討厭的。

3.

第二天，他提早到教室裡等孩子，打掃時間之前，他和孩子溝通說：「等一下老師要看可愛的孩子，會把自己的工作區域打掃得乾乾淨淨。你們的態度是讓黃老師尊敬的、欣賞的、佩服的，受不了地喜歡你們。」

他一邊說一邊表演著每一個語詞的戲劇效果，孩子們相信老師想這個樣子，全都專心地看著他。

「表現給老師瞧瞧，好不好？」

「好！」好字一說完，孩子們就急著想離開座位拿工具。

他示意孩子慢慢來，問他們說：「哪四個字？」

「乾乾淨淨！」

他向孩子鞠了個躬，說了聲謝謝，工作便開始了。

他指導孩子們注意角落，讓老師能看到自己在工作中的一絲不苟。教室中不斷聽到：「好孩子！」、「這事做得真好！」、「真令人欣賞的孩子！」、「這就是我說的工作態度，帥呆了！」之類的話

他沒有空到外掃區，便向教室裡的孩子們說明：「以後，這裡就交給你們了，你們真的長大了，會把一件事情從頭到尾做好，老師很感動。謝謝你們！」

導師時間，他公開在全班面前分享，剛才令他深感榮耀的班級掃地工作。

第一節下課時，他帶著全班同學去看二樓到三樓的樓梯掃地區域，出發前，他問廖仁佑：「乾乾淨淨？角落OK？工作態度一流得沒話說？」

廖仁佑很有信心地說：「OK！」

黃老師露出笑臉，故意帶著質疑地斜著頭看他，說：「沒問題？經得起全班的檢查？」

「不知道。」廖仁佑只喜歡笑，他不知道評量的標準是那一些，所以他猶豫地回答著。

全班的孩子們都想跟著老師一探究竟，當他們停在博愛樓靠南側門的樓梯前，沒有人出聲，老師也沒說話，他正思考著怎麼對這孩子發話，既不會令他難過又可以教導他正面的教育意義時，廖仁佑低聲地說：「早上我不是掃這裡，我掃的是另外一邊！」他的手指向了博愛樓靠北側門的樓梯。

黃老師帶著全班轉頭，大家邊走邊笑出聲來，這孩子還真幽默。站在這裡，老師剛要說話，廖仁佑又笑著說：「我是掃中間。」

黃老師邊笑邊說：「爸爸，你饒了我們吧！」廖仁佑這才不好意思地走在前頭，在校長室前停了下來。

　　全班看著他的工作成果，直說：「乾乾淨淨！」

　　黃老師補充著說：「我只能佩服！」

　　他拍著廖仁佑的肩膀說：「你的工作態度讓我尊敬了！」

　　他說：「眼睛、耳朵……」

　　孩子們一起回答：「看老師！」

　　黃老師對著全班說：「我喜歡這個孩子，把這件事做得這麼好，老師只有感動！」

　　他看著廖仁佑，接著說：「在沒有老師管理的情況下，他做到了良好的工作態度。雖然掃錯了工作區域，但我們今天要評量的是工作態度，他通過了。這裡這麼乾淨，對學校也是一種貢獻！」

　　不知為什麼，孩子們都很開心地吆喝著。他們興高采烈地去上社會科任老師的課了。

　　黃老師靠近廖仁佑，對他說：「如果你願意的話，可以利用下課時間，把正確的工作區域再掃一掃，好不好？辛苦你了！」

　　沒想到，下午第一節課之前，他已經完全做好這一件自己的工作，令老師在班上歡騰雀躍地邀請全班一起唱出：「可愛的孩子，可愛的孩子，都沒有穿褲子。」

4.

　　第三天放颱風假，第四天清晨的掃地時間，黃老師的學生們就已在外掃區工作，但那情況真叫人看不下去，「老邁」的孩子

「拖」著掃把胡亂掃著，不知那是什麼工作態度。

黃老師熟練地集合同學們，要他們先看看現在的工作區域，然後問道：「看見這裡，你們的感覺怎麼樣？」

他說：「現在不要告訴我你們的感覺，待會兒老師陪你們工作，老師今天示範給你們看，你們跟著老師前進。」

他一說完就已伸出雙掌，從牆角拔除枯萎的雜草，邊拔邊唱：「可愛的孩子，可愛的孩子，都沒有穿褲子。」

孩子們除了笑，還是繼續看著老師做工。

俏皮的孩子還會逗趣地說：「唉唷，老師你的手好髒喔！真噁心！」

黃老師只是邊唱邊說：「上帝說：『工作的人有福了！』討厭的孩子，討厭的孩子，都沒有穿褲子。」惹得孩子們又氣又笑。

「上帝給我們這一雙手，到底是要做什麼用的？一定要讓它憨直地、愉快地、徹底地工作。」他除了說笑、鬥嘴外，仍不停頓地往前走，拿起竹掃把一邊說明手部如何使力，一邊掃出一片乾淨的大地。他舒爽地停了下來，陶醉地欣賞自己的雙手。

「工作要保持愉快的心情，還要讓快樂的歌聲鑽到泥土裡面去。神氣的孩子，神氣的孩子，都沒有穿褲子。」

全班的孩子們都跟著他弄髒了自己的雙掌，並唱著歌。二十幾分鐘一過，兩大袋的垃圾已是滿滿的收穫。

他集合學生蹲在跟前說：「現在，你們再看看這裡！有沒有『乾乾淨淨』四個字寫在大地上。」

孩子們滿足地回答：「有！」

他露出自豪的笑容，帶著孩子們走到一處牆角蹲下來，他要孩子們看看，灰色的水泥柱呈現出的是冷硬的感覺，也要孩子看看，有一小叢的草根沒有拔除乾淨。

他說：「為什麼老師不把這兒弄得光禿禿的？這跟生活有什麼關係？」

這會兒，換成孩子們傻愣愣地等著他，他才說：「我們除了工作中愉快，還要唱生活的一首歌，還要有想像的美感，」

他指著小草莖說：「再經過幾天，它就會冒出嫩綠的葉子，綠色給人的感覺不是無所謂，而是和平的、簡單的、暖暖的，到時候，你們就會看見靦腆的對話在這裡交流了。一個小小的地方，就是藝術的生活思考，我們可以活得美美的。」

「可愛的孩子，可愛的孩子，都沒有穿褲子。」

他們在笑聲中回到教室裡。

5.

黃老師沒有忘記，在圍著說祕密的師生交流之後，他要孩子們打開閱讀的眼睛，閱讀這裡所有的一切生活詩意。

清晨的校園有一種可以踏出的寧靜感，應該要早一點微笑地來到校園裡走走；許多小朋友還被昨夜綁著，不會提早到校，這時的校園就展現出學習和思索環境的特質。

動物園裡的兩隻小山豬，左拐右拐地把大碗搬到腳跟前自言自語，這聲音染成森林的一片野綠氣息。走入五百多坪的綠色操場，足跡印在綠草上，有如小酒窩般地醉然。露珠還停在草葉上，小眼睛似地等待晨陽大駕光臨，陽光從東方瀉下來時，賜給大地許許多多的禮物，如果你願意讓身體側著斜斜的角度觀賞，便可以輕易看見光線彷若進入三菱鏡中走出來的色彩，燦爛七彩的虛幻，如此一來，這裡便不再是一個平凡的角落。

　　紅色PU跑道經過時間、經過人的足跡、經過日升日落的熱情，色彩更加沉默下來，蔓延著一份安靜的力量。站在這裡看向打掃區域，黃連木的葉子稀稀疏疏地影印著光線；隔牆就是水果街商販的正常生活，竊竊私語地對每一位過客擺出好奇的神情，殊不知自己也是時間的過客呢！

　　舊教室水泥牆旁的鹿兒樹手掌大的葉子並不會愁眉不展；水溝底的積土已自成一塊溼地，不知名的綠色小植物在這兒手牽著手，蔓生出一種秩序，彷彿夏天的熱情也會在這兒展覽似的；前年秋天，這裡種下一棵雨豆樹，每一天都會撿到失去控制的鮮黃落葉，像下著雨的雨花飄下來，像詩性大發的文字一般，點點散列的黃與綠，如馬賽克磁磚拼貼的抒情畫，遠遠地看久了，會看出可以走進去的印象派畫家世界。

　　天空的雲每天都在珍惜時間給它的特權，有時晴朗的天際藍得找不到藍色的邊境，有時灰濛的層積雲由近到遠、由淺到深、由輕到重有順序的層遞，有時也來個排比像文學裡的修辭技巧在天空書寫心境的變化。這時文學之眼所瞧見與未瞧見的都是生活展開的詩感，可解的與不可解的，主觀的與客觀的都是朗現的轉折圖畫，每一天都有新鮮的眼睛豐富著這裡。孩子的眼睛也需要時間，像站在這兒聆聽的時間一樣。

　　導師時間依然是爆笑劇場的世界。

　　「眼睛、耳朵……」

　　「看老師！」

　　學生等著黃老師的笑話。

　　但他只是豎起大拇指，彎下腰來說：「老師尊敬你們，沒想到教室裡也是四個字——乾乾淨淨。黃老師只有佩服！來，一起唱……」

他的右手一落，全班的孩子們就唱出：「可愛的孩子，可愛的孩子，都沒有穿褲子。」

班上充滿著爽朗的笑聲。

他在白板上整理著幾個概念，寫下了「快樂」、「歌唱生活」、「學習」、「工作態度」、「上帝的雙手」、「我愛你」。

當他寫著「我愛你」時，孩子們假裝被愛的樣子，蒙著臉上說：「真噁心！」

他也模仿孩子們的表情、動作，說：「大家都很噁心喔……」

「因為我來到這裡，所以這裡會變得更好……」他請孩子們拿出聯絡簿，在空白的地方抄下這一句話。他還問孩子們：「為什麼老師在『好』字的後面加上刪節號的標點符號？」

他解釋說：「『好』有很多個類別。例如心情的『好』、工作態度的『好』、與別人相處的『好』、學習的『好』、認為自己是可愛的孩子的『好』、愛搞笑的『好』、正正經經的『好』。老師希望，你們每一天都能給自己加上一個不同的『好』，把許多個『好』掛在身上，就像是萬國旗一樣琳瑯滿目的……妖怪！」

從孩子們飛奔的眼珠子中就知道，他們的老師又說了笑話，他們很喜歡他這樣上課，每一個不同的科目都會讓人覺得非常驚奇。

星期五，他請小朋友拿出南一版的數學課本，一邊唱歌一邊和學生一起翻開第二頁目次，請小朋友閱讀這第九冊的課程安排思考，並要孩子們連結數學課程一至四年級的學習經驗，預測五下的課程設計和六年級的課程設計可能會如何安排？這不止讓

人覺得驚奇，而是一種從來沒有過的體驗。看著目次十一個單元中的標題，孩子們很有信心地相互合作說出曾經學過「時間」、「四邊形」、「乘法」、「面積的平方公分」、「三角形」、「正方形」、「長方形」、「＋」、「－」、「×」、「÷」的計算題。

黃老師把準備好的數學科「橫向、縱向架構空白表」發給學生，他特別在五上、五下的欄位空出較大的空格，向孩子提問：「那我們如何把這十一個單元放入不同的格子中呢？」

孩子們看著橫向架構的分類上寫著：「數」、「量」、「圖形」，它們可各自獨立，也可以彼此有著關係上的交流。

「數」的下方分支出「整數」、「分數」、「小數」的次類別，而這次類別之下又微分著「＋」、「－」、「×」、「÷」和「四則運算」。

而縱向架構的分類上寫著：「一年級」、「二年級」、「三年級」、「四年級」、「五年級」、「六年級」。慢慢地看著每一個小格子，像極了一個個的十字架，許多十字架像星星般閃爍著藍光，越是漆黑的夜晚，星星的光芒就越溫暖。

6.

他陪孩子們針對五上的橫向架構一一放好每一個數學學習單元。

第一單元：概數和概算，放在加法與減法連結的空格中。

第二單元：快慢和時間，放在乘法與除法連結的空格中。

第三單元：垂直、平行和四邊形，放在「圖形」縱向架構的

「四邊形」空格中。

第四單元：小數的乘法，放在「數」縱向架構「小數的乘法」空格中。

第五單元：統計圖，放在「數」與「圖形」連結的加法與減法空格中。

第六單元：立方公分，放在「數」與「圖形」連結的乘法空格中，並運用加、減法計算。

第七單元：因數和倍數，放在「數」縱向結構「整數的除法」（因數）與乘法（倍數）連結的空格中。

第八單元：長方體和正方體，放在「數」與「圖形」關係縱向架構連結的乘法空格中。

第九單元：容量，放在「量」與「數」關係縱向架構連結的「四則運算」空格中。

第十單元：多邊形和內角，和放在「數」與「圖形」關係縱向架構加、減法與乘法連結的空格中。

第十一單元：怎樣計算，放在「數」「四則運算」連結的空格中。

他們一起開始夢想這六年的數學科課程設計與教材，這一天，他們初步閱讀了數學的天空。

星期一的日子可新鮮了，孩子們很早就到教室裡來東摸摸、西摸摸了，是不是他們期盼著老師那些華麗的語詞？

第一節課，孩子們又拿到一張數學單，上面標題寫著：「第一單元概數和概算：數學科單元內容結構表」，這一張教學單密密麻麻的，依然是橫向、縱向架構的資料儲備表，他對孩子們說：「我們班的數學教育，從五年級到六年級，都會是這一張架構表的教學流程。」

　　縱向架構表的左側寫著兩格分類，分別是「數學思考基架」與「單元重點閱讀」，橫向架構表的右側則寫著「數學科單元內容知識」（知）與「數學科生活應用」（行）。

　　「數學科單元內容知識」底下的橫向分類格子寫著「What」、「How」、「Result」、「Why」四個英文單字，英文單字的下方則寫著中文「是什麼」、「怎麼樣」、「結果」、「為什麼」，這意圖很明顯，是要孩子們熟悉，一個簡單的思考架構，是可以用來整理各科的知識學習，和整理生活經驗與知識的基架的。

　　如果將此架構的每一個格子加上問號，便轉換為發問的「智慧列問」。如果將此基架轉換為「寫作思考基架」，則成為「寫作基架」的綱要思考。

　　他希望這一個學習基模，能早日成為孩子們的讀書方法、閱讀方法、解決生活問題和反省生活的方法，這是「監控認知」的策略學習方式。

　　「Why」（為什麼）的格子下方也分出兩個類別，分別「是數學概念的連結」、「數學家的思考」。

　　最後的「數學科生活應用」（行）也分出兩個類別，分別是「數學科生活應用」、「預測數學考題」；「預測數學考題」底下再細分為「選擇題」、「填充題」、「計算題」、「應用題」。

　　最特別的是，「How」（怎麼樣）底下細分出的兩個類別，分別是「閱讀應用題語文書寫方式」、「閱讀數學列式書寫方式」；他向孩子說明，這兩個格子需要的上課時間較多，必須回到數學課本中，漸次地在白板上歸納整理出細節重點A1、A2、A3，B1、B2、B3，C1、C2、C3，並分析A、B、C三類題目類型

的相同點、相異點，和共通的數學重點基模。

到了星期五，孩子們已經能根據「數學單元重點架構表」，以自己的話口頭陳述第一單元的所有學習重點，並且自己舉出相關的數學例子來說明。

這幾天以來，都是辛苦的播種，孩子們都喜歡黃老師以這樣的架構上數學課，因為他們是五年級生了，大家認同各科的學習任務，開始由他們自己承擔一部分的學習責任，將這一些知識架構與學習經驗，轉化成可以帶著走的生活學習能力。他要孩子們在聯絡簿上寫下與家長分享第一單元的重點報告，並自己舉出數學例子說明。

7.

這個星期的國語課，才剛打開翰林版本第一課〈小園丁的心情〉，他就畫了一些課文的內容，要孩子們在這個星期思考，為什麼老師畫的不是優美詞句？不是生字語詞？而是連以前學過的「沒想到」、「好緊張」、「深怕」、「充滿了生命的活力」、「我默默的祈禱，希望他能撐過這個暴風雨的夜晚。」都會以螢光筆標示出來。

上課時還分析了作者在這一篇文章中的「思考基架」，他一邊說明一邊在白板上畫著，「這是一篇記敘文，文章以雙層結構安排……」他只要一上起國語課，腦子中便會浮現出一雙透明的眼睛，閱讀作者隱藏的「文章基架思考」，閱讀作者隱藏的「書寫方式思考」，，閱讀作者隱藏的「象徵式人生思考」，閱讀自我、寫作自我……這一天，他和以前一樣，在教室中和孩子們共

同學習人生的課題。

　　中秋節前，六年四班的五、六個孩子約好假日來找他，他們聊得很起勁，也知道許多同學的一些生活狀況，黃老師很高興，同學們畢業了卻還能聚在一起，他也得意地唱出五年二班的上課班歌和大家分享：「可愛的孩子，可愛的孩子，都沒有穿褲子。」

用一句完整的話來敘述你的學習

1.

　　學習已進入第三個星期了，大伙兒的心情還是飄蕩的，家長們心情倒是掛懷著，為何同樣是五年級的課程，這個班級的國語科進度才剛剛瀟灑地寫完第一課生字簿（孩子的字體倒是整整齊齊地排列著），其他同年級的課程都已經寫完第一、二課習作簿，難道快樂地在學校裡搞笑，就可以讓教學進度渺茫？

　　這個星期一才在第一課習作簿上寫下兩個句型練習，我的孩子們寫下的第一個句型「原本……現在……」，答案是「原本我的糖果放在桌上，因為弟弟趁我不注意時偷吃，所以現在桌上已經空無一物了。」第二個句型「不但……反而……」，孩子寫下的答案是「姊姊不但沒有替我保守祕密，反而把我的祕密公諸於世。」；只見老師在上面打著紅色的勾勾，寫著一百分。

　　九月的苦楝樹正結著滿滿的黃果子，進入中秋前的涼風，讓這裡有著更生動的趣味，微風隨時翻開綠葉撫弄一番，在這兒的教室，沒有多花一點心思，仔細地欣賞，是無法享受這特別的自然變化的。

　　這夠豪邁的，究竟這位老師有沒有想到我們家長對孩子們的期望？許許多多的不明白在空中飛舞著，到底該如何呢？再看看

數學習作，才剛剛完成習作甲本第一單元，其他班級已經快完成第二單元了。再翻閱孩子的聯絡簿，從開學日八月三十日星期二看起，想以一個新的視角來看看孩子們和老師之間的對話。孩子紀錄著：

八月三十日開學註冊日重要事項：自己做決定。

八月三十一日星期三，作業：生字表一張。「黃老師，我覺得你真的很會開玩笑，但有時請別拿別人開玩笑，不然會很不好意思。不過可以偶爾開一開也不錯。」

老師給孩子寫的是：「因為妳快樂又可愛啊！」

我朋友的孩子則寫著：「老師，我覺得你講話很有趣。」

老師回了：「Thank you！」

九月一日星期四，颱風假。

九月二日星期五重要事項：因為我來到這裡，這裡變得更「好……」。

作業：數學筆記（1）、（2）。「黃老師，今天我從你那兒知道要怎麼掌握數學的課程。」

老師寫著：「Good！妳可以很棒，就這樣！」

我朋友的孩子則寫著：「老師，我學到做事要努力做好，不要很隨便。」

老師回了：「Good！」

這是開學第一週的狀況，沒有看見孩子在數學課本上做任何練習與任何記號。

我只能往好處想：「這老師有些做法，可能是比較開放的教育方式，我也可以再問問班上其他同學的學習情況。」

　　九月五日星期一，作業：一、家長、學生閱讀數學架構表一小時。二、摘取大意作業單一張（這一篇文章是伊索寓言〈說葡萄酸的狐狸〉，是課外補充的文本資料）。「黃老師，我還滿喜歡你的各種上課方式！」

　　老師寫著：「Thank you！」
　　我朋友的孩子則寫著：「老師，原來國語還有這麼多重點，真是謝謝你。」
　　老師回著：「不客氣，你的努力，就是支持老師的動力！」

　　九月六日星期二，作業：國語作業簿甲本第一課。「黃老師，你為什麼這麼會搞笑？」

　　老師寫著：「喜歡你們啦！」
　　我朋友的孩子則寫著：「老師，經過你的這次解說，我已經完全了解無條件捨去了。」
　　老師回了：「Good！」

　　九月七日星期三，作業：一、國語習作第一課填寫國字或注音。二、數學習作甲本第四頁。「黃老師，我覺得，你讓我們學習的方法真的很特別也很有趣耶！」

　　老師寫著：「Good！」

我朋友的孩子則寫著：「老師，今天的功課少，真希望每天都那麼少。」

　　老師回了：「不行。」

　　九月八日星期四，作業：一、數學課本第四至九頁。二、數學習作甲本第五至七頁。「黃老師，你有意要教我們絕招嗎？」

　　老師寫著：「是啦！被發現了。嘻！嘻！嘻！」

　　我朋友的孩子則寫著：「老師，我今天又學會了打籃球的技術，我會多加練習。」

　　老師回了：「好。」

　　九月九日星期五，作業：一、數學課本第十二至十四頁。二、數學習作甲本第九至十二頁。三、教師節徵稿打成電腦稿，傳回E-mail（polo1008@yam.com）信箱。「黃老師，文章為什麼要用電腦打？」

　　他給這孩子寫的是：「把自己的文稿整理成一本書的樣式，以後我們班要裝訂成一本回憶之書。」

　　我朋友的孩子則寫著：「老師，你五星級的上課方法真有效，以後也用這樣的上課方法。Ok？」

　　老師回了：「Thank you！」

　　這是第二週的情況，數學第一單元快樂地結束了，而國語課本則用螢光筆畫了一些語詞，國語習作寫了「注音」、「國字」、「句型」，其餘的都是空白，空白的是「寫出本課大意與

回答問題」，這些有難度的地方先空了下來，身為家長的我就更憂心了。

2.

第二週開始，他們在教室裡分享句子的正確結構與內容，還思考了對句型的內容意義分析和句子通順的關係詞使用；這也形成孩子們自我評量造句的評量標準。全班的孩子們都通過了這項考驗，只有一、兩位孩子是再修正的，不過，再修正的孩子也得了滿分。

聽孩子說：「這兩個星期，老師都是在上課外資料的造句和摘取段落大意、全課大意。」孩子把〈說葡萄酸的狐狸〉「文本資料結構表」交給我看時，我還真的看不懂，為什麼是這樣上語文課的？問了許多在學校的老師，她們都說：「沒有見過這東西，只知道這是新式教學法。」聽說大學生不一定有能力完成這樣的作業，叫我放心地把孩子交給這一位老師。

我見過一張黃老師教過的二年級學生所做的〈樹的醫生〉「文章架構表作業」，和一份自己示範寫出結構表的「思考表白」，他把這當做作業示範，以電腦編輯成的文章結構表，由段落結構底下的「主題句」、「推展句」、「結論句」，往上層結構歸納出「這一段都是在說什麼」的段落大意；再由整篇文章架構的「原因段」段落大意、「經過情形大段」段落大意、「結果段」段落大意，往上層結構歸納出「全課都是在說什麼」的全課大意；如此清楚地剖析出一篇文章的形式結構與內容重點的結合。

黃老師寫全課大意的方法（以〈樹的醫生〉為例子示範）作業單：

樹的醫生

啄木鳥飛到樹林裡，停在一棵樹上。他看見這棵樹的樹葉，有些變得又黃又乾。啄木鳥想，這棵樹也許有病了，他要給樹治一治病。

啄木鳥先用爪子抓住樹幹，再用長嘴在樹幹上東敲敲、西敲敲。他的樣子，就像醫生給人看病。他敲到一個地方，發現聲音不同，知道裡面有了蟲子。他就把樹幹啄開一個洞，從樹洞中拉出蟲子來吃了。

啄木鳥把蟲子吃了以後，沒過多久，這棵樹就長出新的葉子來。啄木鳥真是樹的好醫生啊！

作者：林海音，台灣知名前輩作家，
發表於國立編譯館國小舊教材

一、我自己「寫出全課大意的思考步驟」如下（新手學生舊經驗）：

1.

2.

3.

4.

5.

二、金毛菊「寫出全課大意的思考步驟」如下（專家老師經驗）：

1. **文章的類型和基架**：我先把文章讀完一遍，判斷文章的類型和基架。

   (1) 文章類型：文章類型：這是一篇記敘文，屬於故事體的文章。

   (2) 文章基架：故事體的「文章基架」有「原因段」、「經過情形段落」、「結果段落」。

2. **區分段落**：利用故事體的「文章基架」，在文章中把「原因段」、「經過情形段落」、「結果段落」區分出來。例如這一篇故事的「原因段」是第一段、「經過情形段落」是第二段、「結果段落」是第三段。

3. **寫段落大意**：寫出每一段的段落大意：

   (1) 用各段段落大意的「基架」：「主角＋怎麼樣＋結果」，把「這一段都在說什麼？」的重點寫下來，就是段落大意。

   (2) 遇到困難時，我會提出問題來解出答案。例如：這一個段落中的提問有a, b, c：

   　　a. 主角是誰？（這一段的主角是是啄木鳥。）

   　　b. 啄木鳥怎麼樣了？（啄木鳥看見樹的葉子變得又黃又乾。）

   　　c. 結果呢？（他想這樹也許病了，他要給樹治病。）

   (3) 我會直接在文章中畫出a, b, c.的答案，並串成一句通順的句子，這就是段落大意。例如：

   原因段段落大意：

   　　啄木鳥看見樹的葉子變得又黃又乾，他想這樹也許病

了，他要給樹治病。

經過情形段段落大意：

　　啄木鳥用長嘴在樹上東敲西敲，像醫生給人看病。他發現聲音不同，知道裡面有蟲子，就把樹幹啄開一個洞，拉出蟲子來吃了。

結果段段落大意：

　　啄木鳥吃了蟲子以後，過沒多久，樹就長出新葉子來，他真是樹的好醫生啊！

4. **寫全課大意**：寫出這一課的全課大意：

(1) 用故事體的「文章基架」「原因段」、「經過情形段落」、「結果段落」，把「這一課都在說什麼？」的重點寫下來，就是全課大意。

(2) 遇到困難時，我會使用「提問」來寫出答案。例如：這一課提問有a, b, c：

　　a. 這一課的原因是什麼？（啄木鳥想樹也許病了，他要給樹治病。）

　　b. 這一課的經過情形是怎麼樣了？（啄木鳥在樹上東敲西敲，像醫生給人看病。他知道樹幹裡有蟲子，就啄開樹洞，拉出蟲子來吃了。）

　　c. 這一課的結果呢？（過沒多久，樹就長出新葉子來，啄木鳥真是樹的好醫生啊！）

(3) 我會直接在段落大意中畫出a, b, c的答案，串成一段通順的段落文字，這就是這一課的全課大意。

全課大意：

　　啄木鳥想樹也許病了，他要給樹治病。他先在樹上東敲西敲，像醫生給人看病。他知道樹幹裡有蟲子，就啄開

樹洞，拉出蟲子來吃了。過沒多久，樹就長出新葉子來，啄木鳥真是樹的好醫生啊！

5. **自我檢視：**自我檢視全課大意是否完整？是否正確？

(1) 我用故事體的「文章基架」「原因段」、「經過情形段落」、「結果段落」，來檢查我寫的全課大意是否包括「原因段」、「經過情形段落」、「結果段落」的段落大意重點。將描述「這一課都在說什麼」的重點時，「句子寫得是否通順」做一次檢查與修正的工作。

(2) 句子是否通順？要不斷的提問「主角＋怎麼樣，＋又怎麼樣，＋又怎麼樣，＋結果。」並注意加入一些「連接詞」讓句子更通順，同時也要注意標點符號的使用。

三、請你比較你自己寫大意的步驟和老師寫大意的步驟，有哪一些地方不一樣？

四、請自己按照老師寫大意的步驟，寫一寫〈說葡萄酸的狐狸〉這一篇文章的全課大意。

〈說葡萄酸的狐狸〉源自古代希臘的寓言作家，這是伊索寓言裡的一篇作品：

狐狸發現了一棵葡萄樹。

樹上長滿了一串串香甜、美味的葡萄。狐狸看著葡萄，禁不住用舌頭舔著嘴唇，心想：「哇啊！是好食物

哩！」

狐狸向上跳了幾次，總是搆不到，試了好幾次還是吃不到。

松鼠、兔子及小熊在旁邊嘻嘻地竊笑著。

「哼！這些葡萄還很酸，不能吃啊！」

狐狸不認輸地說著，然後垂頭喪氣地回家了。

大家都忍不住地捧腹大笑。

孩子說：「老師曾說過先以短篇文章來訓練摘取大意和做作者思考的分析，對文章架構的整體分析會比較容易上手。最後再提取這一些分析技能，類化到長篇的國語課文中應用，國中、高中、大學的語文學科都是如此類化。」

孩子也說，這是老師絕招中的基本功夫，她們很想趕快練完老師的「祕密武功祕笈」，所以在班上，他們會說：「武林大會上見，告辭！」

「媽媽，告辭了！」說完後，孩子就快樂地回到書房，我這當媽媽的還真的幫不上忙，真搞不清楚這是一個怎樣的班級。

3.

他請小朋友翻開翰林版本國語課本第一課〈小園丁回娘家〉。

他說：「請各組小朋友先默讀一遍課文內容，再進行小組討論『全課大意』，並把『全課大意』寫在黑板上。」說完話後，班上的工作進程即開始進行。

十五分鐘後，孩子們在黑板寫下各組的文字敘述討論。

　　第一組的討論寫著：「距離作者參加『小園丁回娘家』的活動，已經過了五年了，那時照顧小樹遇到了困難，並經歷了點點滴滴，有緊張的時候，也有害怕和快樂的時候，讓照顧小樹成為快樂的負擔，小樹成了他的知心好友，他們留下了深刻而甜蜜的回憶。」

　　第二組的討論寫著：「作者看到公園一片綠意，心中十分感動。回想五年前，作者認養了一棵小樹，他和小樹度過風風雨雨的心情潮起潮落，他認為照顧小樹是個快樂的負擔，小樹也成為他的知心朋友，並留下深刻而甜蜜的回憶。」

　　第三組的討論寫著：「作者擔任小園丁，一開始因為不知道照顧小樹的方法，當時作者非常緊張，趕快向爸爸求救，還好最後小樹並沒有死掉，所以作者才說，照顧小樹是個快樂的負擔，不過也因為這樣，作者和小樹成了知心朋友，讓作者留下了許多深刻而甜蜜的回憶。」

　　第四組的討論寫著：「這是作者第四次參加『小園丁回娘家』的活動，回想五年前，作者和姊姊一人認養一棵樹，成為樹的義工。照顧小樹的點點滴滴和困難，作者都一一克服了。小樹也就成了作者的知心朋友，小樹越長越高，一股喜悅和成就感油然而生。在造園過程中，讓作者有著許多深刻而甜蜜的回憶。」

　　第五組的討論寫著：「作者參加『小園丁造園活動』，作者成為照顧小樹的義工，一開始不了解小樹，去請教專家之後才了解了小樹，作者跟小樹成了知心朋友，讓作者留下深刻而甜蜜的回憶。」

　　第六組的討論寫著：「作者和姊姊種了一棵小樹，他們方法錯誤，所以小樹有一點乾枯，他們趕緊向爸爸求救，小樹終於

活過來了，小樹和作者成為知心好友，作者和小樹的回憶是甜蜜的。」

接下來黃老師也把教學指引上的大意答案寫在白板上：「作者擔任小園丁，義務照顧小樹的成長，隨著小樹的生長，體會不同的心情變化。」

接著他問孩子們：「這樣的大意和自己討論後所寫出來的大意，有什麼不一樣的地方？」

孩子們陸陸續續地回答著。「指引沒有注意到文章題目『小園丁的心情』」，有的孩子經同伴引導而說出：「也沒有寫出重要的心情，像快樂的負擔……像深刻、甜蜜的回憶，像緊張、快樂，像成了知心朋友」，這一些主動學習，都是讓黃老師感到欣喜的，更有孩子說：「結構不太正確，好像少了『原因段』和『結果段』的重點。」、「好像都只有寫出『經過大段』的大意而已。」

黃老師綜合著說：「你們都已經注意到書寫文章大意，要注意著文章結構的正確性與內容的正確性，你們也更考慮到文章題目與文章內容中的情感語詞，是如何放在大意之中的。這幾次的語文科上課經驗，正是讓你們建構並修正以前對『寫出本課大意』的評量標準，現在你所們根據的標準，可能又會因著一些新的觀點，而修正現在的類目，這就是學習與生活。老師喜愛你們這樣的表現，你們會去發現、推論，會用一句完整的話來敘述你們的學習。」

經過這樣的檢驗，小朋友已能判斷句子結構是否正確、承轉詞使用是否恰當、內容是否通順，所以在句型練習上可以自己獨立完成習作。

孩子們寫著句型練習第一題「……原本……只好……」，答

案是：「原本姊姊應該去考大學，因為突然生病，只好放棄，等明年再去考。」第二題「即使……仍然……」，答案是：「即使他遇到種種挫折，但他仍然一直堅持下去，越挫越勇。」

黃老師也預告，這一些技能將類化到第二課〈小雁媽媽〉的習作書寫，書寫「課文結構表」時，請在默讀完課文之後，以書寫大意的技巧，自己完成習作的空白處。另外習作上的「回答問題」第一、二題，也是以一句完整的敘述，自己獨立書寫來回答問題。本課結束之後，全班將欣賞一九九六年出片的電影《返家十萬里》（Fly Away Home），做為本課統整的延伸教材。

4.

第二課〈小雁媽媽〉：

十三歲的愛咪，原本跟隨著從事歌唱表演的母親，到世界各地演唱。由於一場無情的車禍，奪走了母親的性命，愛咪只好隨著已經分開九年的父親，回到加拿大的農場。（第一段）

這時候的愛咪，既要忍受失去母親的哀痛，又要面對新的環境，使她無心上學，整天在農場與樹林裡閒逛。農場附近，正在進行一項開發計畫，來來往往的挖土機，無情的將一棵棵大樹推倒。刺耳的母雁叫聲，劃破靜空，牠們驚慌的離巢，飛向遠方，卻不時的回頭，好像是在擔心什麼似的。（第二段）

有一天，愛咪在蘆葦裡，意外的發現一窩雁兒的蛋，

她知道附近正在開發林地，母雁因受驚嚇飛走了，牠恐怕再也不會回來照顧自己的小寶貝了。愛咪心中湧起一股同病相憐的感覺，她立刻跑回家，找到小時候媽媽常用的大圍兜，穿在身上，小心的將蛋放進圍兜裡，看起來就像懷孕的媽媽一樣。愛咪走回穀倉，在破舊的木箱中，鋪上乾草，再將蛋輕輕的放下，並且點亮電燈，這裡於是成為一個溫暖的窩。（第三段）

幾天後，小雁破殼而出，張開烏溜溜的小眼睛，來回走動，急著找尋食物的模樣，令愛咪充滿了驚喜。小雁在失去母雁的照顧下，仍然活力十足的樣子，更使愛咪發現了生命的喜悅，也找到了生活的動力與樂趣，因此她決定再回到學校去上課。（第四段）

這一窩小雁共有十六隻，經過愛咪不斷的請求，才得到父親的同意，讓她留下這群小雁。每天上學之前，她會細心的餵牠們吃東西，再輕輕的撫摸著每一隻小雁，並請在家中工作的父親幫忙照顧。愛咪時時擔心小雁吃飽了沒有？受寒了沒有？就像媽媽照顧子女一樣無微不至。放學後，愛咪帶著小雁走出家門，到草地上練習跑步。她在前面「ㄏㄟ！ㄏㄟ！ㄏㄟ！」的叫著，小雁就順著叫聲往前追趕。小雁長大後，愛咪為了進一步教小雁學飛，就請父親教導她駕駛輕航機。當愛咪駕著輕航機在前面滑行時，不斷的發出「ㄏㄟ！ㄏㄟ！ㄏㄟ！」的叫聲，小雁便會跌跌撞撞的緊跟在機身後面跑。愛咪不厭其煩的一次又一次陪著小雁練習展翅起飛，好不容易小雁終於學會了飛翔。（第五段）

秋天快要過去了，父親向愛咪說明雁的習性：如果不

讓牠們飛往南方，是無法度過寒冬的。於是愛咪和父親合作，駕著輕航機，陪伴這十六隻小雁，開始長途飛行。牠們一起飛過高山、小河，一起飛過城市、鄉鎮，歷盡千辛萬苦，終於完成了「過冬之旅」。（第六段）

第二年春天的一個傍晚，愛咪從窗台上，看到遠處有一群小小的黑點，越飛越近，黑點也越來越大；她幾乎不敢相信，原來是十六隻雁一起結伴北返。經過漫長的冬天，小雁都長成更高更壯的大雁了，牠們回到原來成長的地方，探望陪伴牠們一起成長的「小雁媽媽」。（第七段）

默讀完第二課「小雁媽媽」的課文之後，孩子們似乎在思索著什麼，他們都將頭低了下來。

黃老師留下十分鐘，請小朋友先自己寫出「習作結構表」的空白處，並開始提問：習作裡的「寫出課文結構」，結構表中的最上層寫著「小雁媽媽」；接著細分為第二層結構的三段，他將一位孩子書寫在空白處的段落文字一起呈現再黑板上。第一段習作已先寫好「愛咪發現雁兒的蛋的經過」，第二段先空白（愛咪陪小雁成長的過程），第三段習作也先寫好「小雁的南飛和北返」。最底下的是第三層，分別由第二層的每一段分出平行的三個格子；例如：第一段底下的第一格是空白（愛咪因為失去慈母，所以回到加拿大，但是卻無心上學，整天閒逛。），第二格是「農場附近進行開發，母雁被迫離開自己的蛋」，第三格空白（愛咪發現雁兒的蛋，在經過爸爸的同意後，把蛋帶回家。）。第二段底下的第一格是「小雁的出生，讓愛咪找到生活的動力」，第二格是「愛咪像母雁一樣，細心照顧小雁」，第三格是

「愛咪教導小雁跑步和飛翔」。第二段底下的第一格是空白（愛咪和爸爸陪野雁們展開「過冬之旅」），第二格是「第二年春天，雁兒們飛回來探望愛咪。」

書寫完之後，他請各小組討論檢驗黑板上的段落大意是否正確。檢驗的標準是依據伊索寓言〈說葡萄酸的狐狸〉課外補充文本資料中，黃老師一步步地陪小朋友一起完成摘取段落大意、全篇大意的語文技能目標。那時，他常會問孩子們：「你們根據什麼標準或憑什麼結構，來判斷你們的段落大意書寫是正確的、完整的？」

因為那兩個星期的語文課學習，班上的六個小組常凝聚在句子和大意的焦點上做小組討論，小組討論中，常聽到同學們說：「你根據什麼標準這麼說？」、「你依據什麼結構，來判斷你的說法是正確的、完整的？」

這符合希臘哲學家蘇格拉底的「詰問教學」，他把這詰問放在一個小型社會裡實施，小型社會中的政治學、社會學成了一個縮影，孩子們獲得的資產即是「生命成長」，這是個人的生命課題，他們樂意看到自己有能力做判斷、做決定，也樂意看到自己有能力關懷友伴的學習。

下課前，孩子會被問到：「你覺得這一節課有收穫的舉手？」、「你學到了什麼？」、「你看到了什麼？」、「全班同學請閉上眼睛，把你的學習回憶組織一遍！用意象圖片或用『概念階層圖』組織！」、「你今天的學習快樂嗎？是哪一方面的快樂？」

這兩堂語文課，只見黃老師開始退居幕後，他在小組中穿梭走動，提醒孩子的生活語言使用，是否像文章中的「愛咪」一樣，鼓勵、關懷、支持、陪伴。

他看孩子們自己先寫完習作中的「回答問題」，再應小組長的邀請，參與小組討論，每個人的答案有些微不同，但答題結構必須正確，主要的重點內容也必須書寫出來。他繼續在班級的角落穿梭，隨時提供必要的支持。

　　第二課習作「回答問題」第一題：為什麼愛咪看到小雁破殼而出後，就願意去上學？（筆述）

　　「因為當愛咪看到小雁張開大眼睛時，發現了生命的喜悅，就願意去上學了。」

　　第二題：愛咪陪小雁成長的過程中，哪一個過程最令你感動？（筆述）

　　「愛咪像母親一樣，無微不至地呵護小雁，讓我好像有慈母在身旁一般地感動。」

　　當他受不了孩子們的激情時，便會脫口而出：「愛咪！不要這個樣子，這樣的語言會傷害小雁的幼小心靈！」有時，他還會一邊走一邊念念有詞：「被愛是幸福的！愛人是幸福的！愛與被愛，都要有慈悲的心情和智慧。」

　　他是故意說給大家聽的，孩子們會故意瞪他。

　　他也樂此不疲地說：「喔！我幼小的心靈受到嚴重的……創傷！你們救救我吧！安慰一下下也好！」

　　「你很壞耶！」

　　「我們在討論耶！」

　　「不要吵啦！」

　　「自己到旁邊玩去！」

　　這是孩子們的回饋，這時，他覺得自己是一隻老狗了。

　　放學後的導師室燈還亮著，他照例沖了一杯咖啡，批閱著孩子們今天討論的的習作。

有一、兩個粗線條的孩子，會在半個小時後回到教室拿作業簿，孩子會笑著說：「我忘記帶了！」

5.

九月十二日星期一，作業：一、數學課本練習一。二、數學五星級題目作業單。三、家長閱讀〈向自己說聲：「我很好」〉文章。「黃老師：你今天說：『我只教六年四班一年而已』，是什麼意思？」

老師寫著：「六年級才當他們的老師。」

九月十三日星期二，作業：一、準備數學第一單元平時考。二、國語作業簿乙本第二課生字。三、預習數學第二單元內容結構表。「黃老師，為什麼你是『幼小』的心靈？而我們是『茁壯』的心靈？」

老師寫著：「我天真、活潑又可愛嘛！你們年輕有為嘛！」

九月十四日星期三，作業：一、數學習作乙本第一單元自我測驗。二、國語習作第一課寫出本課大意修改。「黃老師，你如果很天真，那你能想出五星級的題目，才怪！」

老師寫著：「天真、有智慧，老子和莊子都是如此！」

九月十五日星期四，作業：一、國語習作第二課完成。
二、數學習作甲本第二單元算算看四題。「黃老師，今天
我好爽！因為我看到林政藝扭屁股！」

老師寫著：「哈！哈！」

九月十六日星期五，作業：一、國語生字簿第三課。二、
吹直笛練習「山上的孩子」。三、體驗國語第二課作者用
詞的情感與情緒。「黃老師，你是因為李宗憲和大頭跳舞
SPA機器才修理的嗎？」

老師寫著：「沒有啊！」

九月十九日星期一，作業：一、數學課本第二十二至
二十三頁（練習二）。二、數學習作甲本第十七至十九
頁。「黃老師，你今天給李宗憲『抱抱惜惜』後，是不是
要去買奶嘴呢？哈！哈！哈！」

老師寫著：「還不準備他的特殊教學用具？」

九月二十日星期二，作業：一、數學習作乙本第二單元自
我測驗。「黃老師，今天你出的挑戰題，我解答的方式是
參考星期五你出題用的列式喔！」

老師寫著：「成功！你很聰明耶！」
我朋友的孩子則寫著：「老師，數學第一、二單元，我都了

解了，我原本以為很難。」

老師回了：謝謝你的認真學習。」

國語課時，孩子們也要求玩「飛車遊戲」，黃老師說：「你們的程度開始深不可測了，我要小心一點，要不然又要輸點心了！」

李宗憲一直挑釁著說非玩「飛車遊戲」不可，直接對黃老師說：「那玩『總統級套房』的題目好了！」

這下子，黃老師就有興趣了。他們先決定，獎品是學校拐彎處賣的台東市津芳牛奶冰棒，而且全班決定一起挑戰老師。

黃老師露出被欺負的無辜表情說：「三十四個優秀的孩子欺負一個老頭兒嗎？」

全班孩子發出夏天群鳴的青蛙聲響，喉輪咕嚕咕嚕地說：「讓你瞧瞧什麼叫做超人內褲外穿的厲害。」

「上完學校的生理課程之後，變得更健康了唷？」黃老師做出槍手的姿勢，指著班上的任何一個角落，揶揄著說。他請孩子準備第二課的文章，五分鐘後即刻開打，並且說明小組可以互相提示重點、互相補充內容、互相討論。

這時的班上變得鴉雀無聲，針對文章猜測老師的出題動向，誰都想一鳴驚人，讓老師刮目相看地敗下台來，這遊戲充滿著競爭、刺激、騷動，和群起的小型社會革命運動。

第一個挑戰題目是：「愛咪為什麼要照顧小雁？照顧小雁的過程和她的人生經歷有什麼關係？」一說完題目，黃老師得意地、嗤嗤地笑著，一副會把人問倒的神氣樣。他還說：「光聽題目，就知道是只有偉人才想得出的問題，哈！哈！哈！」

坐在第一組的江佳悅站起來說：「愛咪的遭遇和小雁一樣，他們都失去了母親，但小雁還是很堅強地活了下來，小雁們天真

活潑的樣子，讓愛咪發現了生命的喜悅！」

老師和全班同學屏息地傾聽她的看法，不甘示弱的老師又接著問她：「如果妳是愛咪的話，妳在照顧小雁時，會唱哪一首歌給牠們聽？」

「天上的星。」江佳悅直接說道，完全沒有思考。老師請她唱出來，她蹲了下來，拇指抵住下顎、食指撫著臉頰，思索該如何表現這樣的感覺，學小提琴的她，對自己的感覺呈現是有一些要求的。她找到自己要的感覺之後，便哼起這首歌來，班上的同學都專心地聆聽著這旋律，黃老師嚥了一口口水，心有戚戚焉地問全班的孩子們說：「感動嗎？」

「感動！」孩子們異口同聲地回答。

他看著大家，然後說：「被這旋律感動的人，請舉手！」

全班的孩子們都高高地舉起手，支持江佳悅的演出，說：「很感動！」

這時就等黃老師說話了，他故意放慢聲音、放慢動作，舉著右手說：「沒想到大家和我一樣，都被這旋律感動了。只有感動才是生活的開始，只有這樣才能進入愛咪的內心世界。所以……老師……輸了六枝冰棒。」

全班的歡呼聲，在老師的示意下停止了，因為後面還有五組的挑戰，能不能過關？孩子們也正緊張著。

6.

第二組的代表徐朝霞站起來說：「小雁和愛咪都失去了父母親的愛。」黃老師聽完，一臉的疑惑問道：「愛咪有失去父親

嗎？」

她說：「愛咪四歲的時候，爸爸就不在身邊，她跟著媽媽到處流浪、唱歌，直到現在十三歲了，才和爸爸重逢，回到加拿大的農場。」

他同意這推論性的說法，並且轉為驚訝的表情對全班說：「徐朝霞竟然發現我們未在文章中發現的細節，老師真佩服她的看法。」

黃老師繼續問道：「你可以為我們表演愛咪看到雁鳥蛋時的神情嗎？」

她表演了，但動作太快了，組內的楊閔靖起來補充這個動作，經過老師的引導——慢，再慢，再慢！她漸漸有了慈母呵護的眼神。這時，他跳起來拍著桌子說：「通過，我又輸了！」

他有點兒不服氣地用食指拍著桌子，冷笑著說：「我怎麼老是輸給孩子們呢？嘿！等一下長途飛行的時刻，你們不怕摔下來啊？還笑！」

孩子們搖動了一下桌椅，說話有點壓死人地回答：「你還不是高掛在天空，掛了！輸了！」

第三組的呂筱伶露出四處打量的眼神站在位子上，等候老師的提問；老師立刻走到她的眼前，問道：「愛咪為什麼要去做這一件事？」

呂筱伶很自然地說：「愛咪有一種同病相憐的感覺。而且她覺得自己有能力照顧牠們，她想要扮演一個母親的角色，給小雁們一個溫暖的窩。」她看著課文，串出她想要表達的話後，攤攤雙手，放下課本。

黃老師追著問：「那愛咪為什麼從無心上學到願意上學？生命的轉折為什麼這麼大？」

呂筱伶充滿感情地說：「因為她是牠們的媽媽，她要做一個好榜樣，所以才願意上學的。」

　　黃老師問：「你的意思是說：她正在做一種示範教學？」

　　「是的。」呂筱伶把話修整得很簡短。

　　黃老師好像提著籃子要撿雞蛋似地，靠近她的身旁說：「請問她做了什麼示範？」

　　她大斧一揮似地說：「愛咪要示範生命是有希望的，有生命的喜悅，有生命的動力與樂趣。」

　　黃老師也不想再極力反駁，用不屑的表情對她說：「妳的回答，是故意在對我做示範教學嗎？」

　　「我不敢，你是『五星級』的老師耶！」她的回答，讓各組的孩子們踩腳叫好。

　　黃老師遙望著天空，然後做出嚴峻的神情，說：「過來！」孩子們知道，他又要搞笑了，全都憋住氣，以免斜飛出去的笑聲只能抓住笑料的尾巴，豈不可惜。

　　呂筱伶走到講台上，黃老師瞪著她瞧，說：「為何你的回答總是令人忌妒！」孩子們像飛回熟悉的故鄉一般，玩了好一陣子，演奏著這樣的旋律：「忌妒！忌妒！忌妒！讓人忌妒！」

　　「呸！沒了。」

　　這是他們的教室和聲。

　　「連忌妒她說得這麼好，也要輸掉五枝冰棒！天啊！」

7.

　　黃老師知道一次只能背一個小組成長，一個小組只能先背一

個人長大，這樣孩子們才能拍動小翅膀，學習飛翔，完整地飛完一個小歷程，就像技能學習的目標，孩子們自己先做一遍技能的「舊經驗現場重現觀察」，再看著老師做一遍技能的「印象派融入觀察」，接著比較自己的動作技能和老師的動作技能有何細微的差別，再分析歸納出學習重點，進而按照老師的要求和細節，一步步地跟著做出正確的動作，再則一邊自我練習，一邊接受老師的臨場指導練習，最後是孩子們的完全獨立練習，隨時回到老師示範的基模印象，察覺、感覺、自我檢驗、自我判斷，自己決定自己的學習成果，最終還要提醒孩子們：回到舊經驗的現場重現，突破老師所給予的限制，追求自我的藝術表現。

「眼睛、耳朵……」

「看老師！」孩子們說著說著，抒情的眼睛也跟隨著老師那修長的手，溫馨地轉向了第四組。

吳茜馨偶然的鎮靜，偶然地露出笑容，老師有時候要她多彩多姿的表情和動作不要太響亮，有時還要她繽紛地表演「阿奶奶跳迪士可」的年輕活力舞蹈，在這個十幾坪大的空間裡教學、學習八個小時，總要穿插一些不讓氣氛枯萎的現場表演，怪誕，也可突破象牙塔似的生活。她早已站著準備接受老師的提問與逗趣。

「阿嬤。」

吳茜馨一邊回答一邊跳著輕步迪士可，一邊擺動無需計較的直接動作，在座位旁跳著、笑著。全班的笑容，像無枝可棲的落葉一般，全散落在俊秀的臉上。幾個孩子抗議著：「老頭兒，別鬧了啦！」、「又來了，完了！」、「吥……沒了！」

他一回身，剛才還停留在臉上雲彩般的天真模樣，讓孩子百讀不厭，孩子就是對他陶醉的演出好奇，他裝出幼小心靈又受到無情傷害的無辜神情，向全班問道：「我在做什麼事？」

孩子們又急又氣，不想放過他，希望老師知道今天的他，是「從頭到尾輸到底」，他們喜歡親眼看到，一個人逍遙地提出「五星級」的題目，逍遙地輸掉兢兢業業心情後的那一種情境，說著：「你又要輸了啦！別故意拖時間，快啦！」

　　他本來還想藉引經據典來遮蔽自己的不情願，卻再也無法在行跡敗露中自圓其說，只好問吳茜馨說：「好！那在文章的第五、六段裡，愛咪在做什麼事？」

　　「愛咪要細心地照顧小雁，無微不至地呵護著。還要教小雁學習跑步和學習飛行。」

　　這時，同學們鼓舞著，如影隨形地說鬧、叫喚著：「迪士可！迪士可！迪士可！耶！」

　　「這……重要嗎？」他仍不忘記自己的威風，已從輸掉五支冰棒時開始消失，繼續追問她。

　　「重要！因為愛咪已經考慮到小雁以後要自己獨立生活、要自己找尋食物，所以除了照顧小雁之外，還要教導小雁。」

　　「妳的意思是說：除了照顧，還要考慮到教學，讓小雁獨立嗎？」

　　「是的，老師！」她優雅地歪曲雙腳，做出了一個小小的舞蹈動作，露出了得意的神情，輕輕地說著。

　　「啊！」黃老師張嘴發出了這樣的聲音。

　　「完了！」孩子們接著這澄清後的緩慢曲球，齊聲回著老師。

　　「來吧！獨立的孩子！」他的指揮之手一揚起，全班開始合唱著：「獨立的孩子，獨立的孩子，都沒有穿褲子！」

　　「好！我輸了！為我唱一次討厭的孩子！」他繼續指揮著這個班級。

　　「討厭的孩子！討厭的孩子！都沒有穿褲子！」

他握著拳頭，教室的「乖乖合唱團」隨即在指揮的動作中鴉雀無聲。他示意第五組的代表站起來，廖品昱樂得對老師笑著，雙手撐著桌面站了起來。

8.

「經過一段長時間的情感培養之後，要面臨分開是痛苦的，愛咪就這麼忍心放手嗎？為什麼？」

他順著潮流，壓低情緒地為愛咪抗議著，表演著「晴天霹靂」的重複動作，艱難的步伐透露出無比的失落。他從講台上走下來，站在同學們的面前，無力的問道：「為什麼你要離開我？品昱！」

廖品昱推開黃老師的手，調侃地說：「你弄錯了！是小雁們！」

「喔！我找錯對象了！」他也笑著拍廖品昱的肩膀說：「別鬧了啦！請回答問題：愛咪如果把小雁們留在身邊，還是可以想出辦法來幫助牠們過冬的，沒必要做長途旅行、沒必要冒險，那她為何還要這麼做？」

「因為小雁們還是要面臨獨立啊！而且依照小雁的習性，牠們也要南飛，以後還要帶牠們的孩子做『過冬之旅』。」

黃老師循著回答的線索追問著：「那麼，這一段路程，有什麼才是重要的？請從文章中找出作者寫作的重要字眼。」黃老師這個深奧的問題，讓他不禁暗笑著。

「陪伴。」廖品昱在文章第七段中尋找，這一組的同學也躍躍欲試地，偷偷說出「陪伴」這個詞語，廖品昱更有信心地堅

持，就是這兩個字。

黃老師請孩子們回家查「陪伴」的字詞解釋，並說明全班看電影《返家十萬里》時，會親眼看到影集中「陪伴」這兩個字的具體演出；從愛咪的媽媽和愛咪的相處過程、愛咪的爸爸和愛咪的相處過程、愛咪的爸爸和朋友之間的相處過程，尤其是愛咪和小雁們的相處過程中，我們可以看出人與人之間、人與動物之間最可貴的感情。

他還補充說：「因為有你們水汪汪的眼睛陪伴，老師又輸了！唉！從未經歷過的一路輸到底。」這樣的話，孩子們總認為是「順應天理」呢！

9.

剩下第六組的挑戰了，廖妤姍準備著。

黃老師問道：「只問一個外表簡單，其中卻充滿深意的題目：小雁為何又飛回來探望愛咪？這成何道理？」

「第一個理由是，依照小雁的習性，牠們要北返過冬。第二個理由是，小雁們把愛咪當成自己的媽媽了。愛咪的媽媽被奪走生命之後，讓愛咪幾乎不敢相信這是事實，而當小雁們飛回來時，愛咪也是幾乎不敢相信地驚喜著。」

「從此他們就過著幸福快樂的日子囉？」

「嗯！」廖妤姍自己也感動著。

下課放學的鐘聲正巧響了幾聲，黃老師也簡單地宣佈說：「嗯！我輸得好慘啊！明天吃冰棒，下課。別忘了桌面和門窗的清潔，要不然就帶你們去做『過冬之旅』！」

教室小說工房

　　這一天頗令人羨慕的，班上只有一個老頭兒喃喃自語著，十幾個孩子湊過來逗趣地問說：「明天，別忘了吃冰棒，再見。」、「什麼時候看電影？」、「要講義氣喔！」、「五星級的孩子吧！」、「明天要游泳嗎？」、「下次玩什麼題目？」

　　他一邊收拾課本、習作，故意裝作不想理會他們，一邊聽這些玩笑話，一邊說：「你們今天的表現統整一下，叫做：『你們很煩！』」

　　「老師，我們好愛你……的冰棒，再見。」孩子們卻滿意地對他露出頑皮的笑臉。

　　這樣的一天，連窗台上正在溫習午後暖陽的馬蘭花，都對著秋風微笑呢！

愛戀教室小說寫作

1.

　　陽光在初秋起得晚了，學校後面的教師宿舍庭院，依舊綻放著九重葛的粉紅色、白色花瓣。黃老師走出宿舍門口，看著自然生長約一公尺高的鐵線蕨，看著春天冒出新株的孟宗竹，一天一天爭取著光線、向上伸展的枝葉。青斗石鑿成的圓形石盆裡，種著圓形小綠葉的銅錢草。庭院的地面是石塊和泥地併合的實用裝飾，高高低低，微微起伏著波浪。陽光從四處灑下來的影子，常在此處交疊著語言，隻影婆娑地愛說話，像教室晨掃之前的模樣，穿梭著許多話要說。快樂和吵鬧交織成清晨的變化。

　　黃老師走進教室，還保有著昨日的教學喜悅。他一進教室，呂筱伶和徐朝霞早已拿著日本古銅色手沖壺，控制著出水量，以穩定的手感沖著肯亞AA咖啡豆，這是老師來到教室的第一杯「鼓勵」。她們習慣這樣的生活儀式：老師邊喝咖啡邊看家庭聯絡簿，見到驚訝的生活短詩，這時老師會喊停，全班的孩子們就轉頭側耳聆聽他的朗誦：「透過，／／點點陽光，我逆著那道光，／／譜下夏天的詩篇」。

　　朗誦著孩子們每天寫在聯絡簿中的生活短詩，這空白小方格的生活現場寫作作品和不同莊園產區的精品咖啡，將一天的教

學開幕序曲，綴點出陽光一般的臉，他們有一句共同的語彙——
「活在陽光中的味道……真美。」

2.

昨天的回家功課，老師寫著：

> 九月二十一日星期三，重要事項：從頭到尾做好一件事，
> 是偉大的工作態度。作業：一、準備數學第一、二單元試
> 卷評量。二、訂正數學習作乙本第二單元。

我的孩子在溝通事項欄寫著：「黃老師，今天我去看表演有
看到你喔！」

老師寫著：「Thank you！天鵝的動作美吧！」

我朋友的孩子則寫著，「老師：我對這次的考試很緊張。」

老師回著：「我也是。哈！哈！」

九月二十二日星期四這一天，他除了請孩子們吃冰棒之外，
也請孩子們比較國語習作第九頁、第十六頁不一樣的地方，這兩
頁同樣都是「寫出課文結構」，為何示範的樣式不同？

第九頁是歸納文章的主要內容重點而寫出來的，第十六頁則
是提出綱要重點。

黃老師請孩子以第九頁歸納文章主要重點內容的方法，摘取
出本段段落大意的方式，來書寫第三課第一段。（這是翰林版本
五上第三課〈湖邊散步〉，「變色龍詩人」劉克襄的作品。）黃
老師在白板上紀錄著：「作者和爸爸到小波湖散步，看到許多冬

天的野生植物，非常懷念這裡的優美景色。」而第十六頁的國語習作本上的示範寫著：「描寫湖邊植物所呈現的景色。」

究竟這兩種課文結構的書寫方式有何不同？

孩子們經過老師的提點，倒也發現，這真的是不一樣的課文結構寫法，這個提問倒像曾經引吭高歌的曲子，落幕後的音符停止時，只留下令人若有所思的氣氛，交疊的情緒分不清所以然來，從善如流的孩子只好用漫長的眼神來來回回，望望同學也望望老師，希望老師又有一攤子的見識，像清晨菜販子擺在菜市場的菜樣，形形色色的姿態與吆喝聲宣說著鮮綠，讓這早晨有讀過藍天白雲一般的悠哉。

他此時對孩子們的詰問與待答時刻，像菜農剛灑下的菜種子，配合水分與溫度，把時間亮在陽光下守候，用思考的季節，慢慢穿起思想交織瀰漫的分析閱讀，等待一株嫩白的細莖撐破時間、等待知識的缺席、等待可能透露的線索與推論。時間會容許成熟的果子，由青澀轉黃、轉紅，這是一段成長的歷程。黃老師等到孩子們都全神貫注後才說明著：「如果把這兩者先分類成讀者的角度與作者的角度來分析的話，讀者的角度，就是你們書寫段落大意主要內容重點的技巧，交代作者都在說什麼的重點內容，細節重點和情緒語詞是不可以忽略的，所以我寫了：『作者和爸爸到小波湖散步，看到許多冬天的野生植物，非常懷念這裡的優美景色。』

若是作者的角度，就是習作上的示範，交代著作者要寫什麼事件，用大綱的書寫方式寫著：『描寫湖邊植物所呈現的景色。』也就是說：作者都在寫什麼事件？」

「這兩種書寫課文結構的方式，一個屬『陳述性知識』，偏向書寫段落的內容重點，敘說者交代了『是什麼？＋怎麼樣？＋

結果。』的完整內容敘述。而習作上的則屬『程序性知識』，偏向書寫段落內容的大綱骨架，是作者的『寫作大綱思考基架』，作者交代了『是什麼？』的事件綱要。」

「這一課的作者『寫作大綱骨架』還可以更簡單的寫著、畫著簡單的概念上、下階層結構圖：小坡湖生態：第一段湖邊植物、第二段前湖邊動物。湖邊活動：第三段後撿垃圾。湖邊散步感想：第四段踏實快樂的生活。」

孩子們這時更明白讀者的閱讀角度與作者的寫作思考角度，是可以視不同的需求而轉變書寫結構的，一個是閱讀的生活應用，一個是寫作的生活應用。黃老師把這兩種書寫結構，以「概念階層圖」的樣式，呈現在黑板上，最上層寫著：「文章全課大意」，第二層是：「文章文體基架」，第三層是：「文章段落綱要」，第四層是：「文章段落大意」，第五層是：「文章段落基架一格，由三個小格：主題句、推展句、結論句所組成」。「主題句」、「推展句」、「結論句」底下則是寫出完整的句子。而句子的基本結構，則是另外在上課內容中，配合習作的造句練習兩種類型：有承轉詞和刪節號連接的形式句，例如：「……因為……所以……」，與直接呈現課文內容的內容句，例如：「懷念」。

他把這做為這兩堂國語課和之前第一、二課語文訓練課程的綜合統整，並且對全班的孩子們說：「這是語文教育閱讀課程藍圖裡的基本功夫，從這一張金字塔般的『閱讀概念階層表』，轉換成『寫作思考基架表』，轉換成聽與說的『思考基架表』，甚至類化成面對國中多重科目的『各科讀書方法基架表』。這是把國語科當成一個良好的工具，發展出一套適用的讀書方法，應用這做為整理其他學科內容的工具，稱為『工具學科』。但語文

學科的一項重要任務，是體驗不同作者，在面對生命、體察生命的思索與內涵，我們藉著文學作品品嘗生命，體會作家的人文素養，思考著我將要成為一個怎樣的人。」

「這是語文科作為一個『內容學科』來看待的教學歷程，我們在第一課〈小園丁回娘家〉、第二課〈小雁媽媽〉的內容深究中所提列的問題討論，就是在接觸作者的內在生命世界，也因此，我們的教學生活開始厚實了、豐富了，我們以虔敬的心情領受著被教導的幸福感覺。」

「老師看著你們如此融入文章裡討論，我也被你們教導了，我的教學體會和教學成長，是你們送給我的，而我也很努力。謝謝！」

3.

有時黃老師不知道在笑些什麼，不過，這層面紗慢慢清晰可見了。

他繼續他的課堂教學，說：「至於怎麼把安排好的『寫作基架』轉換成一篇文章，讓文章的結構正確、內容正確，讓文辭豐富優美、文辭情感表達合宜、文辭生動活潑、文句摹寫具體、文章思想內涵的意境、表現出人生意義與生活體驗的真實感，這是需要更多寫作技能來協助自我寫作探索的。」黃老師答應孩子們，他將協助他們寫出六千字的小說或生活故事。

廖好姍早就想練習寫小說了，她朝著自己的夢想琢磨，傾聽老師方才的這一段話，她的內心已開始寫下小說稿的文題：「亞特蘭提斯之謎」。第一句開頭語，在內心書寫著：「亞特蘭

提斯『轟』地一聲沉到了海底，我們再也看不到它美麗的樣子了……。」這孩子走在放學後的教室長廊上，深長的一條路，亞特蘭提斯的傳說故事，挪動著她的每一步思緒，閒遊在校園的每一處景物間，她希望和老師對看的那一眼，就是從「亞特蘭提斯」開始的傳說故事。

這一天的作業是寫完國語習作第三課。

「黃老師，如果全班寫得出六千字的小說，那你不就破產了嗎？」

老師寫著：「這是總統級套房級的功課，哪有這麼簡單呢！哈！哈！」

我朋友的孩子則寫著：「老師，我今天太晚起床，差一點遲到。」

老師回了：「哈！做什麼事呢？」

九月二十三日星期五，這一天像映著昨天一樣，孩子們極為專注，連呼出來的鼻息，都充滿想寫小說的生機。

黃老師警戒地說：「今天是可以證實書寫小說其實並不難的日子，只要我們懂得用文字造句，翻譯大自然的現場現象，像學會上網的技巧，就可以在網路世界舒張自己的知識需求、生活需求一樣，簡便地認領自己的依戀。需要現在給你們這可以銜接寫作的伺服器嗎？」

「忌妒！忌妒！你又讓我們很忌妒！」

「拜託啦！」

孩子們只想快點種植一個不一樣的世界，誰都不想在小說的世界裡出局，因為老師張羅著一個計畫，只要全班五分之四的小朋友寫完五、六千字的小說稿，他們即將去露營，探訪大自然的世界，登記一個夜遊的出航計畫，想到這兒，孩子們就興奮地朝

著第一個夢想展開雙臂。

「好吧！我們來一段寫作的摹寫技巧，老師稱他為『小三毛』摹寫技巧！」說完，他就在白板上畫出一個小人物的圖形，再看看孩子們，問道：「這個人物少了些什麼？」

孩子們說：「眼睛！」

他這才依據孩子們所說的，在這小人物的臉上畫了兩個小圈圈，代表眼睛，然後問：「做什麼用途？」孩子們直接地說出：「看東西。」他又持續追問：「這個小人物身上還需要畫上哪些東西？」

「耳朵！聽聲音。」、「鼻子！聞味道。」、「嘴巴！嘗味道。」、「手、腳！做動作。」、「皮膚！接觸刺激。」、「服裝！打扮自己。」、「頭腦！想事情、想像世界。」、「心裡！感覺情緒變化。」

孩子們共同合作，說出了「看、聽、做、觸、嗅、嘗」的外在摹寫技巧：「看到什麼主角？」、「聽到什麼聲音？」、「做了什麼表情動作？」、「觸摸到什麼感覺？」、「聞到什麼味道？」、「嘗到什麼酸、甜、苦、辣的味覺？」與「感」、「想」的內在摹寫技巧「感覺到什麼心情？」、「想到什麼過去、未來、現在的可能小事件？」。

黃老師也強調，寫作者藉助自我對摹寫技巧的提問，可以幫助自己具體地描繪現場事件、描繪現場景物，一般的寫作者較少注意到「嗅覺」、「觸覺」、「味覺」，請小朋友在寫作中可以加入這類別。

他把這一些摹寫技巧畫成一張「資料儲備表格」，橫向寫著「寫作摹寫技巧」，並在上頭畫了一個「小三毛」的小人物，「摹寫技巧」的底下分為「看（視覺）」、「聽（聽覺）」、

「做（示現表情動作）」、「感（心覺）」、「想（心覺）」、「皮膚（觸覺）」、「嘗（味覺）」、「聞（嗅覺）」等八大類別。

縱向寫著「主角選擇」，分類為「主角一」、「主角二」、「主角三」、「主角四」……他開始做示範了，從窗台前拿來一盆馬蘭花放在講桌上，告訴孩子這「馬蘭花」是第一主角，這裡有現場環境，環境裡有陽光，是第二主角，秋風是第三主角……，主角是寫作者的選擇，每一個主角都是有生機的，都有表情動作，都有「看（視覺）？」、「聽（聽覺）？」、「做（示現表情動作）？」、「感（心覺）？」、「想（心覺）？」、「皮膚（觸覺）？」、「嘗（味覺）？」、「聞（嗅覺）？」的具體表現，另外我們之前學過的句子結構與這裡結合應用。

現在，老師請一位小朋友示範「馬蘭花」的現場口頭寫作，林易帆被老師指定示範，他像個侍衛般小心翼翼，因為寫作必須維持創造性和良好的品質，他知道，親自去做觀察與描寫，是跟平常說話不一樣的，他要求自己依據摹寫技巧的「資料儲備表」，盡量說得詳細一些，他需要不斷地自問自答：主角一（馬蘭花）做了什麼表情和動作？主角二（葉子）做了什麼表情和動作？主角三（花穗）做了什麼表情和動作？

黃老師指著「資料儲備表」中縱向的「主角一」，又指著「資料儲備表」橫向的「表情動作」，協助他口頭表達。他斷斷續續地說著，如刻印章一般，在一、兩公分的方寸之間小心翼翼、欲言又止地敘說著：「雪紫的馬蘭花在風中搖曳著，她那互生的葉子在風中搖擺，就像是舞者在舞台跳舞一樣。她那黃色的花穗在風中散開淡淡的香味，讓蜜蜂和蝴蝶飛過來搬花蜜，那優美的馬蘭花在風中充滿了色彩，也為教室增添了一股新的生命

力。」

等他說完，全班同學們都說：「民族救星，林易帆先生！酷呆了！」、「忌妒！忌妒！」

這掌聲可得來不易啊！

黃老師豎起大拇指，對著他說：「好孩子！這下子引起同學正面的回應了。不會把你的名子說成：『你很煩！』了，一個字送給你：『帥』。」然後又湊到他身旁說：「ㄟ！說真格的，你剛才在口頭描述的時刻，心臟有什麼變化？」

他說：「從剛才到現在都一直蹦蹦跳著！緊張死了。」

黃老師故意逗他說：「像不像又愛又怕受傷害？」

林易帆露出鬼魅般的笑容。

黃老師又問道：「你覺得自己很神嗎？作文突飛猛進了嗎？」

「沒想到自己的作文可以這麼好！」他直點頭說。

「我也沒想到會上網的技巧，就一下子接觸到全世界了呢！」黃老師也跟著說。

「接下來的時間是：天下沒有白吃的午餐，現場寫作考試兩節課，開始。」

孩子們走到講台看看花朵、摸摸葉子，呆坐冥想，黃老師看著他們書寫。

劉柏松寫著：

> 晨曦初上，大地閃耀著金色光輝。美麗的馬蘭花悄悄地開在寧靜的附小，開在笑聲迴盪的五年二班……

呂筱伶寫著：

粉紫色的馬蘭花，正輕輕地利用她那優美的聲音，吟出既好聽又有學問的詩句。另外，跟隨她的深綠色葉子也與她一樣，不同的只是，葉子則是隨風搖曳、翩翩起舞……

廖妤姍寫著：

　　秋天帶來了一陣陣的寒風，馬蘭花紫色的蕾包一點一滴地張開了。有一些等不及的花已經開了，雖然跟媽媽一直勸她們再睡久一點，可是她們卻說：「沒有關係，媽媽妳以後還可以生女兒啊！所以說，我們要快快開花，快快當媽媽，讓老師更喜歡我們。啊！老師來了，快！快！快！不要再說了。」馬蘭花的談話到此結束……

徐朝霞寫著：

　　在中秋時，陣陣的秋風徐徐地迴旋在馬蘭花夫人的裙襬，她穿著淡雅的淺紫色禮服，戴著一頂明亮的黃色中散發著綠色的天鵝絨綿質帽，身上並沒有濃濃的香水味，只有復古的味道，但並不是只有很有氣質的馬蘭花夫人，還有最年長的大姊姊，一身玫瑰淡紅的精緻蕾絲的高貴洋裝，伴著她那頭金色亮麗的頭髮，不得不讓人多看一眼……

　　黃老師看著這些片段的文字稿，讓他想起六年四班的孩子們當時書寫孤挺花的情景，讓他有股說不上來的甜蜜。那時陳賢揚

傳回來的E-mail文稿，定題為「太陽照射在花瓣上」。

　　太陽光亮的光圈照在那朵西洋孤挺花上。幽漫的風一一穿過花的每一處纖維，那盆孤挺花放在大大寬寬的桌子上，彷彿放在天神的座位，它的外表由紅到黃綠色，好像看到地球的另一面，內部有一朵朵的雄蕊，整體看起來像是有生命的小天堂，裡面有天使和惡魔，風輕輕地一吹，惡魔就消失得無影無蹤。

　　不管外面的聲音多吵雜，我都可以聽到花的內心話，它對著我微笑，我也對著它笑一笑，它的葉子裡面有一條條的莖，好像是花和葉子友情和愛情的橋樑，花種在土裡，土慢慢地往花裡補給，就好像是在補充彈藥一般，不會讓細菌們攻進它們的天堂，細菌跑到裡面，花的養分就會轉化成小小士兵或騎士，輕輕巧巧地殺光細菌，又來了一陣微風，輕輕地撫摸在花瓣上，花瓣也輕輕地向他招招手，也輕輕地說了聲：「進來坐啊！」，風也快速地回答說：「不了！我還要送給每一個生命清爽的風呢！」

　　我閉上眼睛仔細聆聽，就會聽見它正在用喇叭吹奏一首獨一無二的喇叭曲子，有一朵還沒睡醒的花，它吹著獨一無二的旋律，用一種神祕的力量將它搖醒。花的中間有一根粗粗的莖，那是這座花天堂的主人——上帝，祂掌管所有的根、莖、葉，這些都是祂的大臣，土就像是建造房子的原料一樣，讓花像房子一樣地站立在土地上，水也是不可缺少的，每當雨一來，它就會高高興興地張開小嘴巴，讓雨滴慢慢地流進它的嘴裡。

　　有些花很老了，它的葉子慢慢地捲起來，花都快死

了，不過它死掉之後，又會有新的生命誕生。它的陶瓷花盆也很古老了，看起來很有歷史，上面還刻著一顆樹，樹上還有一隻生動的小鳥，上面還刻著古老的文字，下面有凹凹凸凸的凹洞，這朵花也像是仙花一樣，插在大地上，吸收大地的精華，我想，就只有花才可以吸收大地的精華吧！

花朵就像煙火一樣燦爛，不過也可能像煙火一樣馬上消失，莖就是發射台，發射台發射「咻！咻！砰！」花開了！好高興喔！太陽照射在花上，花瓣像月亮般地將陽光反射在我的臉上，被這樣一照，我感覺很清爽。太陽的照射，凸顯了花的美妙，由上往下看，像是一座愛情的砲台，魅力四射，由上往下看，很像風車一樣，轉啊！轉啊！轉啊！轉啊！讓空氣都變成愛的氣息，花朵就像火焰一般，把愛都熱情起來，熱呼呼的，不管春、夏、秋、冬，永遠都不會改變。

　　這一天的作業：一、「馬蘭花」現場寫作文稿，傳回E-mail信箱。二、國語作業簿第四課生字寫完。「黃老師，我覺得你的文章真的寫得很好耶！」

　　老師寫著：「謝謝欣賞！」

　　我朋友的孩子則寫著：「老師，我可能會晚一點再傳馬蘭花。」然後又寫著：「老師，我又學到新絕招了，可是我覺得有一點難。」

　　老師回了：「練習（偷偷練習絕招）加油！武林大會見！」

　　九月二十六日星期一的導師時間，他收了孩子的E-mail文字稿，江佳悅的「馬蘭花」文稿，讓他的努力見到了收穫：

有著淡紫色的花瓣，中間夾著黃綠色花蕊的馬蘭花，從花盆中站了起來，歪著頭，隨風起舞，像一位美麗的舞者，正在舞動她那輕盈、美麗又柔軟的身軀。

　　美麗的馬蘭花，站在老師水藍色的講桌上，聆聽著親切，但因為運動

　　受傷而扭到肩膀的黃連從老師，和孩子們的對話，還有微風姊姊輕輕走過時和她說的悄悄話。馬蘭花一直很仔細地聽著這些有趣的話語。

　　美麗的馬蘭花，散發出一股淡淡的花香，讓我們嗅到了芬芳。而馬蘭花也有收到她許多朋友託微風姊姊送來的花香呢！

　　當孩子們和親切的黃老師，還有溫柔的微風姊姊，輕輕撫摸她的小花苞時，她總是想讓那小小的花包快快開花，而不辜負黃老師和孩子們，以及微風姊姊對她的期望。

　　美麗的馬蘭花，心中總是想著：「我真世界上最幸福的馬蘭花啊！我有美麗的花瓣和花蕊，和每天都幫我傳送朋友的訊息又溫柔的微風姊姊，還有每天上學、放學時，都會和我打招呼的老師和孩子們。我擁有這麼多，我一定要珍惜！」老師和孩子們也總是想著：「我們真是全世界最幸福的班級啊！每天一到學校，就能看到美麗的馬蘭花、聞到淡淡的花香，一定要好好珍惜啊！」

4.

九月二十八日星期三作業：一、帶游泳用具。二、閱讀國

語課本第二十頁至二十九頁。三、用書寫的眼睛觀察大自然，寫成六百字文字稿，星期五交作業。「黃老師，我真的非常討厭大頭耶！」

老師寫著：「伊果！」

九月二十九日星期四作業：一、透視國語第四課「作者寫作基架安排」。二、國語習作第二十頁至二十一頁（查字典）。「黃老師，我六百字的文章是寫我家養的烏龜，可以嗎？」

老師寫著：「可以。」

我朋友的孩子則寫著：「老師，我今天只寫了三百多字。」

老師回說：「很強了！」

九月三十日星期五，黃老師用導師時間收了孩子的六百字E-mail文字稿作業，他檢驗著孩子們的摹寫書寫技巧，距離完成一篇好作品，還要多少耐心的守候與陪伴，像愛咪教導小雁們學習飛翔藍天的歷程，還要練習多少寫作技能呢？徐朝霞的作品「植物之心」，他幫忙修改了錯別字和句子的通順性，其他的部分，他想留給孩子自我檢測修稿的工作，畢竟他不喜歡動孩子的文稿，這一篇他想教導孩子如何自我檢查文稿：

植物之心

五年二班　徐朝霞

在五星級的班級上，每個人都有需要盡到責任的時

候，像我的職位就是幫忙老師清理講台，我也必需順便幫幫一旁的小植物。

黃金葛攀爬在灰藍色的老舊講桌旁、泡在清澈的長方形花器水中，植物讓淨淨的水滋養著，輕輕的、慢慢的，整株綠色的植物，就像仰臥在湖水一旁的小花、小草，為湖面、湖旁增添美妙的視覺效果。

黃金葛手拿著心形的微厚小扇子，身體彎彎地擺動著，腰部泡在水中，一點點的微波震動，他那亮麗的青綠秀髮，就灑落在古板的講台上，耳朵傾聽著講桌隨時發出的細微哀號，有時也聽著性情暴躁的秋風，說著種種驚奇的冒險故事，要不然就是跟我們一樣當一個乖小孩，好好地聽從老師的教導，陪著我們這一群誠懇好學的小毛頭，雖然有人把它當成隱形植物，但也有人把它當成好友一樣善待，希望他陪著我們，永遠、永遠都不枯萎。

還有一盆非洲鳳仙花，她純白的花朵就像小小的蓬蓬裙，口中談吐著美麗的故事，偶爾發出美妙的歌聲，使人渾然忘我。在片片的綠色且略帶閃亮的舞台上，旋轉有時如輕羽般的鈴鐺，「鈴……鈴……鈴……」清脆響亮的聲音，「噹噹、噹噹」地敲響我心中的深處，甜甜的，像被風溫柔的撫摸過，酸酸的，像被陽光刺痛著，雖然烈風曾經一點一點的摧殘著她，她還是會有煦煦陽光的盼望。她常常望著蔚藍的天空，想學著雲寶寶頑皮的遊戲，在天空寬闊的肩膀上穿來穿去，但她又認為，身為一個美麗的明星，又何妨去介入有趣的貪玩局面呢？但她卻又經不起誘惑，而另一方面，她也認為不能太大膽。

這兩個難題已是抉擇的問題，在傻呼呼的鳳仙花心中

許願魚

印下深深的未知……

　　這一天的作業：一、閱讀數學第四單元。二、國語習作第四課寫完。

　　「黃老師，要不要下次我叫我弟弟和『獨角仙王子』比比看誰知道得多！」

　　老師寫著：「喔！這兩位都會很強的。」

　　我朋友的孩子則寫著：「老師，因為我家網路不方便，所以可能會慢一點傳給你。」

　　老師回了：「好的！」

　　第五課習作上的「摹色練習」，要孩子先觀察圖片，再運用含有色彩的詞語，表達出完整的圖意。他請孩子回想摹寫的寫作技巧，並問孩子們說：「圖片裡頭有哪一些主角？」

　　孩子們說：「『夕陽』、『山』、『湖面』、『湖岸』、『花朵』、『小船』、『人』等等。」

　　黃老師說：「這要書寫成一個小段落。結構的正確部分，要運用第四課『透視作者寫作基架』思考。內容的正確，必須句子通順且形容詞要含有色彩的詞語。」

　　孩子們都說懂得老師的意思，要自己獨立完成書寫，他也樂得輕鬆，畢竟灰濛濛的語文教育也需要鮮明地放手，讓孩子學習獨立，自己學習把同化或調適的書寫技能運用在這裡。

　　隔天的習作批閱真令他欣喜，孩子有著清楚的結構，有著摹寫技巧，有著感性的情感在這裡抒情著，雖然剛開始是爬蟲似的學習，現在終於蓮馨般地趕上進度，並且學會著運用許多書寫技能和閱讀技能，這一些能力都是可以類推到其他學科的學習上。

5.

　　教室學習快六週了，廖妤珊的小說稿：「亞特蘭提斯之謎」已寫了四千多字了：

　　　　亞特蘭提斯「轟」的一聲沉到了海底，我們再也看不到它美麗的樣子了…………。

　　　　我們現在坐在皇家太陽能車上，車子根本不用駕駛，就可以自動開得很好，車子的動力不是用汽油、柴油，而是用太陽能，車子上什麼都有，就像國際線的飛機一樣。

　　　　太陽能車突然停了下來，麗莎說：「我們到了，這裡就是我們的旅遊聖地──阿斯姆搭。」

　　　　阿斯姆搭的景觀幾乎是美麗到無法形容，藍藍的天空上面有著潔白無暇的白雲，下面則有著青青綠草的平原還有波瀾壯闊的大海，青青草地上總是點綴著色彩繽紛的花朵，這些花朵可不只有紅、橙、黃、藍、紫，紅還多了番茄紅和櫻桃紅，橙還多了橘子橙和柿子橙，黃則多了香蕉黃和黃金黃，藍也多了天空藍和馬褂藍，紫則多了紫羅蘭紫和薰衣草紫，而大海則有著原本就應該有的海水藍，可是這片海洋又多了天空藍和馬褂藍，還有好多好多種的藍呢！沙灘上則多了一些美麗的貝殼，這沙灘並不是一般的沙子喔！而是珍珠被海浪拍打成的珍珠粉，還有貝殼被海浪拍打成的貝殼沙混在一起變成的美麗沙子，麗莎說這種沙子叫做「珍珠貝殼沙」，太陽的光芒照著「珍珠貝殼

沙」，閃閃發光地，好像一顆顆的小星星，而且上面一丁點的垃圾都沒有，漂亮又乾淨，和台灣的沙灘一點兒都不一樣，絢麗得不知該怎麼形容才好呢！

我們跟著麗莎一起在草地上跑跑跳跳，又在波瀾壯闊的大海邊大叫，我問道：

「麗莎，這一些花朵和珍珠貝殼沙灘為什麼不會被破壞呢？」

麗莎說：「這麼漂亮的美景為什麼要破壞呢？破壞這片美景的人，他會心安理得嗎？而且，破壞這片美景的人是要被法律制裁的哦！」

我問：「那是哪一條法律呢？」

「是會被我們國家的第1089條法律制裁的，這項法律是說：『破壞美景之人，即可處無期途刑』。」麗莎說。可見，麗莎不只頭腦和口才好，也是法律精英呢！

我在草原的一邊竟然發現了一條清澈的小溪！我問麗莎：「麗莎，這條小溪叫什麼名字啊？」

「這條溪叫貝特·亞歷姆溪，是一個叫貝特·亞歷姆發現的。他可是亞特蘭提斯的五大名人之一呢！這條溪是這片草原的生命泉源，如果沒有這條溪，這片草原就會毫無生氣，也不會有五彩繽紛的花朵了！」

黃老師真希望這個科幻小說能讓他眼界大開，他一直鼓舞著她說：「國內就是少了寫科幻小說的人才，希望你能把自然科、社會科、醫學常識和科學想像結合，讓我們有一個新的小說世界。」說完，黃老師舉手向她行禮，並謙恭地鞠了一個躬，他向一位科幻作家未來的閃耀亮麗，寄以厚望的深深一鞠躬。

6.

　　十月七日星期五這一天，黃老師為配合國語課文第六課的兩首古詩──白居易的〈觀游魚〉與賀知章的〈回鄉偶書〉，特別發了課外補充教材，教學指引中的古詩八首──李白的〈靜夜思〉、孟浩然的〈春曉〉、韋應物的〈秋夜寄邱二十二員外〉、劉禹錫的〈烏衣巷〉、盧綸的〈塞下曲〉、李白的〈送友人〉、駱賓王的〈詠鵝〉、王翰的〈涼州詞〉；六年四班學長、學姊的童詩兩首──崔爾軒的〈內心的世界與綻放的櫻花樹〉與蔡碧瑩的〈梅子綠茶〉；黃老師自己的童詩作品──〈摘星〉、〈林野春曉〉、〈破曉〉三首，這十五首詩作包含不同作者的寫作風格與生活體會，他希望孩子們有了寫作散文的經驗後，能練習寫作一些童詩，把每天寫作生活短詩的感覺，延伸到這一個新詩教學月來。

　　當一個詩人，用詩人的感覺生活，用詩人的眼睛看待大自然、接觸大自然，他要孩子們自己告訴自己：「我就是一個詩人！」只有這樣，才能進入詩人的行列，詩人的日子是從實際的生活體驗中，萃取有感、有受、有思、有想的生活哲學，而所觀、所察的景、事、物，都是營造內心氣氛基調的鋪陳與象徵，所以作者使用意象或意象群的剪接技術來暗示，正如電影導演的掌鏡鏡頭與影像呈現在觀眾眼前的快慢節奏。

　　說完，他開始發新詩影印資料，要孩子們傳下去，有些孩子一邊發資料一邊閱讀，有時要後座的同學拍拍他的肩膀，他才回過神來，把手上的資料往後傳。大家都想快一點見到上一屆學長、學姊的新詩作品。

內心的世界與綻放的櫻花樹

六年四班　崔爾軒（二〇〇四）

在孤單、孤獨時，
我總是蜷縮在內心的谷底打轉，
想要暖暖的擁抱，
更不曉得什麼時候，
生命中才有真正的微笑，

在我孤單時，
開始發覺自己內心的櫻花樹，
在我孤單時，
開始欣賞著自己心裡下的櫻花雪，
有了櫻花樹陪伴，
好像不是只有我一個人而已，

在我胡思亂想的時候，
突然想到媽媽小時候對我的擁抱，
當我想到爸爸小時候對我歌唱時的微笑，
開始感覺自己的櫻花樹正在綻放了，
當人們嘲笑我時，
我不會再孤單，
一直以來，
我的內心不分季節、不受拘束

我會把我的內心世界，
封閉在我的內心深處，

我會耐心的等，
等到我有了一個真正可以聊內心的朋友，
我將會邀請他，
到我的內心世界，
欣賞我內心世界中的綺麗……

梅子綠茶

六年四班　蔡碧瑩（二〇〇四）

紫色的風鈴，輕聲響起……
緩緩抬頭，若有所思的看著窗外，
那棵帶有回憶香味的櫻花樹，
望著淡綠色的小茶杯，
細飲一口杯子裡的綠茶
呼吸著那淡淡的梅子香味
像初戀的滋味
讓人想多嘗一口

眼睛裡瀰漫著煙霧
深邃迷濛的眼
使我走向那年夏天的午後

靜悄悄的躺在飄落的櫻花樹下
小睡片刻後
慢慢地將惺忪的眼神睜開
望見你依舊溫柔的背影
你踏著穩定的步伐向遠方走去
回頭一望，一個眼神，一句再見
再見了我的夏天

風兒輕輕的在臉上盤旋
我們都有那未知名的留戀
睜開一樣惺忪的眼
卻沒見一樣溫柔的你
瞧見桌上的畫冊
翻到有過最美好的那一頁
不應該把它丟掉
要掛在那樹的枝頭上成為永遠的印記
要讓它開出綺麗的花朵

跨出魔幻的第一步
前方會有通往幸福的天堂

　　當孩子們不再與老師溝通、搞笑，拿著手上學長、學姊的新詩文稿，整個人像守戒一般，阻絕外在的一切俗物，眼珠子停在作品上來回尋思，究竟他們找到了什麼？黃老師深覺不被重視的孤單，一個人走在孩子們的課桌椅中間，慢步穿梭，但沒有人理會他。

他伸出右手放在呂筱伶的桌前說：「拜託啦！跟我玩啦！說說話也可以啦！」

「別吵詩人！旁邊涼快去！」呂筱伶專注地看著、想著文稿。

黃老師走到李紋娟身旁，還來不及做出動作，她早已伸出左手掌心示意：不要打擾我。

黃老師想著：「詩是詩人內心情感的展現，讀詩與寫詩，都會直接叩敲人類的心房，這是人與自己接觸的一種方式。」

十月十四日星期三，黃老師看到聯絡簿上的求助與擔心，一個孩子正擔心著昨夜爸媽吵著要離婚，讓他不知怎麼辦才好。

黃老師和他談完話後，在聯絡簿的空白處寫著：

　　吵吵架叫做「強迫溝通」。口頭上說：「離婚」，有時心理上是看看另一半「在乎不在乎會一直愛她（他）」，你別難過！再觀察一陣子。「關係」破壞，也有恢復的「方式」。

黃老師想著：「當孩子的爸媽看到聯絡簿上的這一段話時，日子總會有空間的。」

7.

十月二十五日附小運動會前，孩子們傳回了E-mail文稿，黃老師看到了不一樣的感覺，孩子們有自己豐富的世界在等待著我們。

美的感動──無語之等待

五年二班　呂筱伶

美吧？
那光芒透過一層又一層的椰子葉，
光芒，令人讚嘆！
更令人嘆息……
剎那間的感動……
只剩下無語的等待了……

相遇的神祕

五年二班　李紋娟

風，牽動深綠的羽翼
徘徊，觸動雪白的雲
他們這樣不經意的相遇
在春天
畫下一幅美麗的風景
邂逅他的倒影

　　每一天的教學開幕序曲，綴點著臉上的陽光，他們有一句共同的語彙：「活在陽光中的味道……真美。」
　　黃老師說：「詩人必須尋找自己的語庫，從你的名字開始……」

眼神裡裝著一個故事

　　老師還是提著他的深藍色龍馬牌公事包，穿著深藍色的冬季牛仔褲，灰綠色史蒂文麗棉質長袖，衣服外套簡單輕便的史蒂文麗黑色背心，那質料看起來很輕而保暖，這一季的寒流來襲，並未在他發抖的唇邊露出訊息。

　　他放下提包，拿出三本為隔壁班老師代購的《讀書方法》、《如何閱讀一本書》、《黑鳥湖畔的女巫》就走出教室，我們班上正在進行這樣的課程，這是和鄰班的教學分享吧！進到導師室，我依然準備著老師的黑咖啡，我磨起十五秒的喜拉朵淺烘培咖啡豆，拿出三人份的日本牌HARIO沖泡式咖啡壺，放入約二點五刻度研磨出效果來的咖啡豆粉，執起日本古銅色水壺，注意著壺嘴中流出來的水流和水量，我開始習慣把壺嘴靠著濾布邊緣，輕細而慢條斯理地慢慢注入滾著小魚嘴樣的熱開水，約莫幾分鐘，三人份的咖啡就已經沖好了。

　　老師總會在喝上第一口時，沉思片刻後笑著對我說：「技藝控制得很好，凝斂性夠厚實，謝謝藝術。」

　　我開心地回應說：「那還用說，那要看是誰教的？看我有多專心？」一臉自信的神彩和老師眼睛清澈地泛出亮光，我知道這是一杯好咖啡，和好朋友分享時，我以專心的誠摯，送給這個懶懶的大朋友老師，一個甜蜜的早晨。

　　我想，他常引用《佐賀的超級阿嬤》中的用詞：「幸福往往是感覺不到的！」，就是這樣的意思吧！我看著老師在筆記型電

腦中的「蕃薯藤即時通」上給他的高中女兒留話：「天氣冷了，要自己加減衣服。爸爸不在身旁的日子裡，你會從獨處中體驗更多簡單與直接的藝術品賞能力。高中美術班的生活好嗎？我想把讀書方法整理完後寄給你，這方法適用於各學科的思考，小學時教妳的讀書提問方法：為什麼？是什麼？怎麼樣？結果？影響？依個人需要把主題分類，比較甲和乙的關係，從中妳發現了什麼？如果這裡有一個主要核心的議題，那是什麼？」

這天是十二月二十八日星期四。

老師並未禁止我看他的私人心情，我瀏覽了一回，為他感到不捨，不知他多久沒和女兒碰面了？我知道他愛著他的女兒。這令我想起星期一的第三節國語課，原本是要平時測驗國語生字的，因為要默背出八課的國語生字，是需要一些準備時間並使用讀書方法才能克服的，同學們吵著要以聽寫的方式完成測驗，老師也沒多說什麼。

「你看，這個老頑固！」林語惠激烈地連說了幾句，她也堅持，自己的看法跟媽媽是一樣的，這讓她有著信心與堅持，她就是不喜歡這個老師。

「嗯！看得出來，我是有多出一些老頑固，老是事實，頑固也有很多！」

老師通常在這個時候的兩種反應，是幽默地重複一些笑語以取樂同學，或者是正經地做一個完整的說明。這次他卻不多說，只說：「凡事都有因緣果報，只能在自己的生活行動中，反思自己的生活實踐。道理不多，只在祝福。當一個老師，會有他思考與觀察的另一個面向！」

他臉露微笑地看看坐在離林語惠一個位置的陳文音說：「文音啊！請妳坐著回答。如果老師說對了，你就點點頭就好。」陳

文音點點頭，以示同意。

「生命和生活永遠都是一個故事，故事中有一條永恆的敘述線正進行著自己的成長軌跡。文音在五年級的時候一直都不快樂，很憂鬱、很沉重的一個小女孩，每一天都注意著自己的表現要很好，不能讓媽媽操心。她隨時嚴格地要求自己不要犯錯，要完美。這些老師都看到了。老師不能干預她的成長故事，有一些故事或功課，是需要由她自己來完成的，老師只是一個陪伴者，時間到了，緣分成熟的時刻，她就會像我們種稻的歷程，看見自己成熟的稻穗，低下頭來看看自己的來時路，這是反思生命的智慧，所以有一句話說：『成熟的稻子，頭總是低下來的！』文音長大了！對生活的看法比起五年級時圓熟了，老師也不擔心了。」

說到這兒，她們兩人相視一笑，眼神裡好似裝著一個充滿神彩的故事，這裡頭足以喚起一連串的故事細胞，我們期待老師說出這一個當老師的陪伴思考。

冬季校園外的人行步道，經過市公所的協助、設計與合作工程，有著一番新的氣象，梯形與梯形的圍牆柱上，刷洗灰色調的礫石，牆柱與牆柱中間留著大空隙，鋪上休閒木頭併成的木椅，冬天的紫薇科火焰木向上開得特別鮮紅豔美，它就在人行步道旁，我可以從三樓向下俯視它花朵的姿態之美。木椅內種植一排百公尺的黃金露花，金黃與草綠色的延生，不久後，我就會在這裡看見淡淡的紫色。

「六年級的第二個月，老師說出我和我的太太離婚了。我告訴自己的孩子：『媽媽沒有錯！她永遠都是一個好媽媽，這是不會改變的永恆！爸爸也沒有錯！我永遠都是一個好爸爸，這也是不會改變的永恆！只是爸爸、媽媽要走入自己的故事，所以我

們用另外一種方式來相處，用另外一種方式來尊重對方，用另外一種方式來了解對方，用另外一種方式有距離地來支持曾經愛著的人。我們現在正學習著另一個面相的深刻之愛，可能是友情？可能是愛情？也可能是介於這之中的一份特別情感？值得感動的是，爸爸的心中沒有留下恨媽媽的感覺。』」

當老師說完這一段摘要的個人歷史故事時，文音一直看著老師，眼睛裡噙著的絲微淚水，變作羽化一般的透明。

老師繼續嘗試性的表白著：「原來讓我喜歡的老師也和太太離婚了，原來大家都沒有錯。原來我們是在學習另一種愛。老師的女兒真幸福，早就知道愛是永恆的。從這個時候開始，文音心中的不解與壓在心頭上的繩結，不再纏繞在她的生活當中，她開始用一種思念的方式來完成親情之愛。老師很少再看到她的沉悶，我看見清爽的笑臉迎接著每一個腳步，我都默默地向上帝祈禱，願上帝的慈愛爽朗如陽光。文音，妳說是不是？」

陳文音在這個故事中一直點頭，看看同學、看看老師，很陽光地笑著。

老師也說：「這樣笑很美，像諾貝爾獎。。」

我常在導師室看公告欄上的聯合報讀書人剪貼。〈圓屋中的小說奧林匹克〉這是何致和先生在二〇〇五年發表的一篇文章，上頭有報社編輯的一九九一年諾貝爾文學獎得主葛蒂瑪的大照片和馬奎斯、大江建三郎、愛特伍、魯西迪等照片，他們笑起來都很美，我想老師所說的「這樣笑很美，像諾貝爾獎」，大概是指這一種笑容吧！

聽完這個一年中隱藏的神祕故事，我想著更多班上同學的個人故事。沒錯！生命和生活永遠都是一個故事，故事中有一條永恆的敘述線正進行著自己的成長軌跡。

這一天的第三節課，我們正在進行國語生字平時測驗，這次由林語惠主持聽寫，測驗前老師說：「語惠！現在是考試，講話的同學請他出去！」說完這句話，老師便回到教師休息室裡。

　　一聽到林語惠念著：「一杯咖啡的『杯』和咖啡的『咖啡』」老師就從導師室衝了出來，急著說：「好啊！一聽到咖啡，我就忍不住開心了。」他又要逗笑了。

　　沒想到林語惠拿著麥克風說：「講話的同學請出去！」

　　一聲令下，引來全班同學看著老師大笑，這是一件好玩的事，一面可以看見老師鮮活的表情，一面可以向老師的教師權威挑戰。他低著頭，露出無辜的表情，慢慢地走出教室罰站了一會兒，還不時探頭，偷偷瞄著懲戒他的林語惠。

　　林語惠根本不理會他，只在她得意的嘴角微微透出一點得意，就繼續著她的工作目標。

　　午間用餐時刻，老師習慣說：「不吃肉的就送過來。」

　　「老師！請注意一下你自己的行為。」我習慣這樣回他。

　　那時我正陶醉在韓國漫畫家朴素熙的漫畫書《我的野蠻王妃》中，男主角李信和女主角申彩靜說：「對待別人，不能表現得很傲慢，要謙虛一點。」、「因為這樣，別人就會覺得你很親切！」、「還有，為了要讓人覺得你容易接近，要拉近人與人的距離。」、「成績要好，老師的話要聽，」、「這就是我討厭這個地方的緣故。」所以我沒再多注意老師。

　　當老師叫我時，我快樂地跟他說著：「我沒有感覺。謝謝！」隨後帶著廖慧馨往後門跑，我可以猜想得出，老師現在一定是一邊笑一邊搖頭地吃著飯。

　　反正，偶爾逗逗老師是件有趣的事。

教學思念

1.

九月十五日星期四，體育課。孩子們第一次和黃老師到游泳池上游泳課。班上的規矩很好，從整隊到換裝，都能輕聲細語的交談，雖然從喉底想奮力滾上來的無限狂歡，也都能假惺惺地控制住。

黃老師換裝後就帶領孩子們做柔軟操，這時的搞笑聲又來了，他指著一個孩子說：「喔！受不了你的肥肉，還會慈藹的震動呢！」他笑著彎下腰來。

「喔！受不了你的排骨，只剩下幾根呢！」孩子也幸福地對他說。

就這樣有趣地師生對話著。

下水時，會游的孩子們先在泳池裡，每隔五秒鐘出發一位，依序繞圈子游泳，游到對面做五次韻律呼吸並自己控制休息的時間。不會游的孩子則圍著一個圈子，看老師做示範教學，直到這些孩子不怕水了，會潛下身子玩猜拳遊戲時，他才鬆手。

接著，他要會游的孩子們游十公尺，他會站在岸上，一個一個地指導他們正確的動作。他會下水游個五公尺，要孩子們潛水觀察，每次只注意一個身體的分解動作。他要孩子們站在岸邊觀

察，注意老師手掌微翻的動作、注意腿的動作、注意身體的放鬆與節奏才放手。他請孩子們自己體會每一句話的動作表現，把老師為他私底下說的語言，在游泳的姿態上表現出來。他說：「心理的語言複誦，會導正自己的注意力和游泳姿勢。」

有時他會要孩子們上岸，牽著孩子們的手，陪他們散步一小段，邊走邊說：「放鬆的動作要像這樣，悠閒地散步。」孩子們都深覺，今天的學習是一次鮮豔的體會，他們喜歡黃老師認真的樣子。

第三、四節課，他上起數學課，並事先講好大家一起合作趕課。快樂的日子總不長久，孩子們也知道，班上的教學進度慢得離譜，唱起歌來有些不順暢，他還在上課前，請孩子為他來一首班歌：「離譜的老師！離譜的老師！都沒有穿褲子！」

2.

唱完還加上搖頭嘆息的表情動作。他一上場，又是一個開開心心的場面，等他收斂笑容，說著：「眼睛、耳朵……」，「看老師！」孩子們便回答。

孩子們的臉蛋嚴肅起來，他卻說：「只要別神遊就好，心情放輕鬆，你們給我一分鐘……」

「我給你們全世界。」這一批英勇的孩子，跟著他炫耀般地進入了數學第二單元「快慢和時間」。

黃老師依然按照數學「單元重點結構表」，在白板上寫著：「快慢（路程、距離）；時間（長、短）」他從這兒拉出線條重點寫著：「一、一樣的距離、不一樣的時間，比較快慢。二、一

樣的時間、不一樣的距離，比較快慢。」

「這裡有什麼不一樣的重點架構？你發現了什麼？」他問道。

林易帆思考了一下就舉手，黃老師看著他就直笑，並把左、右手的食指與拇指捻合成小嘴唇的樣子，做出親親小嘴的動作，說：「來！交往的孩子，我們來交往一下下！請說……」

這哪像上課呢？全班的孩子們笑彎了桌椅，這一大一小的表情和動作，將他們粉刷滿臉笑容。

這一個笑話動作，是從第一個星期的「健康與體育領域」課程的健康課開始的，當時正在上第一單元「伸出友誼的手」，單元內容裡的一個重點「人際關係診察室」配合著「綜合活動領域」第一單元「解決問題的方法」，他把這兩個領域配合「語文領域」裡的文章內容重點做深究教學。

當黃老師問全班的孩子們：「什麼叫做交往？」

林易帆不假思索地直接動作，就是這食指與拇指捻合的親嘴動作，當時講台上的黃老師暢飲這歡笑，表演這得令人做上幾次深呼吸，才能停止笑聲的動作。

林易帆就在這時一舉成名，最先爭取到黃老師的眼淚，能讓一位老師眨巴眨巴地笑，笑出破壞形象的淚水的人，就是他。

3.

九月十九日和九月二十日的數學評量，是讓黃老師感到訝異的。

孩子們在數學習作甲本上的兩次臨時測驗幾乎都得了滿分，黃老師也開始放鬆下來。同時也在今天放學前加了三題號稱「總

統級套房」的題目。

二○○五年十月二十五日，是學校慶祝第一百一十屆的校慶運動會，全校忙著。他們班上也正積極地在體育課中，一邊上課一邊選出班級代表選手，每一個項目的選手出爐時間雖然較慢，但每一位同學都可以實際參與比賽項目的練習。黃老師應體育組的邀請，寫下了一首運動會的新詩，預定在大會開幕當天，由司儀朗誦，當做運動會開幕序語，他也把這一首童詩影印給全班同學。大伙兒朗誦著：

一一○運動會

古早的時候，我們在這裡灌蟋蟀、放風箏。
以前的日子，我們在這裡玩遊戲、踩高蹺。

這一些日子，我們在這裡追蝴蝶、射飛機。

今天是學校的生日，學校長了一歲。
學校長大了，我們也長大了。
今天我們會遵守大會規則、服從裁判判決。
帶著快樂的心情，在田徑場上展現矯捷的身手。

帶著快樂的心情，在團體競技發揮團隊的默契。

我們過生日的時候都會唱歌、吹蠟燭；
今天是我們學校的生日，讓我們一起唱校歌、點燃聖火。
一同分享、慶祝學校的生日。

　　這一片校園到處充滿孩子們的足跡，每一個下課十分鐘，都是驚奇的時刻，黃老師把這一些片段鑲入運動會中。

　　這一個校慶日，讓大家擁有共同的回憶。

　　這一年，學校和台東改良場、台東地區農會合作種稻體驗營，這一個全學年的集體活動也即將進入收穫的秋節，回憶開學時，剛剛嘗試第一次光著腳丫子，踩入爛泥巴裡插秧的驚聲尖叫，到現在學校籌畫著成果展，預定在運動會期間，以海報看板的樣式呈列在活動中心展出，時間在綠浪上像風的波紋做著瑜珈。他把一些數位相機拍攝的歷程圖片交給孩子們，交由他們自己討論、製作。孩子們最後以圖片呈現種稻的時間成長，主題訂定為：「這稻綠，風一般的色彩與祝福⋯⋯」，配合種稻文學寫作，孩子也穿插著一、兩段文字：

　　　　綠色，他們今天由我們輕輕栽下，他們的夢在當下築起⋯⋯嫩綠的苗，藍天配上他金黃的稻穗，風為他舞著，我們的心喜悅著（徐朝霞）。今天是我們跟稻子接觸的最後一次，當成果展辦完後，我們就得正式跟稻子說掰掰，也代表種稻的活動已告一個段落，不過，雖然已經不能再和稻子近距離地接觸，不過我也相信，那甜美的果實和回憶，將會一直留在我們大家的心中⋯⋯（呂筱伶）。這稻綠，風一般的色彩與祝福⋯⋯（徐朝霞）

4.

　　學習持續在進行著主動建構，時間會輕輕地流動著。上學期

許願魚

將近尾聲時，他請孩子整理自己的本學期寫作稿，並且回憶導師平時私下和學生的對話印象，將它們寫下來，以E-mail傳回老師收作業的信箱。孩子們會來導師室關心自己的各科學習評語，這一個方格是師生公開的領域，他說過：「只有自己能給自己下評語，而且評語也會成長。你們想成為怎樣的一個人？你們自己可以做決定的！」

他回想十六年前，擔任縣立小學四年級級任導師的一次綜合評語，他熬了兩天月色，想著和每一個孩子、每一個畫面相處的情況，綜合評語草稿寫了又改，改了又寫，對孩子們想說的話太多，最後他在學籍卡的綜合評語欄上，為每個孩子寫下了一句：「我喜歡這個孩子。」

他和孩子們分享著這一段教學生命故事，至今，他還喜愛著這一句：「我喜歡這個孩子。」

這兩、三天，黃老師的神情和往常不一樣，他看著電腦上收回來的文字作業，不知在神遊什麼世界。他看著去年使用國立編譯館舊教材〈模仿貓〉的教學現場實錄轉譯成的文字稿沉思著。

　　有一隻黑貓，住在綠色山谷中的一個農場裡。他嫌自己的毛太黑，鼻子太小，尾巴太長，叫的聲音也不好聽。他一直羨慕別人，模仿別人，因此農場主人叫他「模仿貓」。（第一段）

　　他羨慕院子裡的大公雞，有漂亮的羽毛，鮮紅的冠子，驕傲的眼睛，尤其是好聽的金嗓子。他一心要學大公雞叫，可是他叫的聲音仍然是「喵嗚」、「喵嗚」。大公雞笑他是個大傻瓜，他很難為情的走開了。（第二段）

　　他經過羊欄，看見農人在剪羊毛。他決心向綿羊看

齊，摸摸自己身上的黑毛，趴在農人膝前，等著替他剪。沒想到農人把他推開，拉過另一隻綿羊來繼續剪下去。他只好夾著尾巴走了。（第三段）

他走到池塘旁邊，看見大白鵝在水裡游來游去，輕鬆自在。他也學大白鵝一樣的伸長脖子，跳進水裡，沒想到直往水底下沉。要不是大白鵝趕來救他，可能就要送掉一條命。（第四段）

他聽見樹上很多小鳥兒在叫，好像譏笑他剛才做的那件傻事。他很不服氣，以為自己也能像小鳥一樣的飛，要表演給他們看。他爬到樹頂上，張開兩條前腿當翅膀，猛然向空中一跳，砰的一聲就摔在地上了。（第五段）

模仿貓覺得自己總是失敗。他做不成大公雞、綿羊，也做不成大白鵝、小鳥兒，只好躲起來。（第六段）

他傷心的走進森林，看見森林裡的大樹，強壯、瀟灑，一點憂愁也沒有，他又想學大樹。這一次更是吃盡了苦頭，因為他挺直的挺直的站了很久，簡直累得要死。（第七段）

他失望的走回家去，走著走著，來到池塘邊，聽見大白鵝說：「白羽毛容易髒，如果我有像模仿貓那樣的黑毛就好了。」他很驚奇，大白鵝居然羨慕他。他經過雞棚，聽見小雞正在唧唧的吵鬧，大公雞發脾氣說：「你們吵死了，為什麼不像模仿貓那樣文雅？你們應該跟他學學好樣兒。」大公雞這樣誇讚他，他更驚奇了。（第八段）

他走入穀倉，又聽見農場主人自言自語的說：「老鼠偷吃我的玉蜀黍和稻穀，必須有貓來趕走他們才好。」（第九段）

　　模仿貓這時候才發現自己的優點，於是他的頭抬高了，鬍子也翹起了。從此他建立了自信心，善用自己的長處，不再隨便模仿別人了。（第十段）

　　呂筱伶站在黃老師身後看著電腦上的Microsoft Excel表，寫著「模仿貓文章架構分析表」。

　　橫向架構是她所知道的故事體文章形式結構，老師把文章中的十個自然段落，歸納區分出三大意義段落，「原因段落」（第一段）、「經過情形段落」七個小事件（第二、三、四、五～六、七、八、九段）、「結果段落」（第十段）。她看見表格中的「文章綱要」，老師寫著：「模仿貓認定自己不好。」（起）；「『模仿大公雞事件』（承一）、『模仿小綿羊事件』（承二）、『模仿大白鵝事件』（承三）、『模仿小鳥飛事件』（承四）、『模仿大樹事件』（承五）、『大白鵝羨慕牠的特性』（轉一）、『大公雞誇讚牠的氣質』（轉二）、『農場主人需要牠的才能』（轉三）」；「模仿貓肯定自己的好，建立自信心，善用自己的長處。」（合）

　　縱向主題的「內容深究格子」裡則寫著：「『文章形式基架』、『文章段落』、『文章綱要』、『文章之內意涵』（『文章全課大意』、『文章段落大意』、『文章主題：模仿貓自我追尋的人生歷程』、『模仿貓經歷生活事件中的自我內在感覺』）；『文章之外意涵』（『讀者閱讀自我的替代性人生經驗』、『閱讀與人生的文章列問』）」；『作者寫作思考』（『模仿貓在不同事件中的內在感覺與神韻用詞』、『修辭學與八感作文具體摹寫技巧』、『作者的寫作風格』、『寫作自我人生經歷』）」。

呂筱伶知道，這一些縱向主題的內容深究和「小雁媽媽」的人生思考教學類似，她也從那次的國語課中發現自己的生命思索與成長，她發現，這一張Excel表是她未來所要挑戰的課題。

她問黃老師說：「老師！我們什麼時候會和學姊的班上一樣，開始上這一張表格？」

「六年級！夢想出現的時候。」

呂筱伶看過學長、學姊的語文科畢業考題目，黃老師用聯合報文學新詩獎的徵文作品和當年各位評審在副刊上的評審紀錄，當成考試題目，要學長、學姊也擔任一位評審，以文字發表自己對作品的看法，考試時間為期三個星期，以E-mail收件。

她也聽到徐朝霞私下和她分享的祕密──徐爸爸和黃老師聊天時說過：「五年級的學群老師開會時，曾聊著籌畫六年級畢業前，要每個孩子寫下自己的夢想，放入一個立體雕塑作品內，置放在學校的一個角落，等大家高中畢業的那一天，約定再次回到學校，打開自己的夢想，並辦一次學群同學會。」

更酷的是，同在一個英文補習班的璧瑩姊問她：「你們班上過男生包衛生棉的兩性教育生理課沒有？」讓她很想知道，這到底是怎麼一回事。

這一些剪輯，慢慢浮現出來，真是有既期待又怕受傷害的心情。

5.

黃老師笑著說完話，就關起這個檔案，打開五年二班的Microsoft Word。

　　他看著我們五年二班的電腦作文簿，短詩、長詩、散文寫作，他常是手肘抵著大腿、左手握著拳頭，拇指和食指的窩處正好圈住嘴唇，這樣靜止地看著文字，或許這就是他和孩子的世界：

苦楝樹

　　紫色的雪飄下來，
　　被風打落，
　　掉到我的頭上，
　　尋找著那彩色的春天。

　　紫色的雪飄下來，
　　一絲絲勾起的回憶，
　　在我心中迴盪。

　　紫色的雪飄下來，
　　記憶中的花再度開放，
　　迎接未來的每一天！

愛……夢想王國

　　廖郁語

　　在那夢想的王國
　　會不會找到我想要
　　的那個結果

尋尋覓覓

在那茂密的叢林

會──會遇見你

遇到你會是我的起點嗎？

還是

會是……終點？

你的心裡

是我猜不透的折線圖

你也讓我敞開心裡的那扇窗

遇到真正的陽光

你長說我是你的太陽

我想……

某一天一朵雲

會擋住我們的

視線

但可能

只要有你的愛

那朵雲

就會像魔術般地消失

只是

那場的大雨

會不會

將我倆打散

可能只要有那條紅線

我和你的心就能相依在一起……

最感動的事

徐朝霞

這一年，已到了尾端，這一天的盡頭。這一天、這一年，這個讓人心房輕輕打開的一天，海風輕輕拂過，輕輕吹入漩渦的密道。

又是一個長久的夜，數著樓梯一階一階地往上爬，腳掌感覺黏了漿糊似的一步接一步地爬上長久的階梯，坐在「寶桑亭」上眺望著遠方深藍色的海域，倒映著星空的影子，我的眼光慢慢匍匐在腳邊稀疏的石子樓梯上，難道這是夜的傑作嗎？還是月亮對太陽發送的禮物呢？腦海裡的那張嘴碎碎呢喃了起來，視線隨著陶笛的歌聲飄揚過乳白色的堤防，雖然堤防的油漆有點脫落，卻像老人雀斑般地代表青春的歲月已經走過，而我卻深深記著那以前的風雨。

我的眼光再度隨著寒風，平平地穿過海邊細細嫩綠的小草，突然一道閃光，順著海風的夢一分一分地飛過我的頭頂，這就像穿梭在時光中的飛走，它的光點留下陰影，那是森林的幻影，幽幽的心情，晃盪在天空的角落，儲存在心裡的一方一面。

海的夢想越來越廣闊，心情起伏不定的飄搖，飛舞的月光處處撫摸沙灘上銀白的沙，讓人感覺，他是至天上墜下來的星沙，沙的眼淚有股鹹鹹的味道，聞起來則有柔軟的鋼鐵味，這時我拿起星星的眼淚，擁抱那令人忘我、陶醉、著迷的波浪，響亮的海浪聲，再度聲聲地打入幻想中

的夢，濺起又落下的浪花，就有如鎮定劑般，平撫了那滴未落下的⋯⋯淚珠。

　　盼著清清水流化成河，河見天日又變海，夜空彎彎見曲折，獨自一人坐在天下的「寶桑亭」，望著那天上的星星的淚、地上星星的淚化成的夢，還有海浪捲起的幻想，夢想的淚珠在飛舞著。夜晚就這麼長，就這麼迴盪，就這麼繚繞在我心中的每一部分，我又這麼的忘了身處何地，於夢想的淚珠中⋯⋯

6.

　　學期結束前，大家都先拿到了成績單，老師說可以和同學一起分享，呂筱伶很快就把成績單交給徐朝霞互換感受。她看著徐朝霞的成績單上列印著：

國語：能深入作者的情感表達與思想世界，來體會人生
　　　功課。
數學：能比較不同的數學學習方式，並區分對於自己數學
　　　學習的功用。
體育：能在兩性觀點中保持和諧的相處之道。
綜合：能在人際互動中保有敏感度與掌握分寸，具有人際
　　　智慧。
年級：能在活動中具有領袖氣質與胸懷。

而她自己的成績單則列印著：

國語：能深入作者的情感表達與思想世界。

數學：能在數學學習活動中連接日常生活上的實際應用。

體育：能在體育競技過程中與人合作。

綜合：能具有判斷思考的能力。

年級：能在年級活動中，主動關懷活動的進行。

她滿意地問徐朝霞：「妳的輔導紀錄簿，自己寫著什麼？」

「九四年十二月我好幾次打破杯子，但這次老師帶了一個沖咖啡的器具，我拿起杯子左看右看，當我回神時，老師叫著：『朝霞，小心！別『再』打破了，做事不要那麼急。』我才馬上放下杯子，繼續泡茶，但心中卻重重、悶悶的。」徐朝霞說。

呂筱伶自己回憶著：「九四年十月，老師對我說：『不管怎樣，都要相信自己的腳步！』」

她們倆好奇地問廖郁語。

「九四年十二月，老師用力地把簿子丟在桌上，並大聲說：『好！這首詩好！』我的心跳在簿子丟下的那一剎那，也跟著急速跳動著，等老師講完話後，我深深地嘆了口氣，心情也放鬆了許多。」廖郁語說，還做個俏皮的臉說：「當時害我嚇了一大跳，白痴！」她們的笑聲就像是十足的少女。

而李紋娟則說：「九四年十一月，老師對猶豫不決的我們說：『自信心和自我決定是人生大事。』簡單的一句話，將我的猶豫拋得遠遠的。」

呂筱伶回到導師室問老師：「老師！碧瑩姊的輔導紀錄簿，自己寫些什麼？」

「九四年五月，老師對我說：『自己的事要自己做決定，所以我沒辦法幫妳。』從那個時候開始，我的自信心增加了，也

比較會做決定。以後老師又對我說：『能夠對所見的人、事、景、物加以思考、推理和反省的習慣，讓生命透過活動被施與、被眷顧，所以我們都是有福的人。』老師要我讓心靜下來，自己體會上天的恩澤，例如：早一點起床，看看清晨小草上含著的露珠。」黃老師打開六年二班的存檔資料，找到資料念出聲來，也看了看姊姊畢業前的學科評語。

國語：能運用文章基架作為閱讀策略，能注意作者書寫技巧的表現，能深入作者的情感表達與思想世界，來體會人生功課。作文書寫語句優美、敘述生動具體、情感豐富，有自己的人生體會。能傾聽同儕的生活經驗與體會，能主動參與國語科小組討論，掌握小組活動的工作目標。

數學：能運用數學書寫基架作為數學解題策略，能運用語文書寫語言與數學書寫語言來解題，在數學計算過程中表現細心檢核的態度。

體育：動作技能的協調與學習有待努力，在體育探索活動中保持樂趣學習，有正確的健康知識和行為表現。

綜合：能在獨處中閱讀自我價值觀來了解自我，能主動了解他人的需要，保有赤子之心，具有了解友伴關係的同情心，並能適時地提供友伴之間的社會性支持關懷，具有判斷思考的能力，運用在解決生活上的認知衝突。

年級：能探索自己未知的領域，並保持不斷的學習，關懷群體的班級文化活動。

「她們都是我的孩子！思念她們時，我會打開這個六年二班的資料夾。」呂筱伶倒是聽到不一樣的思念方式。

7.

呂筱伶想看看璧瑩姊的散文稿，於是黃老師打開了〈花の舞・幻想曲〉：

沒有片段的顏色，電影片段中的畫面。原來，退卻了恐怖，我快步邁向

的，是什麼？

從鐵欄，然後灰色的建築，還是疑問著？流暢的階梯、流暢的月流，充

實的踏著的，是什麼？今天的是月？又是溫柔的月、被掩蓋的月，走！放下身段的走！一步，一步的，不曾，間斷過，我不猶豫。

如幻似灰的姑娘，夢？夢的進行式，同？同著水之韻流，淅瀝淅瀝⋯⋯她在動？在動！

好像無止境的續，沒有停止地，啊！我到了。

華麗的，華麗的舞會，不是夢的邊緣，巨大柔美的紅紅秋海棠，伴著，伴著靜謐的綠大萍，旋律！伴奏的是她們，而光，她坐著，指揮著美的次步曲。

於是凝望沒有底的池水？流水之境，反射，流出現在的影，沒有瑰影！幻無的片尾曲，是真的⋯⋯是真的⋯⋯

開始了。

黃老師也順道打開了呂筱伶的散文稿〈夢幻？現實！〉

在涼爽的春末，水芙蓉輕輕的從水中探出頭來，嫩綠的葉子襯托著整個湖面。濃密的台灣山蘇，像是捍衛家園的士兵，緊緊包圍著它的孢子囊群。湖面上方有著密密麻麻的小草，草兒互相依偎著，風兒輕輕的為他們伴舞，令人看了不禁深深地陶醉在其中……

一滴滴的水聲，就像是在為我拍手般，讓我有勇氣站上人生的大舞台，我賣力的跳、賣力的演出，為的就是要贏得大家給我的掌聲。牆上的那一幅畫，是我們同在的象徵。一個綺麗的身影，那會是你嗎？我低頭不語，正回想我們同在的點點滴滴。星空上的星星，露出點點的微笑，月兒也為他伴舞著。美妙的星空，在這個快速又繁華的世界放慢腳步，讓大家都能體會，世界原來這麼美、這麼令人陶醉，原來自然能讓人那麼親近、那麼思念啊！

摘下一枝玫瑰，玫瑰上的刺刺進了我的心坎，這一刺，讓我回神過來，我居然身在這個夢幻的花園裡，草、花和樹全都是大自然的象徵。那麼美，那麼令人無法離開，我希望，一切都能靜止，時間為我而停下腳步，讓我細細的品嘗這裡的一切，所有的事物都是那麼的美，但是，卻又像夢一樣，我無法觸碰、無法靠近，只能靠著微小的片段，拼湊成完整的記憶。永恆，這麼多的片段，只能拼出兩個字——永恆。

今天，夢一直在進行著，我編織著夢，夢中有你，夢中有最棒的大自然。唉！夢呀！夢呀！幻想嗎？夢是夢想嗎？我重複的思索著這個問題，最後，我得到答案了嗎？

我得到了嗎？只有你能為我解答，因為，你就是夢！你就是我的幻想！

他走出了導師休息室，讓呂筱伶慢慢地閱讀不一樣的韻律，回到導師休息室時，他對她說：「美有不一樣的影像重現！一個作家只呈現自己的內心觀照。」

放學前，徐朝霞和呂筱伶在導師室門口，探頭戲謔地問著老師：「ㄟ！老頭兒！要不要再來一杯衣索匹亞耶加雪菲咖啡？或煮一壺老普洱茶？」

選擇

小四　葉秀龍

今天，老師給我們上了一堂非常有價值的課。這跟我們有很密切的關係，也很重要。

親切的黃老師站在寬大的黑板前，笑笑地對我們說：「每一個人都有他的選擇權，就算是在最無可救藥的時候，也是一樣的。它可以幫助我們解決自己人生的問題！」黃老師一邊講課，一邊在黑板上吱吱地畫圖。

他先畫了兩座非常靠近的山，然後對我們說：「這兩座山，就像我們的爸爸、媽媽吵嘴生氣的時候一樣。」接著，他又指著山和山之間的那一條細縫說：「人和人之間出現衝突時，雖然在非常緊張、沒有退路的壓迫之下，我們還是可以找出一條緩和的細縫，這一線生機就表示還有一線希望。只要在這個節骨眼上，說了適當的話、做了良好的溝通，雙方的衝突就會因此冰消瓦解，為彼此找到更了解對方的機會。」我聽得似懂非懂，轉頭看了看，全班同學的臉上，都露出一半明白、一半不明白的表情，我就放心了。

老師看了看，知道我們還有一些不懂，他就跨了兩步，跑到教室的前門，把門拉開來一點點，剩下一條細縫，說：「這一條縫，就像那山縫一樣。」老師試著讓自己的身體鑽過那小得可憐的門縫，但都沒有成功。這個畫面，惹得我們大聲地笑著。他問：「這個洞能鑽過去嗎？」

「不能！」我們大家齊聲說。接著老師又問：「那……如果想要打開的話呢？這麼一點希望，可以嗎？」

我們回答：「可以，可以鑽出去了。」

最後老師笑著說：「人生中有很多的衝突，常常會把我們逼得只剩下一絲絲的空間，讓我們喘息。就像這一條門縫一樣，你們要主動，有技巧地把它打開，才能逃出去。它就像一個緊急逃生門，在發生火災的時候，可以從那兒逃走。不過，如果不會應用的話，你不但打不開，還會把自己關起來，切斷了一線希望。」老師說到這裡，使我想起了一件往事。

那時全校非常流行四輪驅動車。一個晴朗的早晨，我帶著讓我非常有自信的一個越野輪胎，自信滿滿地走進了溫暖的教室。我得意洋洋地放下沉重的書包，從像一個嘴巴的口袋裡，輕輕地掏出一對越野胎，得意地對比我早來學校的王同學說：「喂！你看我的越野胎，不錯吧！是我自己搭配的，好看吧！」

他立刻好奇地問道：「哇！好漂亮喔！你是怎麼得到的？我也好想要耶！」

他露出好奇又羨慕的眼神，似乎很想知道一切。我就告訴他：「這是我考試考得好，爸爸獎勵我的賽車玩具盒裡面送的輪胎，很好吧？」

他用羨慕的眼神看著我，我覺得很高興。接著，他又從他的口袋裡慢慢地掏出一些漂亮的小玩具，興奮地對我說，「阿龍，你覺得這一些玩具怎麼樣？」

我看了看說：「不錯呀，很漂亮啊？」

他又接著說：「那你想不想要呢？」

我高興地回答：「想啊！你要送給我嗎？」

「要送給你可以，不過你得用你的越野胎來換才可以。」他

說道。

　　雖然我很想要，不過越野胎是我最心愛的寶貝，所以我拒絕了。雖然他一直苦苦哀求，但我還是不能把我的寶貝給他。結果回到家時，我發現，我的輪胎竟然不見了！我重新翻了好幾遍，還是找不到。

　　我安慰自己說：「一定是我拿出來玩，自己忘記放回書包，放在學校裡啦！」我心想，明天一定要拿回來，不能再放在學校了。

　　今天我一到教室，不管三七二十一，一放下書包，馬上就像個神精病似的找了起來。我就是把整間教室都翻過來了，卻還是找不到。接著我又想，如果不是我忘在學校，就是有人把它拿走囉！我一定要把那個人找到，要回我的寶貝！可是要從哪查起呢？回到家，我還在想這個問題。

　　剛開始，我想：「會不會是校外的人拿的呢？不可能！因為昨天沒有外人來，而且有工友在啊！也不可能會有其他人進來教室吧！那麼，會不會是別班的同學拿的呢？我想，更不可能是他們，因為他們根本不知道我放在那兒！那是我們班的人拿的喔！那會是什麼人拿的呢？」

　　對了！會拿我的賽車零件的，一定是個賽車迷。知道了這一點，我就把我們班所有賽車迷的名字寫成一份名單，以幫助查找。

　　第二天早上，第一節下課時，我就按照名單一個個去訪問。我第一個訪問的對象，是一個非常高大的女生，她叫林曉華，我慢慢地走過去，她當時正在整理抽屜，突然她翻出了一輛賽車，上面的輪胎跟我的很相似，我叫了起來，「啊！那不是我的輪胎嗎？怎麼會在妳的賽車上呢？」她轉過頭來看了看我，說：「那是我爸爸買給我的，是不是你看錯了呢？」我懷疑地拿起車子看

了看，發現原來真的是我自己看錯了。

我非常不好意思地說：「非常對不起，我因為輪胎丟了，太心急，所以才誤會妳的，請你原諒我好嗎？」

她聽了，笑著說：「沒關係啦！大家都是同學嘛！要我幫忙的話就來找我。」我聽她這麼說，覺得很窩心。

我按照名單上去訪問，但都沒有結果，我想，如果他拿回家的話，那不就沒希望了嗎？我得想一個方法，讓拿走的人自動把輪胎拿到學校！我想了想，想了很久，好不容易想了一個辦法，接著，我就去找我最信任的朋友陳藝仁和黃明峰幫忙，他們兩個正在操場上玩球，我立刻飛快地跑過去，氣喘噓噓地說：「阿仁、阿峰，我有一件事想請你們幫忙，可以嗎？」

他們看了看我，說：「可以啊！有什麼事情呢？」

我接著回答：「我的越野輪胎被人拿走了，我想請你們明天辦一個賽車比賽，可以嗎？」

他們聽了，很驚奇地問道：「為什麼呢？」

「因為那個人一定會把輪胎安在賽車上，拿出來比賽，到時候，我就可以找出那個人了。」我自信滿滿的說道。他們聽了以後才明白，並且答應幫我的忙。

回到家裡，我一直把那些人的眼神、動作和話語等回想一遍，才恍然大悟，我去訪問王明龍的時候，他的眼神好像在那兒看過一樣，可是我一直想不起來是怎麼回事，我一邊走一邊想。一不留神，等我踢到一輛賽車時，我才想到，原來是去年我的賽車被人拿走，我去問他時，跟今天一樣，他露出了非常不安的眼神。後來因為他自己良心不安，就說了出來。從那件事，我也知道了，他一緊張就會胡說八道起來，我再想想他那天的動作，就像老鼠看到貓一樣，全身發抖著。因為這三點，我敢確定，他一

定就是拿走我輪胎的人。我真希望他能中計。

到了第二天，我從早上就一直注意著王明龍。直到第二節下課時，陳藝仁像公雞似的叫著：「喂！大家到操場上去玩賽車比賽喔！」

王明龍立刻站了起，從書包裡拿出他的賽車，正要往操場跑時，我一眼就認出那輪胎正是我的。我像隻飢餓的老虎，飛快地跑過去大喊：「等一等，你不要跑，那輪胎是我的。」他被我這突如其來的舉動嚇呆了，像個木頭一樣，一動也不動，嘴巴張得大大的。

等我跑到他面前時，我惡狠狠地叫道：「那是我的輪胎，怎麼會在你車上？是不是你偷的！快把它還給我。」

他吞了吞口水，好不容易擠出一句話來：「那是我爸爸買給我的，不信你問我姊姊。」我相信我的眼睛，我知道他在騙我，所以我故意說：「是你爸爸買給你的，問你姊姊有什麼用？我直接去問你爸爸就知道了。」他又露出了不安的眼神，然後他說：「是我記錯了，是我去玩具店抽到的啦！」

沒想到，他竟用這一招來欺騙我，我把手放在下巴上來回撫摸，沉思著要怎麼樣才能證明，那是我的呢？對了！林曉華，她看過我的輪胎，找她就行了。

我對他說：「不管你從哪裡得來的，我能證明那是我的。」說完，我就拉著他去找林曉華，當時她正在玩耍，我跑到她面前對她說：「曉華，請你幫我證明一下，王明龍手上的輪胎是我的，好嗎？」她聽了，就從王明龍的手上拿起輪胎，仔細地看了看，然後說：「是的。這是葉義龍的。」

我問王明龍：「現在你無話可說了吧！」

沒想到他卻說：「天下一樣的東西很多哇！」

我被他的話氣瘋了，我說：「那為什麼你的跟我的一樣，都有刀割和穿洞不整齊的痕跡呢？」這下子，他無話可說了。

　　突然間，我又想到一個方法。我笑著對他說：「我的輪胎上有用黑筆和紅筆畫過，我們看看你的輪胎上面有沒有，就知道這是誰的東西了。」

　　他聽了又說：「我也有畫過啊！」

　　聽到這裡，我要林曉華幫我做證，接著立刻又說：「我騙你的，其實我根本沒畫過。」我一說完就抓起車子，指著輪胎說：「你們看，有沒有畫的顏色？」

　　他被我這個舉動嚇了一大跳，趕快說：「我用白博士洗掉了。」

　　我又騙他說：「如果用白博士洗的話，會有一條痕。那為什麼這裡沒有呢？」

　　他接著說：「我忘了，我是用洗衣粉洗的。」我聽了，非常生氣，手握著拳頭，真想衝過去給他一拳。

　　這時，上課的鐘聲響起，我趕快跑回教室的座位上坐好。心想，等老師來了，一定給你好看。老師慢慢地走進教室，班長用宏亮的聲音叫道：「立正、敬禮、坐下。」剛坐下，我立刻想舉手告訴老師，沒想到林曉華比我更快，她站起來說：「老師！王明龍偷走了葉義龍的越野輪胎。」我聽了，心裡非常得意。

　　老師聽了，笑著說：「事情還沒查清楚之前，不能這樣說。」

　　我聽了，立刻舉手，老師叫到我時，我馬上站起來說：「老師，他曾經向我要過，可是我拒絕了。而且有同學可以幫我作證，那是我的輪胎。」一說完，王明龍馬上站起來回答：「世界上有很多東西都是一樣的。這又不一定是你的。」大家聽了都點

點頭說：「對啊！對啊！」我再轉頭看了看老師，他像個木頭一樣，沒有一點反應。

接著我又說：「那為什麼它上面跟我的一模一樣，有刀割痕和穿洞呢？天下沒有這麼巧的事吧！」

我剛說完，他馬上站起來回答：「那刀痕是我用美工刀割的，那洞是我買來的時候就有了。」

說到這裡，陳守義插嘴說：「對啊！有一些賽車輪胎本來就有洞了。」我聽了，異常生氣，叫罵道：「那你的輪胎為什麼會有不平的痕跡呢？」

他卻不在乎地說：「那是我想把洞挖大一點，才會這樣的。」

我真的忍不住了：我站了起來，一手指著他，一手握著拳，對他喊道：「如果你自首的話，我會原諒你的。」這時：他也不高興地說：「我又沒做錯什麼事，我為什麼要自首？」連老師也開口說：「事情還沒查清楚以前，不可以這麼說，你這麼說，很容易誤會好人的！」我心裡很不高興地想：「什麼好人？他明明就是偷我輪胎的小偷。」

我很不甘心地說：「老師，剛才我騙王明龍，說我的輪胎有用鉛筆和紅筆畫過，他也說他的輪胎有這樣畫。後來我們看了他的輪胎，卻沒有這回事。他又硬說是用白博士洗掉了。我對他說：『這樣會有一條痕才對！』他又改口說，是用洗衣粉洗的。我說的這一點，林曉華可以證明，我說的是事實！」

林曉華接著說：「對呀！」

黃老師卻看著我說：「這一些還不能夠證明輪胎是你的。」

我聽了很失望，絞盡腦汁地想，怎麼樣才能證明輪胎是我的呢？忽然我靈機一動，想到了一個好方法，可以證明那輪胎是我

的。我很有信心地說：「老師，每一套輪胎都有四個，王明龍的那兩對是我亂配的，我家裡還有跟那兩對一樣的。我想請問王明龍，可以拿出另一套嗎？如果可以的話，請明天帶到學校來比對一下，事情就真相大白了。可以嗎？」

他說：「可以呀！可是我的在花蓮，明天不能帶來耶！」我從他不安的眼神和發抖的手，知道他在說謊。我本想再去刺激他時，老師開口了，他說：「王明龍，你過來一下，順便把輪胎也拿過來。」說完後，老師慢慢地走到教室後面，像隻大象似的，慢慢地坐了下來。

這時，王明龍發抖著，小心翼翼地走到桌子前，他把輪胎放在老師眼前，手放在大腿上，腿不停地發抖著，就像貓看到狗一樣。老師看著王明龍不安分的眼睛，溫和地對他輕聲說：「你現在面對自己的良心說，輪胎是誰的？不要欺騙自己的良心。勇敢地說出來，大家會給你一個公道的。現在，老師給你五分鐘的時間考慮，五分鐘後告訴我答案！」大家的注意力和眼神都放在他的身上，四周的氣氛都非常緊張，我更是比別人緊張，我的手不自主地亂動著，連我自己都控制不住。

我們全班都安安靜靜的，沒有一點聲音。王明龍的頭低得不能再低了。他擠著眉頭，一臉苦相。我知道，他的內心正陷入一片掙扎。

我們全班就在這又緊張又安靜的環境下過了五分鐘。五分鐘後，他的眼睛紅得跟血一樣，淚水「啪啦」一聲掉了下來。過了一會兒，他才開口，大家都豎起了耳朵。他模模糊糊、咿咿呀呀地說：「輪胎是葉義龍的。是我拿走的。」我聽了，總算放下了心中的石頭。

老師聽了，高興地說：「你願意誠實，這點老師很高興。不

過，你私自拿走別人的東西，這是不好的行為，要改過來。因為你最後誠實了，這件事老師不會再怪罪你了。」

老師接著又轉身對我們說：「誠實是非常重要的，不管做什麼事，都要對自己誠實，這樣才會贏得別人的信賴！」

老師接著又對他說：「因為你佔用了大家的時間，請你自己去處理一下。」

王明龍這時像機器人一樣，慢慢地轉過來，小聲地說：「全班同學，對不起！因為我佔用了大家的時間。」

大家笑了笑說：「沒關係啦！」

接下老師又說：「你拿走了葉義龍的輪胎，請你把輪胎還給他，順便去跟他道歉。」

他聽了，拿起輪胎，像河馬一樣，慢慢地朝我走了過來。他走到我面前說：「葉義龍，對不起！我實在太想要這輪胎，才會拿走的，請你原諒我好嗎？」說完，就把輪胎輕輕地放在我的桌上。

我知道他很難過，就站了起來，伸出手，輕輕地放在他的肩膀上，安慰他說：「沒關係啦！大家都是好朋友嗎！」說完，我伸回手又坐下了。

最後老師溫和地笑著對全班說：「這件事到此結束，請大家不要再說。過去的事就讓它過去吧！就當是我們班的一個祕密好嗎？」大家都大聲地說：「好！」

老師說完後，我們班上也回到以前輕鬆愉快的生活。

我一直想著：「王明龍就是在最後的時刻運用了他的選擇權，在最緊張的時刻選擇了誠實，也選擇了把能夠讓自己逃生的緊急逃生門打開，而不是把它關起來，這讓他能夠順利地逃離火場，而不是關在火場，被火吞食。也因為如此，他得到了全班的

諒解和寬容。如果他當時選擇了繼續說謊，想必現在一定被人排斥和唾罵，而不像現在一樣，被尊敬和讚美。同學都喜歡和他玩，和他做朋友了。」

　　所以我想：「我的一念之間，關係著我的未來幸福。」

　　　　本文作者：葉秀龍，花蓮縣光復鄉大進國小四年級。

　　作者曾以本文得到花蓮縣兒童文學少年小說組第一名。

註

　　　作者葉秀龍，當時是我班上四年級的學生，現在是大一的學生了。當時班上發生這樣的班級事件，我們師生一同約定好，各自以這事件為基礎，寫下自己的小說稿，這是他花了三個多月的手寫稿，媽媽請同事幫忙打稿的，我曾去看他幾次，他都說還在修稿。我則鼓勵他：「完成是一種態度，沒寫完沒關係，別太累了！」

　　　這時我寫的是「抉擇」，後來改成「決定」，七年後的這個時間，我以「這是我的決定」定題，和大家見面，和讀者分享，讓大家一同想像我們當初的師生情誼。

時間的穿梭過程

小六　廖思婷

「噹！噹！噹！」上課鈴聲打斷了正在夢境裡飛翔的我，音符的腳步聲圍繞著我，我努力地尋找它，就在這時，音符奏起了樂章……

窗外的椰子樹被風吹得一搖一擺，好像在跟我揮手，我也用早晨的笑容當作我最大的回禮；白雲悠閒地在天空飄呀飄的，好像在巡視著我們上課有沒有專心聽；教室還是跟以前一樣有著吱吱喳喳的吵雜聲，也有人拿著紙球丟過來、丟過去，天不怕、地不怕似的。

老師緩慢地從導師室裡走了出來，手上拿著一個馬克杯，杯子上的綿羊躺在雲朵上，自在地看著星星；另外一隻手上則拿著國語課本和國語習作，臉上沒有一絲微笑，因為我知道，昨天的事讓老師氣得牙癢癢的，那片刻的安靜，我已經感覺到了，而我卻正和王湘苓討論著昨天讓老師生氣的原因。我知道閉嘴的時候來了，我趕忙拍拍正在說話的王湘苓的肩膀，提醒她老師已經來了，她趕忙把嘴巴閉得緊緊的，不敢發出任何一點聲音。

「請各位小朋友翻開國語課本，第六課〈文學與生活〉。」老師用他那細膩帶著渾厚，又宏亮的聲音說，然後隨即轉過身去拿起粉筆，把心中的想法寫成文字；老師用粉色的粉筆在黑板上畫出一個「大三毛」，並在下面寫上孟郊，再用黃色粉筆迅速地

畫出另一個較小的「小三毛」，並在下面寫上慈母。「這兩個大三毛和小三毛代表著作者和慈母。」老師又把視線移到書上，看了看課文，才又繼續講課。

「這首〈遊子吟〉裡，總共有兩張心靈圖片。第一張是前面四句，第二張是後面兩句。慈母幫出遠門的遊子縫衣服，並且每天都望著門口，看看遊子有沒有回來，讓讀者感覺到慈母對遊子的母愛。」老師停頓了一下，又看看他剛剛在黑板上所寫的字、畫的圖，然後繼續講解。

「第二幅心靈圖片，我們從『密密縫』的這個動作，就可以知道，母親把她的愛都縫在遊子的衣服上，但我們子女的心，就像寸草一樣卑微。寸草是什麼呢？寸草就是草裡面那小小的心。你們知道，為什麼作者要用草的心來描寫嗎？因為草的心是非常小的。」老師把手指頭伸出來，比了一個很細小的動作，然後又用那雙冰冷的眼睛看了看我們，才繼續說下去。

「子女又怎麼能報答母親像春日陽光般和煦溫暖的恩情呢？你們知道，作者為什麼要用春暉來比喻母親的恩情嗎？因為春天的陽光帶給大地這一年最初的溫暖，所以作者才用『春暉』來比喻。」

這時老師突然停了下來，靈敏的耳朵早就聽到了底下吱吱喳喳的聲音了，並把頭轉過來，原來是陳毅俊正高興地和李宗誠聊著天，手上還把玩著銀威任的人物模型，還讓模型擺出許多姿勢，並讓人物模型變成笑柄，完全不當一回事。突然間，老師把拿著麥克風的手無力地放了下來，生氣地說：「政府付我錢，我努力地教，你們愛聽不聽，隨便你們。」

我心裡想著：「為什麼事情會搞成這樣呢？弄成這樣，為什麼大家都沒有一點想悔過的心呢？」我真的非常不解，為什麼？

為什麼？我反覆地想著，想要把這個問題挖出個理由或是藉口都好，但就是想不出來，我一把推走這個想法，想繼續專心上我的課。

老師一講完話，底下安靜得連一支羽毛掉在地板上都聽得見。他又看了看黑板，繼續把他的想法變成一個個神祕的文字與深奧的說法。

「作者用『寸草』和『春暉』來比喻『慈母』和『遊子』，在這裡，作者也用了修辭學上的略喻和借喻來表現。作者在這首詩裡，連一個『愛』字都沒有寫到，卻可以讓讀者深刻地體會到慈母對遊子的『愛』。而且，出遠門的遊子幾乎都會背誦這首詩。」

「噹！噹！噹！」

老師停頓了一下，面無表情地把國語課本蓋起來便說：「下課！」

我安靜地坐在位子上，面無表情地想著剛才上課的經過，聽了聽現在下課的聲音，總覺得，一定要惹老師生氣了，才能那麼安靜嗎？我真希望，以後上課和下課時，都能夠如此如此的安靜，我還是要對我們班懷抱著一絲希望；快樂的音符又再一次回到我的腦海中，我抱著期待的心情，飛向另一個奇幻的課程。

「噹！噹！噹！」上課的鈴聲又再度響起，我打開翅膀，努力翱翔……

老師和往常一樣，慢了幾秒才進到教室，他仍以緩慢的步伐輕鬆地走著，可能是又到魚池旁去抽煙了吧！

老師的眼神還是一樣的冷漠，嘴角還是一樣沒有一絲笑容，幾乎讓所有同學們都不敢發出聲來。

這讓我想到了以前，只要有人經過我們班，都會聽到許多歡

樂的笑聲,而這些歡樂笑聲過後,總會繼續認真上課,但我知道現在不一樣了,現在班上瀰漫著一種嚴肅的氣味,讓我不禁要暈過去了。老師的冷漠口氣,終於敲醒了我。

「各位同學,請翻到第六課的第二首詩〈登鸛雀樓〉。」老師坐了下來,表情專注地看了一下〈登鸛雀樓〉這首詩,便起身準備講解,站起來的同時,也喝了一口熱茶潤潤喉嚨。

這節的國語課,老師似乎更嚴肅了,讓我有些害怕,但我還是打起精神,準備繼續聆聽。

「白日依山盡的『盡』和黃河入海流的『流』,都代表時間,而『欲窮千里目』這一句,則是一個人要有『開闊的眼光』,才能把事理看得清楚;一個人要有更高的成就,就必須更加努力,才能達到目標。」老師又看了看課本,然後繼續在黑板上動起想像的粉筆。

「〈登鸛雀樓〉這首詩是以前面兩句作為一張心靈圖片,後兩句則是第二張心靈圖片。請大家看到最後一段的第二行反映的『映』,『映』這個字就像一面鏡子,把作家們的美都倒映在這面鏡子裡,我們也就可以從這當中找出創造生命體會的美。好啦!老師的部分上完了。」

老師把課本輕鬆地蓋上,並將他的視線移到陽台旁的椰子樹上。這棵椰子樹,就是把我們從老師的嚴肅中救出來的大恩人呀!

從我們這個陽台看過去就有好幾顆高大的椰子樹,而且手一伸出去就能碰得到葉子;現在,外面的陽光非常大,天空上根本沒有一片白雲,只有微風在那兒悠閒地散步著,而所有人的視線,也隨著老師的視線一起移向了窗外的椰子樹。

「咳!」老師清了清喉嚨說:「你們看看外面的椰子樹,是

多麼美呀！從這個角度往外看，是不是像一扇百葉窗呢？現在請看著這個風景寫一首詩，不想寫的人，睡覺或到外面去都可以，就是不要打擾到別人……也不要打擾到這個風景……」

在我找尋靈感的同時，老師的靈感已經不知不覺地跟他相遇了，他的手趕忙寫出一字一句，深怕那些靈感會飛快走遠，來不及攔下它們。

老師的手停了下來，似乎已經寫好他的詩句，他大聲朗誦著：

椰子樹葉大自然綠色伸展開闊的百葉窗，
季節可以如此綠色眼眸，綠漾。
光線的目光從這細縫走過經驗生活，
無語是風的臉龐神采著呼吸的氣息。

啊！美啊！片刻。生命在滋長。

花朵啊！春天的天國。花瓣啊！天使的翅膀。
春天可以這樣花開；春天可以這樣飽滿。
陽光可以這樣肆虐嫵媚；陽光可以這樣百般柔情。

佛陀是真實的，生命是美好的。
語言是美妙的，花朵是行動的顏色。
美麗是真實的顏料。啊！美啊！片刻。

在這其中，我不停的在這迷宮裡找尋失蹤的靈感，直到它剎那間與我巧遇。

交織中的重逢

寧靜
是片刻的美好，
穿過樹梢的
笑容，
被時間給遺忘。
成長中的願望，
給了我
溫暖的翅膀。
風帶著祝福，
尋找遺失的
美好……

　　提筆的那一瞬間，我們和老師的關係也正慢慢融化開來。

　　老師的笑容回來了，我的心像擁抱著老師那般快樂，我知道，雖然這節課沒有想像中輕鬆，但我的腦海裡，卻佈滿著許多取代不了的痕跡；我知道，這是時間惹的禍，但也只有它，讓我回到那不可抹滅的過程……

註

　　作者廖思婷，東大附小六年二班，二〇〇七。

奔回，那記憶

小六　呂佩勳

今天的太陽，依然高掛，但燦爛的笑容卻消失了……

雖然太陽是高掛的，卻沒有應該有的光芒，而是刺眼的豔光，有點令人喘不過氣。

教室裡被一股濃濃的嚴肅氣氛包圍著。大家也都安分守己地做著自己的事，一點兒也不敢作怪！老師呢？沒有我們的嬉鬧聲，老師怎麼可能還有好臉色呢？只見老師的臉皮通通皺成一塊，魚尾紋也佈滿了整個臉頰。這時，徐琪蕙突然跟我說：「昨天的事，是我跟李雨幸啦！但我昨晚有打電話跟老師說了！老師也說沒關係，叫我趕快去睡覺！」我這時才了解老師說的那件事──前幾天的最後一節課，老師突然叫我們到他面前蹲下，他說：「剛剛我在睡覺，突然張開眼睛，看到兩個人拿著掃把放在我頭上，我很生氣！但因為是我最疼愛的學生，所以不能修理他們，不然我早就踹下去了，希望那兩個人能知道我的意思！」從那以後，老師對我們就很冷淡了！為了別再讓老師生氣，所以我很安分地到導師室內幫老師沖咖啡，按照老師教我的步驟，將水柱集中到中間的一個定點，控制它的出水量，並不讓它停止。一直到老師指定的高度為止，然後，一杯濃醇的黑咖啡就這樣完成了！

我一如往常地將咖啡拿給老師，我在他面前上下搖了搖手，如果是平常，老師一定會跟我哈啦幾句，但今天……老師居然眼

神都沒瞟一下，確實讓我嚇了一跳，我便輕聲地問老師：「老師，你還在生氣喔？」老師沒有回我話，只跟我說了聲：「謝謝。」

我本來以為，老師還在生我的氣，但想不到老師在課堂上說：「徐琪蕙昨晚有打電話給我，跟我道歉，所以我跟她的事情已經解決了。剛剛呂詩臻也有來問我：『老師，你還在生氣唷？』所以，我跟她之間的事已經解決了！」還好老師說我跟他的事已經解決了，不然我可是會擔心的呀！雖然我不是那些「肇事者」，但道個歉，還是比較好的！因為那時我沒進去導師室看看，所以沒看到那場戲，現在想起來，還覺得很可惜呢！

因為有前面的因，而造就了今天的果，當然不用說，今天教室的氣氛，肯定是無比的凝重。彷彿大家的心都凋謝了一樣，教室氣氛異常寧靜，縱然老師的臉上沒有任何生氣的表情，但……他的眼神卻銳利地能殺死一頭牛了！而老師也不斷用暗喻來諷刺我們，真是令人難受極了！上課時，也不像往常一樣，能看見我們有如陽光般的笑容，更聽不見我們潺潺的笑聲……不過，老師似乎假裝不知道，還是按照他平常上課的步調，而且眼神一直專注於黑板上……完全沒瞧過我們一眼。我們也不發一語地跟著抄著筆記，就像是陌生人一樣，而且好死不死，國語課正好在上古詩，這課上了兩首古詩：〈遊子吟〉和〈登鸛雀樓〉。老師把自己的課本翻開，然後，老師一樣像平常的上課方式，講解著：「遊子吟」，吟──『吟唱』。還有『呻吟』的『吟』。而孟郊是『大三毛』，媽媽是『小三毛』，所以前四句有一張遊子和媽媽的心靈圖片，而後面則有一張孟郊對媽媽的母愛和子女對媽媽孝心的感嘆！他所描寫的場景在夜晚。『遲遲』──媽媽的思念是密密綿綿的，為了加強語氣，所以用的是類疊……」老師雖然用平常的方式講課，但上課的氣氛卻始終維持著凝重和不安。我想：

「是否是因為老師語氣和表情動作的關係呢？」顯然，我的推論是正確的，大家確實都這麼認為，可是，只有一個人不這麼認為。

而老師對我們還是很生氣，從他的口氣中更能清楚地感覺到，他真的對我們很不滿意！因為就連他在黑板上要用箭頭標出「遊子」和「遲遲歸」、「密密縫」之間的關係，都用力到可以把那枝粉筆斷成兩半了，由此可知，老師有多麼生氣呀！

「『寸』草心，作者為什麼要用草的心，草的心有多微小？你們應該都有玩過、種過草吧？草的心是不是很微小呢？」老師把小拇指舉起來，比出很小的手勢。這時的老師，終於能稍微熱烈地跟我們說話了。蘇傑玄接著說：「草的心是二點五公分！」老師馬上信心滿滿地說：「對！草的心有二點五公分，表示作者觀察得很細膩，包括植物的特性，和他用草的心來作為象徵子女的孝心！所以，孟郊是個高手！」

然後，老師便在黑板上畫起圖來，老師總共畫了四個圈，每個圈都越來越大。他說：「作者用白日依山盡的『盡』和黃河入海流的『流』，這代表著什麼？而〈登鸛雀樓〉這篇好，又好在哪裡？」老師開始問我們。

老師看我們都回答不出來，於是便畫了一張表格在黑板上。

「〈遊子吟〉和〈登鸛雀樓〉的比較閱讀，他們的文筆、給讀者的心靈意象、他們的藝術功力，包括他們的定題、篇、段、句子和字詞。」老師本來已經開始有勁了，也準備安排一個事件，讓我們和他的關係意外地和好。但回頭看見底下的我們還是一副不想聽的樣子，整張臉都凝重起來了，口氣又開始變得冷冷的，還故意將我們現在的師生關係比喻成〈登鸛雀樓〉裡的「欲窮千里目，更上一層樓」。老師不屑地說：「現在的你們，就算到了天上，也會發現我們之間的師生關係已經沒了……」言談之

中，可以發現老師對我們的失望與無奈，我們聽完之後，也羞愧地低下頭來。

老師上課時的表情，也不禁讓我回想起昔日上課的歡樂時光。記得我剛升上五年級那年的返校日，老師帶著我們準備去新教室，我們排著隊，突然聽到有人說了一句：「變態呀！」老師卻回了一句令我驚訝的話：「變態是變換姿態啦！」這是我認為老師很搞笑的一次印象。

走到教室，老師就教了我們一首歌：「可愛的孩子，可愛的孩子，都沒有穿褲子……」老師還加了手勢，做出一副出航時的動作，讓我們笑得肚子都疼了！就這樣，返校日這天，在我們潺潺的歡笑聲中……匆匆地過去了！

往後開學的日子裡，盡是歡笑，老師首先拿了一片木板，向我們介紹：「這是孔子爺爺喔！還有，我都用『五星級教學法』喔！」老師的臉上有著令人覺得很傻的表情，而這時，我們都頓了一會兒，臉上佈滿了密密麻麻的「釣魚線」……而且，大家應該都有志一同地想著：「這是蝦米碗糕啊？『五星級教學法』？」我還六星級大飯店勒！老師看見我們疑惑不解的眼神，便示範給我們看「五星級教學法」是什麼。他首先開口問：「我把一到六年級的數學課本全背在腦中，你們相信嗎？」大家當然都說不相信啦！甚至還有人用不屑的眼神瞪著老師看呢！但有一個人卻說：「我相信啊！」這個人是誰？原來，她是跟老師超級熟的人，她叫徐琪蕙，她顯然知道老師接下來要變什麼花樣，便微笑地看著老師。

老師深怕自己的把戲被拆穿，便大聲地說：「徐琪蕙，你不要說喔！我還要玩呢！」徐琪蕙這才把到了口中的話又吞了回去。老師接著說：「眼睛、耳朵……」沒有人知道老師說這句話

是什麼意思，大家都無語地看著老師，老師這才急急忙忙地解釋：「你們以後要接著說『看老師』，知道嗎？」老師把兩根手指頭放在耳朵旁，做出不斷轉動的動作，很顯然，他是覺得我們很傻。

他又說：「數學最基本的三個元素——『數』、『量』、『形』！數，數字；量，容量、重量；形，圖形……」老師很認真地把他的工夫全寫出來，這讓以前從來不怎麼抄筆記的我，也自己提筆抄下白板上的知識了！老師果然厲害，也令我大開眼界，心想：「搞笑中居然也能學習到如此多的東西！」顯然，不只有我很驚訝，回頭看看，大家臉上都是目瞪口呆的表情，因為大家根本不知道，原來數學是可以這樣學習的！

想到這裡，我心裡不禁跑出了一個想法：「要是現在也能像以前那樣就好了！」可是，基於現況來說，這是個奢侈的想法！

現在的上課氣氛，真是令我厭倦透了……，尤其是老師的表情和動作，這時的我，又在心裡偷偷想著：「我要是能把老師抓下來打一打，就好了。」這時，我的皮膚感覺到一陣微風拂過，那是窗外的風，外頭豔陽高照，又加上上課的氣氛，令我格外疲倦……

然而，接下來令我跌破眼鏡的，居然是一個不起眼的東西，而且還讓我們和老師之間的關係破鏡重圓！是的！就是那高聳在我們教室外的椰子樹。

老師突然說：「這椰子樹真美呀！」於是，我轉頭看了它一眼，我好像能感覺到它在說：「唉！這班的小朋友怎麼沒有像平常一樣帶給我歡樂呢？」這種感覺，好像是小鳥不像平常在大樹旁跟大樹聊天、玩耍一樣，令人有一股莫名的壓力和寂寞。雖然椰子樹無法言語，不過似乎能透過心電感應，了解它心中的感覺，或許，老師也和我們一樣，所以故意說覺得它很美……其實

是要諷刺我們,因為那椰子樹的美,是孤獨的美!老師請我們仔細觀察,我定睛看著椰子樹的一片葉子,看著它的一舉一動,就像偵探一樣,一點蛛絲馬跡也不容放過……

在我們一番細細地觀察後,老師便叫我們提筆寫下一首詩,老師看著我們如此認真地投入寫詩,對我們冰冷的態度……也就瞬間融化了。我寫的是短詩:

美的感動──無語之等待

美吧?
那光芒透過一層又一層的椰子葉,
光芒,令人讚嘆!
更令人嘆息……
剎那間的感動……
只剩下無語的等待了……

或許,因為有了詩的加持,才又讓我們和老師的關係能重新修復吧!

跟老師的關係恢復後,大家的笑容又依舊掛在臉上了,就連以前的上課氣氛也通通回來了!既然都和老師恢復關係了,當然也要老師為那陣子的我們「付出代價」!這四個字是老師常掛在嘴邊的話,而我們又豈能放過這個大好機會?老師在五月三日這天對我們說:「你們今天別讓我生氣呀!」我們大家有志一同地問:「為什麼?」老師便說:「因為今天是我女兒的生日!」我們都知道,老師的女兒是他的天,所以,當然要趁今天好好的喀老師的油啊!有人說:「老師,為了慶祝你女兒生日,請客

吧！」唉呀！大家都知道，只要有人開頭，就一定會沒完沒了，老師為了「安撫民心」便答應請我們吃冰了，吃冰是其次，五月三日也讓我想到了老師以前用「五月三日」所寫的一首詩〈這樣的話〉，又以其中的第二和第三段令我印象最深刻：

是那山間的野百合，淡紫的線緣？
你曾躺下來詩閉上的眼睛？

你曾躺下來詩蛙鳴韻律夜空？
閉上的眼睛？你曾說如果可以……

這段之所以令我印象深刻，是因為老師曾經說過：「我女兒最愛淡紫色！」因此看到淡紫的邊緣，令我的心中觸動了一下，或許吧！那是老師對他女兒的愛，不是用說的，而是用詩意把他的愛表現出來，因此才寫「淡紫的線緣」吧？「噹──」放學的鐘聲響起，我的心思也被打斷了，不過我想，心裡的這兩段話，就留在夢境裡慢慢地回味和體會吧！

現在的老師又和以前一樣，將他那「招牌的笑容」掛在臉上，雖然看了令人很反胃，不過，或許這就是我們跟老師相處的模式，不管什麼事，他總是以笑容面對。但……有兩件事例外──我們沒交功課和沒做好打掃工作！

這年的春天真特別，我經歷了一場特別的夢境，夢醒了，但……心裡的花卻開了……

作者：呂佩勳，東大附小六年二班，二〇〇七。

循著回味的調調

小六　徐釆邑

　　怒火未熄，換來的是一張平靜的假面具，假得連臉上的肌肉都不會收縮一下，幾乎讓人誤以為他是一隻傀儡玩偶，好巧不巧這張面具就在我老師的臉上，昨天的事情成了今天火上加油的好工具……

　　早上上學，平常都帶著剛睡醒的狀態，不是非常有精神，今天雖然也是帶著這種心情，但是比平常更多了一絲絲的警覺，春天早晨的校園裡被灑上了一層薄薄的金光，那樣的感覺並不會讓人覺得太刺眼，反而會有一種春回大地的淡雅享受，不過要有這種感覺也必須拋卻煩人的惱怒。

　　該面對的還是要面對，就像每年的四季都會再重複一次一樣，「老師來了！」我心裡喊著，老師常常在上課的時候提起他的故事，說他是如何面對那件事情，又是怎樣解決那件事情，或是穿插一點「笑話」在裡頭，大伙兒當然也是聽的起勁且陶醉。但今天這則故事就剛好就發生在我們身上，我們可以改變導演或作者的劇本，但我們也可以像個演員一樣照著導演的話，依樣畫葫蘆地照做，一切都看自己的抉擇，但有時也要看他人的決定。

　　當老師進教室前，我與要好的朋友呂夏凌剛好坐在導師室裡的椅子上，時而大聲，時而小聲地說著話，都是討論今天該如何處理老師的那件事，我倆在裡面竊竊私語，有點愚昧的爭論著該發生的事情。當老師進教室時，全班帶來一陣冷意，原本盡情討

論這件事的人嘴巴都像貼上了「超黏膠帶」，每個人也都繃緊了身體，在心裡提起一顆重重的石頭。只有老師一人像要趕去上班的工作狂，頭也不回、嘴也不出聲、臉上肌肉不動地向導師室的方向直直走去，在裡面的我和呂夏凌心驚膽跳的瞧見這一幕後，也只能強裝鎮定的做著自己的事，老師好像也憋著自己的任何心情，對我們不理不睬，當然，大家就像剛從炎熱的沙漠到冰冷的北極，完全就是不習慣。

第一堂課就是老師的課，鐘聲響的全班大伙兒都莫名奇妙，原本這時候大家應該是站起來大聲歡呼道：「YA！下課了！萬歲！趕快、趕快！」語畢以後，男生就會從座位上，像隻打了興奮劑的猴子一樣，蹦蹦跳跳的從座位上抱著籃球，然後再一路「跳」到籃球場，女生則會好像多年不見的老友，開始交頭接耳的聊起了天南地北、芝麻小事。可是今天不同，鐘聲響起像是囚犯要被斬首示眾的悲鳴，男生無聲無息的帶著籃球離開教室，女生則交頭接耳，音量減到了最低，誰也不敢來個突然的巨響，就怕今天的罪犯罪名會更多，從導師室走出來的導師，像一個沒有同情心的人，一副跟自己無關的樣子步出教室，默默的。

鐘聲響起，時間到了，一開始上課老師就擺了一臉沉默寡言的模樣。剛開始上課時，他就開口說：「請各位小朋友，請翻開國語課本第六課文學與生活，看到遊子吟那首詩。」才剛講完，我就覺得耳邊像是有炸彈爆開，老師的聲音表面聽起來只覺得很大聲，可是如果再注意點就會覺得老師有一點的生氣，而且並故意用「請」字來「吩咐」我們打開課本。一講完他又舉起手來拿著粉筆書寫起了一些資料，這也正是轟轟烈烈課堂的開張。老師先在黑板上寫了「遊子吟」三個字做為今天的主題，並畫上大三毛和小三毛，依序標出作者和媽媽，也畫了一個大格子，大格子

中間用線分開，旁邊空了一格畫上同高但較窄的格子，並開始講起畫這些圖的原因：「慈母手中線，遊子身上衣。臨行密密縫，意恐遲遲歸。為一張心靈圖片。誰言寸草心，報得三春暉？再成一張心靈圖片。大三毛和小三毛分別代表作者和母親。」接著他看了一下桌上的課本，我也趁機地在角落簽上日期。

　　老師看了幾秒課本，就回頭繼續邊講邊說，他將黑板上的架構上面寫上夜晚（場景）在另一邊的格子上寫下感想，也在剛剛的中間的空格裡畫上大三毛，然後裡面寫上密密縫和遲遲歸，並講著：「我們可以從這裡體會和看到遲遲、密密這種類疊的方式，會變成一種連續的動作。」然後繼續說：「在修辭學中『象徵』是一種力量非常強的修辭技巧，像作者所用的『草心』，就是被草包在面的東西，這種東西非常的軟。」老師描述著。

　　這時蘇瑞彬插話進來：「草心是2.45公分！」他講完以後老師將蘇瑞彬的知識也融入課程，但一回頭蘇瑞彬在底下像個頑童般對著一旁的人邊笑邊說：「呵呵！我量過！」看他的樣子好像要繼續說著他另一個冒險，不過室內的氣氛冰凍了他想說的話，老師沒有多看蘇瑞彬一眼，更是讓人覺得他沒空去理會別人，他，繼續的講著，繼續像個機器人般的講著：「作者以這個植物的特性來象徵媽媽的話，意思就是媽媽的話都往肚裡吞，可是因為遊子一出去就是好幾年，有可能長達十年也不一定，母親等遊子走了後，一定會常常瞧瞧自己的孩子是否回來了，而且還一定常常撲了個空，就這樣見不到自己的孩子，心裡一定會很悲傷。」

　　老師開始認真的上課了，自己心裡比出一個萬歲的動作，但事情的轉變快的很。班上開始發出一些嘰嘰喳喳的聲音，像是小麻雀般，有些人開始皺皺眉頭，一股不好的預感油然而生，但

有些人卻不知道自己已經犯了大條的事情。突然地，老師將頭撇向窗外，故意不瞧見那些嘰嘰喳喳跟麻雀一樣的人，有點憤怒地說了：「國家付我錢，我當然不能辜負國家，我努力教，所以我一定會上的比國家的錢還更好的課程，你們愛聽不聽，隨便你們。」

我第一個直覺反應就是：哪有這種老師？接著，我就開始在心理說著：「怎麼事情會變成現在這副德性？」想到前面自己做的蠢事，又想：假如現在繼續想這些東西，會沒辦法上課，再想到，假如眼神亂飄，又會被老師逮到，越想越煩，越想也越不是滋味，於是，我揮去剛才的想法，想像把頭上的那朵烏雲推開一般，繼續專注在課堂上。事後，回想起自己被弄得像隻熱鍋上的螞蟻，又是一陣嗤鼻的聲音從心裡傳出，說起來有些諷刺，不過對於自己的糗事，還是覺得滿有趣的。

鐘聲響起，課堂潦草地結束，潦草地一聲：「下課！」我們也潦草地面對著。

以往暖風從身旁經過時，總是令人覺得涼快、舒適，有如要被乳化一般，微微的感動滋生著，下課時、上課中，大家都熱愛那種感覺。現在，那陣風彷彿打響了一個警告鈴，大家躲避著接下來的惡夢，逃避、躲藏、害怕，恐懼像在他們的心上烙了個印，每個人顫抖、徬徨、無助，大家都只想著後續的噩耗，想著想著，都不禁打了哆嗦、起了寒顫，但我們必須走自己的路，惡夢、美夢悄悄地在背後偷偷進行著……

第二堂課的開端，老師身上散發著一樣的氣息。走到黑板前、講台上，舉起課本說：「各位同學，請翻到第六課的第二首詩──〈登鸛雀樓〉。」老師眼裡沒有喜悅的神采，但並非空洞洞的，他的眼睛裡散發著一股「老頑固」和「孩子氣」的感覺，

所以，他大概已經接近「老頑童」的境界了吧！老師現在的上課方式，就像一個頑固且拗脾氣的孩子，說什麼也不理我們。

看著老師這樣教我們，又想到以往的他，回想起以前，我們上課時可以有著歡笑，看著老師的動作，在講台上筆劃著一些稀奇古怪的姿勢，並古靈精怪地回答學生的問題，還用許多方法邊打人邊讓笑聲的音量加大，假如隔壁班的笑聲傳到了我們的耳裡，老師還會叫我們再給他笑回去，以前的班上像個大家庭，沒有仇恨、沒有討厭，大家互相扶持、互相鼓勵，班上洋溢著幸福快樂的氣氛，有如童話故事結局般地美好。想著想著，一顆心就快要飛上了枝頭，但沉浸在夢裡的我驚醒了，繼續回到課堂上，因為現在重要的是，要趕快讓老師回心轉意。

老師畫起了表格，表格分成「篇」、「段」、「句」、「字詞」，畫好後放下粉筆，「框啷！」的一聲，課堂的發聲鈴響起。老師開始說：「在〈登鸛雀樓〉中，『白日依山盡』的『盡』和『黃河入海流』的『流』這兩個字，都是表示時間正在流動的意思。『白日依山盡，黃河入海流』指的是時間一分一秒的流逝，『欲窮千里目，更上一層樓』應該是指當時作者看到這些美麗的景色，他希望可以看到更多，所以才會一直往上爬，因此這裡才會有『只有站得高，才能看得遠』的意思，只是時間分分秒秒的流逝；作者在裡面也說明了，我們要懂得珍惜自己所擁有的，可是偏偏大家都是等到東西失去了，才會珍惜、才會後悔。」老師越說越激動，越說越像在諷刺我們似的，我們自己都聽得十分心虛，大家都有點不敢看著老師，而老師也不屑看我們。

這時老師靜了下來，不發一語，並看著外面的「春景」，以尋求那片刻的安寧，來平息心中熊熊的怒火。有如我自己喜歡天空的無邊無際，愛他片片白雲的邂逅；我也喜歡大海的時平時

怒,愛他朵朵浪花的起伏;我還喜歡草原的片片綠意,愛他根根柔美的姿態,望著那些東西,我會忘記一切的煩惱,也會忘記自己⋯⋯

「看看外面的椰子樹。」老師輕輕地說。

「看看外面那美麗的東西。」老師沉沉地說。

「你們看,外面的椰子樹像不像百葉窗,仔細地看,然後把它寫下來,就像我一樣,如果你想睡覺或者不想寫,你就趴下來,不要打擾這麼美的東西。」老師已經開始提筆寫下點點的足跡。我沒有規律地動筆,我沒有規律地波動著心中的瀑布,靈感的泉源沒有規律地湧出⋯⋯

縷縷的春天

被微風撫過的心情
比以往更天藍,
我永遠都厭倦不了。

春滿的果實,
纍纍地結在椰子樹上,
這是春天旅程的開始,
春天的旅程沒有行李,更沒有無趣。
經過了,他沒有足跡,
只有縷縷的掛念,思維。

鳥兒的啁啾,迴響整個校園,
椰子樹,垂下長長睫毛、垂下沉沉眼皮,

享受寧靜片刻。

風吟起了他的詩篇，

吹響了椰子樹的今天，

穿過曾經邂逅的陽光，

逆著那道光，譜下春的足跡……

蒲公英的種子如棉絮一般，輕輕一碰、輕輕一飛，我們騎著屬於自己的雲朵，飛逝在碧藍的天空裡。

「一開始，我們都沒有看到吉蒂在自己原本生活裡的事情，所以我們知道作者一定會用插敘的方式，回想出以前的生活，並且把那些回憶插入原本的『正文』裡。」老師邊說邊在黑板上寫下大大的「插敘」，插敘下面寫著「回憶」，然後還故意開玩笑地說：「插入我學校的林『正文』老師。」

接著，他在一旁寫了「映襯」兩個字，然後將其個別圈起來，分別寫著「映出」、「襯托」，旁邊又寫了「凸顯」，「凸顯」分成「對比」和「漸層」，寫完後，老師開始說：「作者在文章裡常常用到『對比』，但是他不常用到『漸層』，『漸層』就是讓人感覺一層一層地擴散開來。」老師再一次解釋後，不斷地用手筆劃出一個個的弧度，想要讓我們感覺出一層一層展開的樣子。

回想黃老師為我們上紐伯瑞金牌獎的少年小說《黑鳥湖》的片段，他的聲音彷彿還在這裡──

「我們可以從這篇文章中讀到兩個女巫，一個大女巫一個小女巫。」老師邊說邊在黑板寫上「小女巫」和「大女巫」，一個用三角形框起來，另一個則用圓形框起來，然後接著說：「在

文章中，人家都說漢娜是女巫，不過漢娜只是活得有夢想、有意志。漢娜也是一個牧羊人，牧羊人在宗教裡，就是像耶穌基督、釋迦牟尼佛……等，這些帶領大家的人。」老師停了一下繼續說。

「漢娜也像那些人一樣，在吉蒂心裡最脆弱時，要找尋心中真正愛的人時，以不直接告訴他的方式，引領著他走出這些艱難的時刻，所以我們更應該去體會漢娜這些教導別人的方式。」老師淋漓盡致地揮灑著。動作、說詞、資料，幕幕都在黑板上與你我的心田相會。

輕盈的春雨「滴答滴答──」熄滅了怒火，摘下面具，看著那搖頭晃腦的笑臉、惺忪的眼睛，迷迷糊糊地望著，今天的夕陽渲染了天空，雲的流動變了調子，陣陣的春風飛過，蜻蜓在小池塘中央點了一個個漣漪，緩緩地點響了這個春天。

註

作者：徐采邑，東大附小六年二班，二〇〇七。

空白紙張下的原子筆線條

小六　李辰葳

「噹──噹──噹──噹──」鐘聲響了，和平常一樣悄悄地宣告著，第一節課開始了。鼓動的風平息了，樹葉和小鳥間的嬉戲停下來了，原因是什麼呢？也許是，掌握一切光明的太陽瞬間變得灰暗了吧。

最初的旋律被打斷了，所以，飛舞的神情消失了，吵鬧的氣氛平息了。我的心，沉睡了。

老師從導師室裡踏著沉重的腳步緩緩地走了出來，毫無生氣的眼神和僵硬的肢體，使他看起來冰冷而冷漠。

「各位小朋友，打開國語課本第六課〈文學與生活〉。」

平時話中帶有些許幽默的老師，這次卻只用簡短的幾個字表達，真是不一樣。

老師翻開自己的課本，拿起粉筆，轉過身去，粉筆的線條將老師的思想一一呈現出來。

遊子吟

慈母手中線，
遊子身上衣。
臨行密密縫，
意恐遲遲歸。

誰言寸草心，

報得三春暉？

「這是第一首唐詩〈遊子吟〉。它是前四句一張心靈圖片，後兩句一張心靈圖片。在前四句表示的是，一位母親關懷著即將出遠門的兒子，用手中的線縫製兒子身上的衣服。她每天都在門口眺望著，看看兒子究竟回來了沒有。這就是慈母對兒子所釋放的愛。」

老師從講台上大步地走了下來，站在教室的後門邊緣。原本空洞的雙門，卻在此刻散發出慈祥的氣息，就像課文中盼望著兒子趕快回來的慈祥母親。這時的風又吹起了，又是一片欣欣向榮的模樣，這就是我們的校園，充滿愛和希望的校園。

老師用自己的肢體語言告訴我們，讓我們體會，而底下的同學們不免會有嘰嘰喳喳的交談聲，我身旁的女同學更是一臉疑惑，但她仍然專注地看著老師的一舉一動，從她的雙眼就看的出她的堅持。交談的聲音越來越大，這些聲音傳到老師耳中，他只說：「我身為一個老師，領政府的錢，我用我的方式教學生，那聽不聽就是你們家的事！」

底下忽然安靜了，只剩下老師講解的聲音在偌大的教室裡迴響著。我的思緒依然在老師身上打轉，但我更在意的是，不知到什麼時候，太陽才會再一次露出溫暖的光芒，讓這場平靜的暴風雪融化。

「後兩句用了『寸草』和『春暉』這兩個字詞來做譬喻，譬喻什麼呢？就是慈母和遊子。說到修辭學上的譬喻，就有明喻、暗喻、借喻和略喻，作者選擇的就是借喻和略喻這兩種，來做象徵。所以，前四句的心靈圖片和後兩句的心靈圖片其實是一

樣的，這兩大段就是用拼貼的方式組合起來的，這首詩就是這樣在作者的心中逐漸形成的。身為讀者的我們，只有將作者的現場寫作，一步一步地還原到可模擬性的原初場景裡，去想像、去感受、去體會作者的種種心境是如何和大自然契合一處的？因此，我們在課堂上盡量以圖畫的意象來表現作者的思維。」

短短的幾句話，粉筆的線條佈滿了整個黑板，看不到任何一點可以再容納任何事物的空間了。紅色粉筆的線條繞呀繞的，和白色粉筆無意地碰了頭，藍色粉筆畫入狹矮的隙縫，找到另一個新天地。線條盡情地奔跑著，交錯出獨一無二的藝術創作。

「噹——噹——噹——噹」鐘聲響了，和平常一樣悄悄地宣告，第一節課下課了。經過這麼難熬的過程，我都快睡著了，但卻也勾起我對最初歡樂氣氛的記憶，還有那五年級時讓我記憶深刻的課程和作業。

這樣的話

五月三日

你曾用身體寫完年月的日記？
你曾用手掌拂遇一壺水的紀念？
你曾小說日子刻畫腳印的春天？
你曾散文飄逸時間意象？

是那山間的野百合，淡紫的線緣？
你曾躺下來詩閉上的眼睛？
你曾躺下來詩蛙鳴韻律夜空？

閉上的眼睛？你曾說如果可以……

閉上的眼睛？
你曾說如果可以是泥上的紅葉書籤，
閉上的眼睛？
你曾說如果可以是落花蝶舞的名字呀！
閉上的眼睛？
你曾說如果可以是油桐散放的雪祭情節！

你曾說迎向季節的一個句子會是什麼？
朝霞垂睫裡閃動的山晨？
純粹是一個稚真的低眉含苞？
霧嵐寫就的一個名字？

　　讀了〈這樣的話〉之後——

　　這首詩的題目使我有好奇的心態，因為我認為有兩種解釋，第一種就是「如果，是這樣的話」；第二種是「這樣的一句話」。我個人認為是第二種，因為從詩裡來看，作者用的句子裡都隱藏有特別意義的啟示，讓我不禁產生好奇與疑問。

　　在作者的詩裡，有許多念不通順的句子，但只要再多加幾個字就行了。例如：「你曾散文飄逸時間意象？」只要加上一個字「你曾用散文飄逸時間意象？」就可以解釋，可能是要造成想像的空間。而作者在句子後加了許多問號，是否代表老師在課堂上所說的「休止符」，這就只好看作者是怎麼想的，這只是我這個小讀者的疑問。

　　作者在句子裡的名詞或動詞，是令我意想不到的，例如：拂

遇、朝霞垂睫、霧嵐……等等，而在內容裡可以清楚地看到作者
對大自然的重視，而我非常喜歡第四、五段。

　　閉上的眼睛？
　　你曾說如果可以是泥上的紅葉書籤，
　　閉上的眼睛？
　　你曾說如果可以是落花蝶舞的名字呀！
　　閉上的眼睛？
　　你曾說如果可以是油桐散放的雪祭情節！

　　你曾說迎向季節的一個句子會是什麼？
　　朝霞垂睫裡閃動的山晨？
　　純粹是一個稚真的低眉含苞？
　　霧嵐寫就的一個名字？

　　因為作者在第四段用的排比，我認為很美，句子裡的一字一
詞，都讓我感覺用得很恰當且舒服。如果把紅葉書籤讀成顏色，
也就是紅色正好與讓人感覺一片雪白的油桐相對比，使我感受到
其中的愉快。第五段的描述，使我感覺到似乎有點兒快樂的氣
氛，因為他說「迎向季節和朝霞垂睫裡閃動的山晨」，讓我覺得
是面對另一個季節的第一天，這時，通常大家都會高興。
　　作者在第一段也用了排比：

　　你曾用身體寫完年月的日記？
　　你曾用手掌拂遇一壺水的紀念？
　　你曾小說日子刻畫腳印的春天？

許願魚

你曾散文飄逸時間意象？

我認為這四句話，充滿著題目裡的涵義，使人感覺重要，想要把這些研究仔細，探討出其中的一些理論，這些就是我對第一段的看法。

第二、三段也有兩句是我無法解讀出來的：

你曾躺下來詩閉上的眼睛？
你曾躺下來詩蛙鳴韻律夜空？

希望等我功力進步時就可以了解。

這是我當時打出的作業。想起上這堂課時，我快樂地笑著，大伙兒帶著愉快的神情體會著，最重要的是，當時的太陽也發光發熱，露出了笑容。教室裡處處充滿著歡笑聲，讓我覺得，上學真是件美好的事。可惜現在的我，卻無法回到那時的美好，真的好可惜。

我沉睡的心漸漸醒了，而剛剛的四十分鐘，我聽見了心裡的旋律，我決定要用最熱情的心情來聆聽。

「噹──噹──噹──噹──」鐘聲響了，和平常一樣悄悄的宣告著，第二節課開始了。外面的風停了又吹，我不懂。出現在我記憶裡片刻幸福的笑容，消失了……。

老師大概是抽完煙，剛到教室，他不急不徐地走到講台上，繼續上一節課的話題。可是他看了看同學們，有些人用手托著下巴，用空洞的眼神凝望著他；有些人乾脆趴在桌上，用惺忪的雙眼凝視著他。大家似乎都快睡著了。

登鸛雀樓

白日依山盡，
黃河入海流。
欲窮千里目，
更上一層樓。

「第二首詩〈登鸛雀樓〉，和另一首詩的呈現方式又不一樣了。詩中『白日依山盡』的『盡』這個字，和黃河入海流的『流』這個字，代表著空間與時間在大自然中隨著一定的軌道，依序移動和轉動，這是一種動詞的動態表現。你們看『白日依山盡』的『盡』這個字，太陽從早上開始在天空中移動，每移動一個刻度，視覺感受就呈現不一樣的變化，光線強弱在大自然中的轉換，與作者當時的內心感悟連結，最後『靠著山』、『依著山』，令人聯想另一首詩句『夕陽無限好，只是近黃昏』的美景不再，令人想捉住、想挽回、想留駐，但這一天即將在瞬間消逝。而『欲窮千里目』，什麼叫『千里目』？就是眼光，要有獨特的眼光。而『更上一層樓』，有了獨特、開闊的眼光，才能把事理看得清楚。這兩首詩就上到這裡。」

即使結束了，依然是一片沉靜。但我的心情鼓動著，我想繼續聽下去。

「接下來，在《如何閱讀一本書》中有一個比較閱讀，可以比較作者的功力、心靈意象、定題，還有篇、段、句、字詞。而老師認為，文章中最重要的是心靈意象，有意象就有象徵，所以我們來比較這兩首詩的心靈意象。」

老師在黑板畫了一個表格，表情依然嚴肅冷淡，他的背也好陌生。

「我們來看看〈遊子吟〉的心靈意象。我們剛剛討論過，它是前四句一張心靈圖片，後兩句一張心靈圖片。前四句的心靈圖片使用『小三毛』來呈現，而『小三毛』所描述的就是慈母。後兩句的心靈圖片使用『大三毛』來呈現，而『大三毛』所描述的就是孟郊。然後呢？作者又用了之前所說的譬喻中的略喻和借喻來表示這兩個部分相像的地方，最後才用拼貼的手法，將完整的一首詩呈現出來。這就是作者的心靈意象。」

新的旋律越來越清晰動人，老師的解說，彷彿唱出另一首充滿獨特風味的新詩，令我沉醉其中。

「另一首詩〈登鸛雀樓〉的心靈意象，它是前兩句一張心靈圖片，後兩句一張心靈圖片。前兩句的心靈圖片描述的是大自然，後兩句的心靈圖片描寫的是人景，由大自然連接到人景，這樣的轉換，就是作者的心靈意象。」

老師終於放下粉筆，坐在講台的椅子上，遠望著窗外。當我準備放鬆、歇息一會兒時，他說：「看外面的椰子樹葉，從這個角度看，是不是一個百葉窗？好，你們安安靜靜地看著這個寫一首詩，不想寫的人就睡覺或趴著，我都可以接受，不要打擾別人欣賞這麼美的東西。」

我看著老師在課本上塗塗畫畫，似乎寫了許多東西。這時，他停下了手中的筆，用嘹亮的聲音，念出了他現場所寫的還未命名的詩句：

椰子樹葉大自然綠色伸展開闊的百葉窗，
季節可以如此綠色眼眸，綠漾。

光線的目光從這細縫走過經驗生活，
無語是風的臉龐神采著呼吸的氣息。

啊！美啊！片刻。生命在滋長。

花朵啊！春天的天國。花瓣啊！天使的翅膀。
春天可以這樣花開；春天可以這樣飽滿。
陽光可以這樣肆虐嫵媚；陽光可以這樣百般柔情。

佛陀是真實的，生命是美好的。
語言是美妙的，花朵是行動的顏色。
美麗是真實的顏料。啊！美啊！片刻。

　　這首詩，字字句句都感動著我，有說不出的感受在我的心中
徘徊。我望了望窗外，看見椰子樹葉修長的葉片不時地被微風勾
起，的確是一種美。我也拿了枝筆在手上轉呀轉地尋找靈感。

相遇的神祕

風，牽動深綠的羽翼
徘迴，觸動雪白的雲
他們這樣不經意的相遇
在春天
畫下一幅美麗的風景
邂逅他的倒影

許願魚

這節課過了很久之後才打鐘，我似乎在腦海中遊走了許久。這幾節課下來，我雖然是昏昏沉沉的，但空白的紙張上卻佈滿了原子筆的線條，也只有老師的講解，才會讓我如此瘋狂地記載。

註

作者：李辰葳，東大附小六年二班，二〇〇七。

國家圖書館出版品預行編目

許願魚：教室小說工房 / 白佛言著. -- 一版.
　-- 臺北市：秀威資訊科技, 2009. 06
　　面；　公分. --（語言文學類；PG0260）

BOD版
ISBN 978-986-221-231-8（平裝）

1.兒童小說　2.兒童故事　3.寫作法

859.1　　　　　　　　　　98008175

語言文學類　PG0260

許願魚 —— 教室小說工房

作　　　　者 / 白佛言
發　行　人 / 宋政坤
執 行 編 輯 / 詹靚秋
圖 文 排 版 / 鄭維心
封 面 設 計 / 蕭玉蘋
數 位 轉 譯 / 徐真玉　沈裕閔
圖 書 銷 售 / 林怡君
法 律 顧 問 / 毛國樑　律師
出 版 印 製 / 秀威資訊科技股份有限公司
　　　　　　台北市內湖區瑞光路583巷25號1樓
　　　　　　電話：02-2657-9211　　傳真：02-2657-9106
　　　　　　E-mail：service@showwe.com.tw
經　　銷　　商 / 紅螞蟻圖書有限公司
　　　　　　台北市內湖區舊宗路二段121巷28、32號4樓
　　　　　　電話：02-2795-3656　　傳真：02-2795-4100
　　　　　　http://www.e-redant.com

2009 年 6 月　BOD 一版
定價：330 元

讀 者 回 函 卡

感謝您購買本書，為提升服務品質，煩請填寫以下問卷，收到您的寶貴意見後，我們會仔細收藏記錄並回贈紀念品，謝謝！

1.您購買的書名：＿＿＿＿＿＿＿＿＿＿＿＿＿＿＿＿

2.您從何得知本書的消息？

　　□網路書店　　□部落格　　□資料庫搜尋　　□書訊　　□電子報　　□書店

　　□平面媒體　　□ 朋友推薦　　□網站推薦 □其他＿＿＿＿＿＿

3.您對本書的評價:(請填代號　1.非常滿意 2.滿意 3.尚可 4.再改進)

　　封面設計＿＿　　版面編排＿＿　　內容＿＿　　文/譯筆＿＿　　價格＿＿

4.讀完書後您覺得：

　　□很有收獲　　□有收獲　　□收獲不多　　□沒收獲

5.您會推薦本書給朋友嗎？

　　□會　　□不會，為什麼？＿＿＿＿＿＿＿＿＿＿＿＿＿＿

6.其他寶貴的意見：＿＿＿＿＿＿＿＿＿＿＿＿＿＿＿＿

＿＿＿＿＿＿＿＿＿＿＿＿＿＿＿＿＿＿＿＿＿＿＿＿＿＿

＿＿＿＿＿＿＿＿＿＿＿＿＿＿＿＿＿＿＿＿＿＿＿＿＿＿

＿＿＿＿＿＿＿＿＿＿＿＿＿＿＿＿＿＿＿＿＿＿＿＿＿＿

讀者基本資料

姓名：＿＿＿＿＿＿＿＿＿＿　年齡：＿＿＿＿　性別：□女 □男

聯絡電話：＿＿＿＿＿＿＿＿　E-mail：＿＿＿＿＿＿＿＿＿＿

地址：＿＿＿＿＿＿＿＿＿＿＿＿＿＿＿＿＿＿＿＿＿＿＿

學歷：□高中(含)以下　　□高中　　□專科學校　　□大學

　　　□研究所(含)以上 □其他＿＿＿＿＿＿＿＿

職業：□製造業 □金融業 □資訊業 □軍警 □傳播業 □自由業

　　　□服務業 □公務員 □教職　□學生 □其他＿＿＿＿＿＿

(請沿線對摺寄回,謝謝!)